雨に消えた向日葵

吉 川 英 梨

幻冬舎文庫

雨に消えた向日葵

目次

プロローグ

石岡葵(いしおかあおい)は紙に鉛筆を滑らせていく。

——二人は唇を合わせていて、彼の手が、彼女の胸の膨らみに触れる。

物心ついたときから絵を描くのが好きだった。小五になったいまでは毎日描いている。漫画家とか、アニメーターになりたいわけではない。厳しい世界のようだから、趣味で描いてコミケに参戦する程度でいい。いつか誰かと恋をして、結婚して平穏に暮らし、でもたまに刺激的なことがある。そういうのが一番いい。

周囲に将来の話をすると、「どの口が言う」と笑われる。「お前みたいなおてんば娘、平凡な人生で満足できるはずがない」と、死んだおじいちゃんに言われた。近所のおばさんには「葵ちゃんはその容姿だから、男たちが放っておかないわよ」と警告された。

波乱万丈の人生は、漫画の中だけでいい。

二人の初キスは前に描いた『竹灯の夕べ』のシーンで済ませている。『竹灯の夕べ』は埼玉県坂戸市の、灯籠流しのイベントだ。中学生にもなると、ここで誰かとツーショットになるのが、一種のステータスになる。坂戸市を流れる高麗川に、オレンジ色の光がロマンチックにたゆたっていく。漫画の中の二人は違う高校に進んで、いま葵が描いている『お釈迦様』で再会し、とうとう結ばれる——。

『お釈迦様』は市の中心部にある永源寺のお祭りだ。中学、高校と進学するうちバラバラになってしまった友達に会うこともできる。漫画の二人も、このお祭りで再会を果たした。

葵はランドセルからルーズリーフをもう一枚出した。坂戸市立第七小学校の五年二組の教室にひとり残って漫画を描いている。早く描き終えて帰らなくては。今朝の天気予報では、ゲリラ豪雨が降る可能性があると言っていた。

漫画の中の二人は永源寺の鐘つき堂の下に座り込んだ。彼女のブラウスのボタンを外す彼。『ダメだよ、人がいるよ……』『俺の家に来る?』——吹き出しのセリフを想像する。

教室の扉が開いた。

葵はルーズリーフを、アリエルのバインダーに挟んで隠した。あっという間に五人の少女に囲まれる。六年の目立つ女子グループだ。

「また漫画描いてたでしょ~。ねえ、どんなの、見せて」

えへへ、と適当に愛想笑いする。上級生を敵に回すと、中学校に上がったときに面倒だ。

葵が通う小学校の八割は、目と鼻の先にある第六中学校に進学する。特に女子は上下関係が厳しく、独自のルールが細かく決められている。派手な恰好をしたり、目立つことをしたりすると、先輩から呼び出しを食らう。

　東京都豊島区目白からこの町に引っ越してきたとき、中一だった姉の沙希（さき）はルールを知らず、上級生から目をつけられた。「生意気だ」という理由でナイキのスニーカーもプライベートレーベルの傘も焼却炉に投げ込まれた。

「ところで、書いてくれた？　退部届」

　やっぱりその話題か。心の中でため息をつく。

　葵は美術クラブに所属している。学校の中ではオタクの集まりとからかわれ、スクールカーストでは下の方だ。目の前の彼女たちはダンスクラブに入っていて、学校の女子を支配している。転部を勧められていた。

「先生には話してあるんですけど、なんていうか、私自身が微妙というか。踊るの下手だし」

「そんなことないって。うちら七小ダンスチームには、石岡さんみたいに目立つ顔が必要なんだって！」

　リーダー格の女子が机越しに顔を近づけてくる。小柄で足も短いが、顔はフランス人形のようにかわいい。

「石岡さん、今年のよさこいも鶴舞(つるまい)から出るつもりなん！　ありえないって」

葵は鶴舞という、田んぼの真ん中の住宅街に住んでいる。寂れたニュータウンだ。毎年二回開催される坂戸のよさこい祭りでは、様々なチームが駅前の商店街で踊る。去年の秋、葵は「若い踊り手がいないからお願い」と拝み倒されて、鶴舞チームに加わった。近所のお姉さんに濃いメイクをされ、鉢巻をして派手な衣装を着て踊る——ただただ恥ずかしいだけだったのに、葵は広報誌の表紙を飾ってしまった。以来、ダンスクラブに勧誘されるようになった。目立たずに漫画を描いていたいのに。

「っていうか、石岡さんって小三まで池袋のタワマンに住んでたってホント？　何階なの」

フランス人形が急に詰問口調になった。

「池袋というか目白です。十七階でしたけど……」

たっかーい、と少女たちが歓声を上げる。

「全然、最上階は四十七階ですよ。いまでも父親が住んでるんですけど、そろそろ離婚が成立しそうで……。あそこに住むことはもうないかな」

両親の別居はもう二年以上だ。親権で揉めているらしい。去年死んだ坂戸のおばあちゃんは「征則(まさのり)さんは執拗で強情な男ね」と父親を評してため息をついていた。別居してから会っていない。大手都市銀行に勤める仕事人間だ。週末も仕事や接待で家にいなかった。

　フランス人形が大げさに同情する。

「そっかー。両親のアレコレって子供じゃどうしようもないから、一度こじれると子供はひたすら不幸だよね。都心のタワマンから田舎のニュータウンに越してくるなんて」

「でも、坂戸の方がずっといいですよ」

　高麗川は支流が何本も流れていて、中州には葵の身長を優に超す葦が力強く生えている。自然の迷路みたいで、鬼ごっこをすると燃える。高低差のある流れは天然のウォータースライダーだ。倒木を転がしただけの丸太橋は、遊園地のジェットコースターよりもスリリングだ。

　辺り一面に広がる田んぼは、夏は緑色の絨毯（じゅうたん）のようにフワフワで、秋には赤とんぼが集まってくる。水を張っただけの冬は星空を映す鏡のよう。小学校のある浅羽野（あさばの）地区の南側には小高い古墳があり、そこに浅羽（あさば）神社がある。ご神木の千年杉が天空に枝を伸ばしている。西の空には秩父（ちちぶ）連峰がそびえていた。この町にいると、空の存在を近くに感じる。葵は坂戸が大好きだった。

　小六女子たちはしらけている。

「こんな町のどこがいいの。電車なんか十五分に一本しか来ないし、特に鶴舞なんて周りに田んぼしかなくて陸の孤島じゃん」

親友の藤岡絵麻が教室に入ってきた。黒ぶちメガネをかけ一歩先をいくお洒落さんだ。六年の女子にそつなく挨拶する。絵麻は葵に言った。

「係のことでウッキーが探してたよ。すぐここに来るんじゃないかな」

ウッキーというのは担任教師のあだ名だ。小六女子たちは「考えておいてよ」と言い残し、教室を出て行った。

ダックスフントたちめ、と絵麻がため息をつく。

「ウッキーって言っただけで、慌てて逃げたじゃん。葵をいじめに来たんだよ」

担任が探しているというのは、彼女たちを追っ払う嘘だったらしい。

「いじめる？　私を？」

「どうせまたダンスクラブの話でしょ。葵と一緒によさこいを踊りたいなんて、うそ、うそ。自分たちのクラブに葵を引き入れて、徹底的に叩いて潰すつもりなんだって」

「潰すって、なんで」

「だから～、もう」と絵麻は前の席に後ろ向きに座り、心配そうに葵を見る。

「葵は自分の顔を世界で一番理解してない。自分がどんだけの美少女だと思ってるの」

美少女と言われることは多いが、自分では判断がつかない。

「だからさ、ダックスフントにとっちゃ、葵は目の上のたんこぶ。葵が天下取る前に徹底的に叩いて配下に置きたいわけよ。いまからうまく逃げる術(すべ)を覚えて、媚(こび)売っておかないと、六中に上がったらひどい目に遭うよ。そのときになったら私はいないんだからね」

絵麻は中学受験する予定だ。常に全国模試で上位にいるから、受験に失敗して地元の第六中学校に通う確率は低い。

「で？　漫画はどう」

絵麻は葵のちょっとエッチな漫画を楽しみにしている。絵麻の母親は教育熱心で、文豪の純文学ばかりを読まされていた。葵の描くものだけが唯一の楽しみなのだ。そんな読者がいると葵は頑張れてしまう。

「ちょっと力入っちゃってさ、すぐには終わらないかも」

絵麻の表情が途端に曇る。

「嘘でしょー。今日一日、葵の漫画を読むのを楽しみに生きてたんだよ。明日とか言われたらマジ死ぬ」

突然、教室が暗くなった。窓の外を見る。黒い雲が空に垂れ込めていた。

「うわ、もう来るんじゃない、ゲリラ豪雨」

黒い雲は落ちてきそうなほど低い。晴れていれば、教室からは富士山も見える。浅羽神社の千年杉のてっぺんまで、雲で隠れていた。

空が光った。ドドーンと雷鳴が轟き、教室の窓が揺れる。絵麻が両耳を塞ぎ、葵の背中に隠れた。彼女は大人っぽいのに、怖がりだ。

「大丈夫だって、すぐ上がるよ」

葵は教室の電気をつけて、漫画の続きを描いた。雨が窓をカタカタと叩く音がする。

「これ、三十分で止むかな。校門閉まっちゃうよ」

教室の時計は午後四時半を指している。五時までに学校を出るのがルールだ。絵麻がスマホを出し、お天気アプリで雨雲レーダーを見た。雨雲の位置や雨量が五分刻みでわかるらしい。

「マジでー。六時までこの界隈、真っ赤っ赤だよ」

浅羽野地区の地図が、赤色で埋め尽くされている。赤は降水量が一時間あたり六十ミリ以上であることを示すらしい。

「私、親に迎えに来てもらうわ。葵もそうしなって、スマホ貸すから」

絵麻が母親に電話をかけた。彼女も鶴舞に住んでいる。スマホを借りて、葵も母親の番号を押した。

「ママ？　いまどこ」

「ちょっと出先なの。どうしたの」

「ゲリラ豪雨だよ。ひどいんだけど」

「だから朝、傘を持っていったでしょ。まだ学校なの？」

「そう。傘じゃ無理くらいの雨で、迎えに来てよ」

「いま池袋なの。こっちはカラカラに晴れているけど」

都心の池袋からだと、鶴舞まで電車で一時間近くかかる。そのころには雨はもう上がっているだろう。母親が心配そうに尋ねてくる。

「今日はクラブが四時までだでしょ。なんでまだ学校にいるの」

絵麻のために漫画を描いていたと弁解したいけど、「じゃあいいや」と言って電話を切った。

「葵のママも来るって？」

「いま池袋みたい。私は小降りになってきたら歩いて帰るよ」

「ひどくなる一方だよ。一緒にうちの車、乗っていきなよ」

絵麻に強く言われ、帰宅準備をして教室を出た。昇降口でスニーカーに履き替える。目の前は学校の東門だ。絵麻の家の車が停まっていた。葵はオレンジ色の傘を斜めにして、空に手のひらをかざした。

「あれ、もう止みそうだよ」

絵麻は車の助手席に乗ったところだ。運転席の窓が開く。絵麻の母親がハンドルを握っている。険しい表情だ。

「後ろに乗って。どうぞ」

「いえ、あの、ちょっと高麗川見てみたいんで、歩いて帰ります。雨も止んできたし」

葵は思わず、大声を出した。助手席の絵麻が不思議そうに葵を見る。「気をつけてね」と絵麻の母親は言って、あっという間に車を発進させた。

「おいおい、高麗川なんて絶対行くなよ。増水してたら危ないだろ」

昇降口の方から声をかけられた。よく日に焼けた顔が覗く。担任の浮島航大だ。わかってまーす、と適当に答えた。高麗川云々は乗車を断る言い訳だった。

「古墳の石室に忍び込んで、宮司さんからこっぴどく叱られたのはどこの誰だっけ?」

もう三か月前の話だ。学校に通報され、浮島からも怒られた。

「またそれ言うー」

葵は口をすぼめて、浮島を見上げた。浮島が少したじろいだように視線を泳がせる。

「四月の話だろ。忘れたとは言わせないぞ。寄り道はダメだ。気をつけて帰れよ」

東門を出た。田んぼの一本道を、鶴舞ニュータウンに向かって歩く。七月の午後五時とは思えないほど薄暗い。

あちこちに水たまりができていた。ナイキのスニーカーがあっという間に湿っぽくなる。土と雨の匂いは嫌いじゃないけど、もう靴下が濡れてきて不快だ。オレンジ色の傘を叩く雨音が激しくなる。また強く降ってきた。突然、人の気配を背中に感じてぞっとした。道の端に飛びのきながら、振り返る。

第六中学校の男子たちが、葵を追い抜いていく。傘を持っていない。びしょ濡れで悲鳴をあげているが、顔は面白がっている。制服の白いワイシャツが地肌に張りついていた。ひとりの男子中学生が傘の下の葵の顔を覗き込んだ。男子は髪を染めて不良っぽかった。彼らは走り去り、あっという間に見えなくなった。葵はひとりきりになった。

凄まじい雨になっている。

水のカーテンが葵を取り囲んでいるようだ。目を凝らしてやっと見えたのは、高圧電線の鉄塔だった。鶴舞ニュータウンと田んぼを分かつように、鉄塔がいくつか立っている。三角形に組まれた鉄骨が上に二つついていて、鬼みたいだ。

もう靴下までびしょびしょだ。走ると水がはねて余計に濡れる。傘から落ちた雨の雫が、Tシャツの内側に入った。背中がヒヤッとする。

水の幕の向こうに、車のヘッドライトが見えた。どんどん近づいてくる。

第一章　失踪

七回連続でバッグの中のスマホが振動している。石岡沙希は集中力を削がれた。講師の言葉が途切れて耳に届く。

「英語で点を稼ぐにはまず長文だ。長文の攻略なくして英語は点数稼ぎできない。公立で言うなら都立は問題の六割が長文だ、つまり長文を落とすと――」

講師の一言一句をノートに書き留めるので精いっぱいだ。スマホの電源を切る余裕がない。

今度は短いバイブ音が聞こえた。メールを受信したらしい。

「長文を苦手と思う奴は夏期講習が始まるまでに、この問題集を最低五回は解いておけよ。寝ないで解け。食べる時間を惜しんで解け。無理なら難関校はあきらめて三流に行け」

ここは東京の池袋駅から徒歩五分の場所にある、東光義塾（とうこうぎじゅく）という学習塾だ。

中学三年生の沙希は都内の難関私立高校を狙っている。尊敬する父親の母校、都立東高校に本当は行きたかった。埼玉県に引っ越してしまったので不可能だ。いま両親は高裁で親権を争い、離婚が成立していない。

都内の難関私立高校といえば、埼玉県を含め首都圏の上位の生徒が狙っている。勝ち抜くには、受験まで一秒も無駄にできない。

スマホがまたバイブする。

生徒の何人かが振動音に気が付いて、周囲を窺う。みんなは私服を着ているが、埼玉県の中部から電車で四十五分かけてやってくる沙希だけは制服姿だ。灰色のブレザーに臙脂色のネクタイを締めている。部活のあと、自宅に帰って着替える時間がない。

沙希はシャーペンを放り出し、バッグの中のスマホの電源を切った。

「穴埋め問題だ。何度も言うが、絶対に長文を読むことから始めるなよ。まずは問題を先に読み、どこからどう出題されるのか概要を摑んで――」

中二の夏まで、坂戸市内では一番レベルが高い学習塾に通っていた。いつも一番で競争相手がいなかった。強豪ぞろいの都心の学習塾に移りたいと母親に願い出たが、「お金が……」と困った顔をされた。

沙希は父親に相談した。父親はお金持ちだ。合理的に物を考える人で、無駄だと思う会話や行動は一切しない。沙希が転塾の相談をすると、「請求書をうちに郵送して。払っておくから」とあっさり了承した。

長文問題を三つ解いたところで休憩時間になった。スマホの電源を入れる。母親からの着信が十五件も入っていた。何事かと、留守電を聞く。「葵がそっちに行ってない？」という用件から始まり、二件目、三件目と緊迫度が増した。妹の葵は豪雨の中、下校したらしいが、まだ自宅に帰っていないようだ。友人の家にもおらず、通学路や近所の公園にもいない。PTAにも情報を流してもらっているが、葵の姿を見た人がいないのだという。父親の元にも葵は訪ねていない。母親は最後、短いメールを送ってきていた。

『どうしよう、沙希。本当に葵の居場所がわからない』

沙希は冷静になろうと深呼吸した。母親のスマホに電話をかけたが、出ない。自宅の電話はすぐ留守電になってしまった。父親に電話をするが、やはり繋(つな)がらない。

沙希は葵と連絡をつけようと、一旦スマホの画面を切り替えた。考えてみたら葵はスマホもケータイも持っていない。SNSもやっていない。目白にいたころは父親が子供ケータイを持たせていたが、別居と同時に解約してしまった。葵はスマホを持っていない、という事実すらすぐに思い至らない——自分も混乱している。沙希は一度強く目を閉じた。

トイレに行けないまま、休憩時間が終わってしまった。

ノートと教科書を開いた。さっきまで一字一句正確に意味を読み取れた英語の長文問題が、いまは包装紙の柄のように見えてしまう。

葵がいなくなった。小学生といってももう五年、十一歳だ。ひとりで電車に乗れるし、都会育ちだから地下鉄にも慣れている。ふと思い立って都心に出て、ちょっと帰りが遅くなっているのだろう。講師がなにか言っているが、頭に入ってこない。

——妹がいなくなった。

バッグの中のスマホが再び、バイブする。講師が板書している隙にスマホを取り出した。机の下で操作する。父親からのコールバックだった。すぐにメッセージアプリに切り替える。

『葵、見つかった？　私のところには来てないよ』

そもそも、葵は沙希の学習塾の場所どころか、名前も知らないだろう。返信がきた。

『お父さんのところにも来てない。いま警察に通報させた。お父さんは仕事を切り上げて坂戸に向かう。沙希はどうする』

周囲を見た。講師の板書を、ライバルたちが前のめりでノートに書き取っている。一秒も無駄にできない世界。受験戦争なんて死語だと言う人は多いけれど、それは三流の話だ。一流の高校に行く人は大学に入るまでずっと戦争が続く。

『授業は九時半には終わるから——』

返信を打っていると、「おい石岡」と鋭い声が飛んできた。はっとして顔を上げる。講師が睨んでいた。他の生徒たちも白い目で見ている。沙希はとっさにスマホを隠した。

以前、授業中にスマホの使用が見つかり、教室から追い出された生徒がいた。つまみ出されることを覚悟して、沙希は身を縮こめる。講師が目を細めた。

「どうした。体調が悪いのか」

顔色が真っ青だと指摘された。沙希は思い切って言う。

「妹が、いなくなっちゃったと、家族から連絡が」

講師が目を見開く。

「妹？　何年生だ」

「小五です」

講師は掛け時計を見上げた。八時四十五分。講師が視線を沙希に戻す。

「家にすぐ帰りなさい」

東池袋のジュンク堂書店近くで、父のレクサスの助手席に乗り込んだ。

父親の呼吸が浅い。人が変わったように乱暴な運転をした。沙希は五分おきに母親に電話をする。葵は見つからない。状況は変わらず、時間だけが過ぎる。

関越自動車道を四十分走り、鶴ヶ島インターチェンジで降りた。坂戸バイパスを経由して県道74号に入り、十五分ほどで鶴舞ニュータウンに着いた。

いつもは閑散とした町が一変している。

消防団の法被(はっぴ)を着た人たちが歩き回っている。道路脇を流れる用水路は幅が一メートル以上あり、転落防止のコンクリートの梁(はり)が設置されている。その隙間を覗き、懐中電灯で水面を照らして歩く消防団員の姿もあった。用水路の水深は十センチもないが、豪雨で増水しているはずだ。沙希が午後五時に坂戸駅発の電車に乗ったとき、ホームでも暴風雨が吹き荒れていた。

車の助手席から用水路の水底までは見えない。まさか落ちてしまったのか。背筋がぞっとする。

似たような住宅が続く中、父親は無言で目を方々に配り、車を走らせる。消防団の法被を着た人以外にも、警察官や母親と同年代の人たちが懐中電灯片手に、あたりを捜し回っている。

『広瀬(ひろせ)』という表札の瓦屋根の家に到着する。母の実家だ。沙希も葵もここで暮らしている。警察官と消防士が立ち話をしていた。父親が車を路肩に寄せて降りる。二人に声をかけた。沙希はとにかくバッグを置いてこようと、門扉をくぐった。

猫の額ほどの庭に面したリビングから、明かりが漏れていた。夏は蚊が入ってくるので窓を閉めているが、玄関の扉も含めて全開だった。家から消防団の法被を着たおじさんが出てきた。六中の制服を見て、葵の姉と気が付いたようだ。

「きっとすぐ、見つかるからね」

スニーカーを脱いで上がり框（かまち）に足をかけたところで、三和土（たたき）のクロックスのサンダルが目についた。学校へ行くとき履いているナイキのスニーカーはない。

リビングから、母親の声が聞こえた。裏返っている。

「ええと、下はキュロットスカートだったのは覚えています。色はカーキで。上は何を着ていたか……。髪は長くて、よくポニーテールにしていますが、おろしているときもあって」

「ランドセルはどうですか。色は」

女性の声だ。

「む、紫です」

「え、紫？」

母は完全にパニックになっていた。沙希はリビングに飛び込み、相手の顔を見ないうちから答える。

「葵のランドセルの色はパステルパープルです。カバーはかけていません。防犯ブザーをどちらかのハンドルのフックにかけていました。警察のマスコットキャラの……」

「ポッポちゃんね？」

女性が確認した。彼女は黒のスーツ姿で臙脂色の腕章をつけている。『捜査』と刺繍されていた。刑事まで家にいる。

沙希は葵の今日の服装を伝えた。上はZARAのベージュ色のTシャツで、靴下はくるぶし丈の白いものだった。GAPのロゴが入っていたかもしれない。靴はナイキのターコイズブルーのスニーカーを履いていた。

今朝、家を出た葵の後ろ姿が蘇る。立っていられないほど、膝がしらが震えてきた。母親の顔がぼやけて、認識できなかった。ふわふわと宙に浮かんでいるようで、地に足がついていない。これがパニクるということなのか。誰かに肩を叩かれた。

「沙希、ありがとう、大丈夫だ。少し座っていなさい」

父親だった。家に入ってきたことに気が付かなかった。父は無言で母と目を合わせて、静かにひとつ頷いた。母が泣き出すも、すぐにこらえる表情をした。

父が女性刑事の名刺を受け取る。

「もう刑事さんが動き出すということは、なにか事件性があるんですか」

「いえ、そんな大げさに考えていただかなくて大丈夫ですよ。私たち人身安全対策課は主にストーカーやDV、子供の行方不明事案の初動捜査を受け持っています。万が一のことを考慮して動いていますが、たいがいが迷子や家出で終わりますから、どうぞ必要以上にご心配なさらずに」

静かな声で言ってから、女性刑事が無線でやり取りをした。すぐに向き直る。

「葵ちゃんが最後に目撃された通学路の方へ行っていただけますか。見つかったものがあります。確認をしていただきたいのですが」

父親と沙希を順に見る。母親には家に残るように言った。

迎えのパトカーを待つように言われたが、父親は自らレクサスに乗り込んだ。沙希も助手席に座った。父は葵の通学路を知らないから、沙希が案内した。父がこれまで聞いた話を明かす。

「消防や消防団は高麗川や用水路で葵を捜している。警察は第七小学校の東門から鶴舞ニュータウンに入る通学路周辺を捜索しているらしい。田んぼの真ん中なんだろ」

「そう。田んぼをつっきる一本道」

「葵がよく寄り道していた路地とか、寄り道しそうな場所とかあれば、警察に話してほしい」

「路地なんかないよ、田んぼの一本道だよ。東京みたいに道草する店も迷子になるような道路もない」

日が落ちてからはひとりで歩かないように、と転校した初日に教師から言われるような道だ。子供の足だと二十分を要する一本道だが、車なら五分もかからない。

一軒の農家の前に、誘導棒を振る警察官がいた。田んぼのあぜ道には懐中電灯を持った警察官が列をなしていた。田んぼの区画が暗闇に浮かび上がっている。一本道の路肩にはパトカーや警察車両が並んでいた。自宅にいた女性刑事は深刻そうには見えなかったし、死体があがったわけでもない。それでも、こんなに物々しくパトカーが集まってくるのか。

誘導棒を持った警察官が通過を促す。父親は窓を開け、「石岡葵の父です」と告げた。警察官はワゴン車の後ろに停めるように言った。

助手席から降りた途端、警察官に声をかけられた。

「大家駐在所の者です。石岡葵ちゃんのお姉さんですね」

鶴舞ニュータウンから最も近い駐在所だ。

「いくつか、田んぼや排水溝から見つかったものがあるんです」

「葵の持ち物なら、わかります」

大家駐在所の警察官はワゴン車のバックドアへ沙希を案内した。車の荷台に青いビニールシートが敷かれ、泥まみれのものが並べられていた。片方だけの靴、ペットボトル、ノート、虫取り網、キーホルダー、傘……。

「この傘！」

思わず手に取ろうとして、手首を摑まれた。青いつなぎを着た人がいつの間にか隣にいた。

「ごめんね、手を触れないように。傘に見覚えが？」

「葵の傘です。半年くらい前に川越に遊びに行ったときにアトレで買ったんです。妹は先端をいつも地面につきながら歩くので、すり減った感じも同じです」

父親が青いつなぎの人に迫る。

「葵の傘、どこで見つかったんですか」

「すいません、それはちょっと……」

「私は葵の父親です。知る権利はあるでしょう！」

「ご了承ください。ご家族の方であっても、まだ話すことはできないんです」

青いつなぎの人は行ってしまった。入れ違いで「葵さんのお父さんですか」と駆け寄ってくる若い男性がいた。ジャージ姿で、頭を下げる。

「私、葵さんの担任をしています第七小学校の浮島です。あの……」

浮島の目は真っ赤だった。神妙に言う。

「葵さんの姿を学校で最後に見たのは、たぶん、私なんです。五時ごろにひどいゲリラ豪雨があって、そのさなかに葵さんは東門を出ました」

増水した高麗川を見たいと話しているのを聞いたので、絶対に川に近づかないように強く言い聞かせたという。父親は頷き、質問する。

「誰か友達と一緒だったんですか」

「いえ、ひとりです。友達とは校門で別れています」

浮島が目の前の農家を指差した。

「ここに差し掛かったところまでは見送ったんですが……」

「葵は確かに好奇心旺盛なところはありますが、危険なことを敢えてするような子ではないです。傘が見つかったのもこの田んぼの一本道のはずです。川には近づいていないと思います」

父親は断言したが、沙希は首を傾げる。

「お父さん、でも警察は傘がどこで見つかったのか言わなかったよ」

「沙希に落とし物を確認させる前に、田んぼや排水溝から見つかったと言ったろ。少なくとも高麗川流域で見つかったものじゃない」

浮島が、今度は高麗川の方向を指差す。

「あの風の強さだと、傘がここまで飛ばされたことも考えられます。なにせ高麗川の土手道からこの田んぼの一本道まで、百メートルも離れていません。遮るものもないし」

事故なのだろうか。なにかの事件に巻き込まれたのか。そんなこと考えたくない。いまに

「ただいま〜」と言いながら呑気な顔で帰ってくるはずだ。葵が事件に巻き込まれるなんて――。

事件と意識したら、思い出したことがあった。

葵がいなくなったと聞いて、なぜすぐに思い出さなかったのか。沙希は自分の頭を叩き割りたくなる。

「お父さん、きっとあの男だよ！」

思わず父親の腕にしがみついた。

＊

音が気になる。

奈良健市（ならけんいち）はビニール袋の底から着替えを出すのをあきらめた。捜査に疲れた男たちが寝ている。ビニール袋の音はやかましいものだ。奈良はステテコに肌着姿のままスリッパをつっかけ、埼玉県警小川警察署の道場を出た。一階の喫煙所に向かう。誰もいないと思っていたが、女性警察官と出くわした。慌てて引き返す。

二十三時を回ろうとしていた。道場には十枚ほどの布団が敷かれている。「令状出る案件ですかそれ……」と寝言を言っているのは、奈良の部下のひとり、森川淳一巡査部長。浦和高校から埼玉大学を出た埼玉県人の鑑だ。アニメオタクで三十五歳独身。二次元世界に心酔しているからか、三次元で起きる殺人事件に恐怖がない。肝が据わっている。

奈良はそうっとスラックスを引っ張り出して、片足を通す。誰かの鼾の音が聞こえた。バーコード頭が布団の先から覗いている。小山啓泰巡査部長だ。高卒で埼玉県警に入ってから刑事畑一筋のベテランだ。

奈良は埼玉県警本部の刑事部捜査一課二係で四班を率いる警部補だ。部下はこの二人しかいないのだが。

再び一階の喫煙所に下りた。小川警察署は埼玉県北部の田舎町を管轄している。喫煙所の外灯に大量の虫が集まり、体当たりしていた。実家に電話する。着替えの差し入れの礼を言っていると、小川警察署の副署長が入ってきた。にやついてこちらを見ている。電話を切った途端に、冷やかされた。

「いいですねぇ。嫁さんに寝る前のラブコールですか」

「母親ですよ。そもそも私、独身なんで」

副署長が驚く。

「それじゃ、今日着替え持ってきてた女性は？　毎日毎日、スラックスのアイロンがキマってるの、奈良さんだけでしょう」

「それは妹がやってくれています」

奈良も妹も独身で実家暮らしだ。奈良は事件捜査が忙しく、一年の九割はどこかの所轄署の道場の布団で寝ている。

埼玉県警はとにかく多忙だ。県人口は全国五位の七百十五万人に上るのに、警察官は一万人しかいない。東京都の人口は埼玉県の二倍弱の千三百万人だが、警察官は埼玉県警の五倍、約五万人いる。首都機能を考慮しても、埼玉県警のマンパワー不足は明らかだ。警官ひとりあたりのカバー率は全国で一番高い。中でも捜査一課は盆正月も事件に奔走する。私生活など、ないに等しい。

副署長が尋ねる。

「数日中にも捜査本部は解散かなと思いますが、奈良さんは、次はどこの署へ？」

「いまのところ待機、事件番ですよ。いや珍しい。五年ぶりじゃないかな」

奈良のデスクはさいたま市にある埼玉県警本部五階の捜査一課のフロアにあるが、埃をかぶった状態だ。まずは掃除だと考えていたら、スマホに着信があった。本部の比留間賢作管理官だ。奈良です、とぶっきらぼうに電話に出る。

「起きてたな。奈良は悪態をつきたくなった。お前はまだ寝る前の一服あたりだろうと思ったよ」

「次はどこです」

「ほほう、やる気満々じゃないか」

「早く用件を聞いて寝たいんです。寝ないで来い、の案件ですか」

比留間の声音はのんびりしている。

「小五の少女が夕方から行方不明だ。まだ見つかっていない。西入間署管内だ」

西入間警察署は埼玉県のちょうど真ん中にある。坂戸市や鶴ヶ島市が主な管轄だ。

「場所は坂戸市鶴舞。失踪地点は小学校付近だ。そういうわけで、人安初動本部を立ち上げるか、上が検討中だ」

人身安全初動捜査本部は生活安全部に属する。ストーカーやDV被害のほか、子供の行方不明事案にも対応する。本部長は県警本部長が務め、二十四時間態勢の捜査網が敷かれる。大規模に動き、速やかに人身の安全を保護する部署だけに、あとから「家出でした」「迷子でした」では済まされにくい。刃物を持った者が暴れているなど、具体性がないと立ち上がらない。

「いまは消防と協力して高麗川や帰宅路を重点的に捜索中だ」

今日の夕方、坂戸市でひどいゲリラ豪雨が降ったという。

「小学生なら、増水した川に転落とかじゃないですか」

「川から離れた通学路で本人のものと思しき傘が発見された。家族から不審者に付きまとわれていたという訴えもあってな。STSを自宅に派遣している」

STSは埼玉県警特殊事件捜査係の略で、誘拐や立てこもり事件が専門だ。最近の誘拐事件は身代金ではなくわいせつ目的が多く、ほとんどの場合犯人が相手を殺してしまう。小学校高学年以上が被害者だと、犯人の脅しにひたすら耐え忍ぶ場合もある。殺人ではなく監禁事件だ。

今回失踪しているのは小学五年生。微妙な年齢だ。

「まあ、川に流されたか、迷子だろ」

比留間が言った。事件化してほしくない一心なのだろう。管理官も忙しすぎる。

「念のため一報は入れておくが、捜査本部が立つまで出張るなよ。休んでおけ」

「休みなんか……」

「お前は平気だろうが、部下が休めないだろ。部下のためにそうしろ」

電話が切れた。休ませたいなら少女の行方不明の一報など入れてほしくない。副署長はいなくなっていた。西入間警察署に知り合いがいたはずだ。奈良は記憶を辿る。

一枚の年賀状が浮かんだ。赤ん坊の写真が印刷されていた。送り主は奥村悠太巡査部長だ。

時計を見る。深夜だが、奈良は電話をかけた。発信音が一度も鳴らずに奥村が出た。

「奈良だ、覚えているか」

「もちろんですよ。埼玉県警なのに奈良です、ってあの自己紹介、いまでもやってるんですか」

また古いネタをほじくり返す。元気だったかと尋ねる。

「変わらずです。奈良さんはそろそろ定年でしたっけ」

冗談だろうが、「まだピチピチの四十三歳だ」と答えた。

奥村と出会ったのは、奈良が警部補に昇任した八年前のことだ。警察官は昇任するたびに一か月ほど学校に戻る。巡査部長と警部補は、東京都小平市にある関東管区警察学校で過ごす。そこで奥村と同じ部屋だった。

奥村は巡査部長になりたての二十六歳、頬にニキビ跡が残るあどけなさがあった。社交的な優等生で背が高く、女好きのする顔をしている。人生そつなくこなしていますというまなざしが時々鼻につくが、悪い奴ではない。年賀状が届くたびに結婚しました、子供が生まれました、という具合だったが、今年は子供の写真のそばに「春から西入間です」というメッセージが書き添えてあった。

「こんな時間にどうしたんです、奈良さん」

「上から一報が入ってな。どうだ」

電話の向こうからは騒がしい声が聞こえる。

「まだ見つかりませんね。とりあえず今日の捜索は打ち切って、これから撤収します。明日、日の出とともに消防と動く予定です」

「誘拐の線は？」

「なんとも。家族から出た不審者情報は鋭意捜査中です。奈良さん事件番ですか」

「いまは小川町のひき逃げ死亡事件だよ、送検が終わって書類仕事。人安本部とか捜査本部とか、立ちそうなのか」

微妙なところだと奥村は答えた。最初は地域課と生活安全課で動いていたが、家族の証言で不審者情報が出たため、刑事課も現場に入ったらしい。

「家族関係が複雑です。両親は親権を争って離婚調停中です。母親はパニクって聴取にならず、ガイシャと二年以上対面していない父親が飛んできて、捜査に口を挟んでくるんです」

頼みは、中学校三年の姉だという。

「お前の直感はどうだよ。筋読みしてみろ」

「家出じゃないですかね。大人っぽくて早熟そうな雰囲気です。両親の別居はもう二年にわたっていて、ほとんど母子家庭状態だったようですし」

そういう子供は非行に走りやすく、家出もしやすい、と言いたいのか。

「母子家庭でも真面目に親を助ける子供はたくさんいるだろ」

「いやいや、奈良さん、ガイシャの顔知らないからそう言うんですって。すんごい美少女です。これは周りがほっとかない。悪い誘いがいっぱいあったんじゃないかと思うんです」

少女の画像を送るからと奥村が電話を切った。二本目の煙草に火をつける。煙草がチリチリと音を立て灰になっていく。画像が届いた。見る前に基本情報を確認する。

石岡葵。平成十七年六月一日生まれ、十一歳。血液型、AB型。現住所、埼玉県坂戸市鶴舞二－三三－五。第七小学校五年二組在籍。

画像を開いた。左右対称の整った顔立ちの少女が、画面いっぱいに現れた。横一直線の眉毛は意志の強さを感じさせる。鼻梁もまっすぐで凛とした佇まいだ。二重瞼の大きな瞳に、弾けるような輝きがある。溢れんばかりの生命力を感じた。

奈良は道場に戻り、荷物をまとめて駐車場へ出た。部下には休んでおくようにメモを残してきた。覆面パトカーに乗る。家に電話をした。

「次は西入間だ」

車の窓を閉めているのに、虫の鳴き声がやたらうるさく聞こえてきた。時計を見る。七月四日が終わろうとしていた。

深夜一時前に坂戸市の西入間警察署に到着した。国道407号、坂戸バイパス沿いにある。深夜のいまでも車の通りがあり、波のように走行音が寄せてくる。途切れると用水路から水の流れる音がした。西入間警察署はベージュ色の外壁が真新しい。六年前の二〇一〇年に建て替えられた。廊下も受付もピカピカだ。

二階にある刑事課は空っぽだった。赤ん坊の写真を飾っているデスクがある。ここが奥村の席だろう。

奈良は、奥村のデスクに足を投げ出す恰好で座り、坂戸市内の地図を開いた。どこに駅があり、どう川が流れているのか、交番や駐在所の場所も頭に叩き込む。

午前三時過ぎ、奥村が姿を現した。ジャージ姿で、栄養ドリンクを手に持っている。「到着、早っ」とひとこと言っただけで、奈良を追い立て席に着いた。寝不足のせいか目が落ちくぼみ、八年前の若々しさはない。

立ち上がった奈良に、すかさずパイプ椅子を差し出す人物がいた。刑事課強行犯係係長の呉原(くれはら)警部補だ。階級は奈良と同じだが、本部の勤務者に気を使っているようだ。他にも二人の捜査員が集まってきた。

自己紹介の後、情報共有を始めた。事案認知から七時間、捜査本部は立っていない。家族関係の複雑さや報告のあったストーカー事案に喫緊性がなかったからだろう。

すでに地域課と生活安全課の少年係が現場に向かっていて、消防と捜索範囲の打ち合わせを始めているという。

「高麗川への転落や、事故の捜索は地域課と消防に、家出の線は少年係に任せましょう。うちは誘拐の可能性を考慮に入れて動きます」

呉原が立ち上がり、ホワイトボードの前に立った。坂戸市の地図が貼られている。西を向く象のような形だ。少女が失踪した浅羽野・鶴舞地区は、象の口の部分にあたり、南側の鶴ヶ島市と隣接している。

ナシ割――遺留品や証拠をあたる捜査活動の報告から始まった。

「いまのところガイシャの遺留品は田んぼに落ちていた傘のみ。落下地点ですが……」

呉原は区画の中心に赤いマグネットを置いた。田んぼの一本道の真ん中の、南寄りの地点だ。この近辺は田んぼを表す地図記号ばかりがある。

「三十メートル四方の田んぼの中です。田んぼやあぜ道、一本道にゲソ痕は発見できませんでした。雨で消えた可能性もありますが」

「傘は風に運ばれたのでは？」

奥村が目を光らせて言った。呉原が答える。

「どの地点から飛ばされたのかは判断がつかない。高麗川の土手からなのか、田んぼの一本道なのか」

「傘は開いた状態だったんですか」

奈良の質問に、呉原が現場写真をホワイトボードに貼り付ける。傘はひっくり返り、柄が天を向いている。故障箇所はなかった。

奈良は行方不明の少女の基礎資料を捲った。身長一五五センチ、体重四〇キロ。小柄な成人女性と変わらない。

「少女の体格を考えると、風に逆らえず傘を手放してしまった、ということはなさそうだが」

奈良の意見に、「つまり?」と奥村が結論を急ぐ。

「風以外の原因で、傘を手放した。高麗川に落ちた、あるいは何者かによって強引に身を攫われたとか。指紋はどうです」

奈良は呉原係長を振り返った。

「指紋はこれからです。なにせ捜索範囲が広すぎて、うちの鑑識だけじゃ手に負えない。南の川越署と北の東松山署、本部鑑識にも応援を頼んでいます」

鑑識と言えば、警察犬はどうか。捜査員が答える。

「雨で匂いは流れてます。校門から一歩も動きませんでした」

次は地取り、と呉原が地図を振り返る。地域を決めて行う聞き込み捜査の報告だ。

「とは言ってもこの田んぼの一本道――」

第七小学校から鶴舞ニュータウンまで距離にして約八百五十メートル、その間に民家は二十軒ほどしかない。田んぼの一本道沿いにはたったの二軒で、他はかなり離れている。この界隈の地取りは完了していた。目撃証言はない。

「それじゃ今日は地取りの範囲を広げるか」

奈良は提案した。田んぼの一本道は東西に延びている。南側に広がる田んぼの先は浅羽野地区の住宅街だ。西側は鶴舞ニュータウン、北は高麗川流域。呉原は三人しかいない部下のうち、二人を地取り捜査に割り当てた。浅羽野と鶴舞は住宅密集地で、数千軒はありそうだ。捜査本部が立たなければ、一か月はかかるだろう。

「では、鑑取りいきますか」

呉原が声を張り上げた。鑑取り捜査は敷鑑とも呼ばれる。被害者の人間関係を洗う捜査だ。少女は家庭環境が複雑だと聞いた。奥村をはじめ他の捜査員たちも、ここからが捜査の本線という様子だ。

「姉の石岡沙希、平成十三年生まれの十五歳、第六中学校三年三組在籍。妹の失踪時刻は、電車に乗っていたということです。池袋にある東光義塾へ向かっていました」

次は母親の石岡秋奈。昭和五十年生まれの四十歳。職業はアルバイト。坂戸市厚川にあるドラッグストアにて、平日はフルタイムで働いている。

呉原が地図を指さした。厚川地区は鶴舞ニュータウンの南西にある。東武越生線一本松駅界隈の住所だ。東武越生線は坂戸駅から枝分かれする路線で、西の越生町方面へ延びる。総距離十キロ強、駅数八つと小規模だ。

「昨日は半休を取って池袋で買い物をしていたそうです。十六時半ごろ、葵から雨がひどいので迎えに来てほしいという電話を受けているが、断っています」

奈良は少し引っかかった。

「普段はフルタイムで働いているのに、買い物のためにわざわざ半休を取ったのか？　買い物程度なら週末ではだめだったんだろうか」

誰かに会っていたのではないか。

「そのあたり、今日突っ込みますか」

呉原が頷き、父親についての説明を始めた。

石岡征則、昭和四十五年生まれの四十五歳。職業はあいわ銀行新宿支店の、融資担当部門の統括課長。食品関係の企業を担当し、その融資の決定権を持っている。現住所は豊島区目白四丁目、池袋プレシャスタワーレジデンス一七二〇号室。

「夫婦は離婚調停中で、親権を巡って高裁までこじれています。葵は父親と二年も会っていなかったようです」

裁判では、母親の秋奈が単独の親権を訴えているが、征則は経済的な不安定さを理由に、豊島区で自身が養育すると主張している。

「行方不明少女がこのあたりどう思っていたのかがポイントになりそうだな。場合によっては家出の事由にもなりうる。少女の家族以外の鑑はどうだ」

習い事や塾通いはしていない。人間関係は第七小学校に絞られる。スマホを持っていないのでSNSなどとも無縁だという。ただ、自宅のパソコンを使っている可能性もある。

友人関係で特に親しかったのは、藤岡絵麻という同級生だ。失踪直前まで絵麻と教室で遊んでいた。いじめなどのトラブルはない。目白時代の友人関係についてはまだ手付かずだった。

「他、恋愛関係などは」

「担任の浮島が言うには、そういったことには奥手だったということです。アニメオタクで漫画が好きだったとか」

うちの班の二次元オタクの森川が活躍するかもしれないな、と奈良は思った。

不審者情報や性犯罪前歴者の確認も進んでいる。管内に住民票登録のある性犯罪前歴者は八名。すぐに洗わねばならない。

「で、うちの本丸っすね」

出番を待ち構えていたように奥村が立ち上がり、調書のコピーを一同に配った。

「姉の沙希から訴えがあった、不明少女に対するつきまとい事案です」

六月七日の十五時、帰宅途中の葵は、不審な車につきまとわれた。場所は昨日最後に目撃された田んぼの一本道で、のろのろと後ろを走り、葵が振り返るとスピードを上げて通り過ぎる。数十メートル先で停車する。葵が抜かすとまた徐行でついてくる。三度目に運転席の窓から手を伸ばし、葵の腕をつかんだ。葵は自宅まで走って逃げたが、途中で写真を撮られたらしい。

車は一本松駅の方へ走り去った。シルバーのミニバンタイプの軽自動車で、品川ナンバーだった。

「県道に県警の監視カメラが設置されているはずです。当該の車は映っていたんですか?」

奈良の問いに、呉原は首を横に振った。

「それもこれからです。相談を受けた大家駐在所の巡査長が記録に残してはいましたけど、被害届を出すところまではいってませんので、捜査もしてません」

同じことがあればすぐに対応するということで終わり、本人や母親も納得した。今後、特徴の似た車が付近を通過していないか、防犯カメラを洗う必要がある。

「で、この絵はなんだ？」

奈良は、調書のコピーの備考欄を指ではじいた。色鉛筆を使ったのか、ずいぶん鮮明なアニメの絵柄が描かれている。上半身裸の男と、下着しか身に着けていない少女。二人とも、肩から背中にかけて入れ墨が入っている。奥村が答えた。

「これは不審者のスマホカバーのデザインです。写真を撮られたとき、葵が目撃したものです」

「なんのアニメのキャラだ？」

「わかっていません。この男については訴えがあった時点で捜査してませんからね」

不審者の似顔絵なども作成されていなかった。二十代から四十代の、目鼻立ちのはっきりした男ということしか記されていない。手がかりはこのアニメのキャラクターのみ。森川の出番だ。奈良は絵柄をスマホで撮影し、森川に送った。

「うちでできる今日の鑑捜査は、葵の目白時代の人間関係と、自宅のパソコンの分析……てなところでしょうか」

呉原の総括に、奈良は手を挙げた。

「もう少し家族を洗いたい。特に母親が池袋で何をしていたのかが気になる」

自然、相棒を求めて奥村を見る。奥村が頷いた。

東の空から太陽がもう昇り始めていた。

＊

長い夜だった。

沙希は仮眠すら、罪悪感を抱いた。玄関の扉は開きっぱなしで、深夜零時を過ぎても警察や消防の人の出入りがあった。眠りは浅く、すぐに目が覚めてしまう。外が明るくなり始めたころ、一階に下りた。和室から、母の嗚咽が聞こえてきた。

葵のクロックスのサンダルが玄関の三和土にある。ターコイズブルーのスニーカーはないままだ。リビングでは、誘拐捜査専門の刑事が背筋を伸ばして、ソファに座っていた。

「お母さんは和室で休まれています。眠れてはいないだろうけど……」

葵の迎えを断った母は、自分を責めていた。池袋にいたのだから仕方がない。父親の姿はなかった。ここに泊まるわけにもいかなかったのだろう。沙希はスマホで父親にメッセージを送った。

ダイニングテーブルには、見覚えのないお盆におにぎりが並んでいた。仕出しケースがあり、稲荷ずしも入っている。近所の蕎麦屋のもので、店の息子は葵の同級生だ。ＰＴＡも動いてくれているのだろう。

「食べれるだけ、食べた方がいいよ。暑いし、倒れたら大変だからね」

刑事が声をかけてきた。はい、と返事をした声が掠(かす)れてしまう。ダイニングの椅子を引いて稲荷ずしを手に取った。葵はなにか食べているだろうか、と不安になる。父親から返信が入った。

『高麗川で捜索してる。関越道のすぐ下あたり』

消防や警察の捜索は深夜零時で終わったはずだが、父親は夜通しで捜している。

『なにか食べて。差し入れがあるから、持って行こうか？』

『一旦そっちに顔を出す』

森のくまさんのメロディが流れた。固定電話の着信音だ。刑事が腰を浮かせる。親機と接続した逆探知機のスイッチを入れ、ヘッドセットを耳に当てた。

母親がリビングに飛び込んでくる。鬼のような形相だ。髪がぐちゃぐちゃになっていた。昨日のメイクすら落としておらず、目じりに引いたアイラインがぼやけている。つんのめりながら、親機の受話器を取った。

「はい、石岡です！」

「朝早くに申し訳ない。大家分団団長の佐藤ですが」

逆探知機から相手の声が聞こえてくる。申し訳なさそうだった。消防団の団長をしている佐藤は、母が勤めるドラッグストアの店長だ。彼も捜索を手伝っている。

「今日の捜索ですが、昼間に仕事をしている者は出られません。入西（にっさい）、勝呂（すぐろ）、三芳野（みよしの）分団からも人を集めようと思ってますが、大丈夫ですか」

もちろんです、と母が力なく答えた。

「それから、大学生機能別消防団の方にも声をかけようかと。市内にある大学の、訓練を受けた学生四十名が登録していますので。どうでしょう」

「ありがたいことです。よろしくお願いします」

電話が切れた。沙希はすぐさま口を挟んだ。

「消防団が誰を動員するとか、いちいち家族の了承を取ってくるの？」

母ではなく刑事が答えた。

「消防団というのは正式な消防士じゃないからね。個人情報があるから、誰彼構わずというわけにはいかないんだ。ネットなどで葵ちゃんの情報が拡散してしまう可能性もあるから」

母親が体を引きずるようにして、和室に戻った。車のエンジン音が聞こえてくる。リビングのカーテンを開ける。いつもは雨戸が閉まっているが、窓は開いていた。

レクサスが停車している。父が疲れた足取りで家に入ってきた。刑事に挨拶する。声が嗄(か)れて別人のようだ。白いワイシャツのあちこちに泥や草の汁が飛んでいる。

「お母さんは?」

和室で横になっていると伝えた。父親は頷き、廊下を進んだ。洗面所を使うのだろう。リビングに戻ってくると、沙希に学校に行くか尋ねた。

「行くわけない。私も葵を捜すよ」

「中三の女の子じゃ戦力にならない。危険なだけだ」

「それなら駅の方とか、駅前の商店街とかを」

「じゃ、お父さんの着替えを買ってきてくれないか。いつまでもこの恰好じゃいられないし、目白に戻る時間も惜しい」

「お父さん……。仕事に戻らなくていいの?」

大丈夫、と父親が硬い表情で微笑(ほほえ)んだ。

「ここには泊まらないよ。坂戸にひとつホテルがあるみたいだから」

自分がいると母親を刺激すると思っているようだ。

「いまは協力すべきときじゃん。ここに泊まりなよ。私からお母さんを説得するから」

「ありがとう、でもお母さんは普通の精神状態じゃないはずだから。買い物は放課後でいいから、学校に行きなさい。妹や弟が七小に通っている六中生もいるだろうから、葵に関して何かわかるかもしれない。情報を拾ってきてほしい」

父親は窺うように沙希を見た。沙希が第六中学校になじんでいないのを知っている。友人がいないわけではないが、居場所のない少女たちが寄り集まる、目立たないグループになんとなくいるだけだ。親友はひとりもいない。

「わかった。でもそういうのって、警察の仕事じゃないの」

「警察はまだ動きが鈍い。事故や家出の線もあるからね。事件として捜査している刑事はたったの五人しかいないというから」

家にいる刑事を意識しているのか、父親は声音を抑えていた。

「警察署で聞いてきたの？」

「いや、明け方土手道で二人組の刑事と出会って。ひとりは県警本部のベテラン捜査員だ」

事件化したらすぐに初動捜査体制を敷くため、土地勘をつけようと早朝から動いてくれているらしい。心強かった。父が声を振り絞り、沙希に言い聞かせる。

「大丈夫、葵はきっと見つかる」

沙希はいつもより早く自宅を出た。

田んぼの一本道は通行止めになっていた。高麗川の土手道へ迂回するよう、警察官や小中学校の教師が誘導している。遠回りだ、虫がいていやだと文句が聞こえてきた。

土手道は地上より二メートルほど高い位置にある。浅羽野地区や田んぼの一本道をよく見渡せた。警察や消防の車両がたくさん停車している。「事件だよね」「殺人とか！」と騒いでいる生徒もいたが、中には事情を知っている者もいた。

「七小の五年生の子が行方不明らしいよ」

「直前まで担任が見てたのに、ぱっと消えちゃったらしい。神隠しっていうんだよ、コレ」

沙希は田んぼとは反対の、高麗川流域を見下ろした。草木が生い茂る一帯だ。何台もの草刈り機が投入されていた。大人の背丈よりも高い葦が、次々と刈り取られている。沼地のようにぬかるんでいる箇所もあり、長靴の足を取られて転ぶ捜索隊員もいた。昨晩のゲリラ豪雨であのあたりまで水がきていたのだろう。

土手道の右手に旧養豚場が見えてきた。いまは廃墟になっているが、この土手道は第六中学校のマラソン大会のコースになっていて、母親のころはにおいのする養豚場の前を通るのが最大の難関だったそうだ。

葵は「超楽しそう！」と廃墟になった養豚場に入ろうとして、母親に叱られていた。浅羽神社の古墳の石室の中に忍び込んだこともあった。もしかしたら、どこかに入り込んで出られなくなってしまったのだろうか。

第六中学校の校門に入った。藤岡綾羽という同級生の姿が見える。綾羽には絵麻という小五の妹がいる。葵の親友だ。なにか知っているかもしれない。だが声をかけにくい。これまで話したことがないし、綾羽は悪目立ちするタイプの少女だ。髪の色を明るくしていて教師から注意されると、「地毛ですよー」と甘ったれた声で返していた。校則では肩についた髪は飾りのないゴムで縛らなくてはいけないが、平気で下ろし、モデルみたいにかき上げた。

沙希は勇気を振り絞る。

「藤岡さん！　おはよう、あの……」

綾羽が振り返った。有無を言わせない冷たい視線だった。沙希は二の句が継げない。綾羽が友人を先に行かせ、焼却炉の脇へ沙希を促した。人が来ない場所だ。

「葵ちゃん、まだ見つかってないの？」

沙希はこっくり頷いた。

「あのね、申し訳ないけど、うちは関われないんだ。捜索とかに協力できないから」

頭ごなしに言われ、びっくりしてしまう。綾羽が続ける。

「絵麻はショックで寝込んじゃってるし、うちの母親を責められるのも、イミフって感じなわけ。電話が鳴りっぱなしで、私もあまり眠れなくて参ってるの」

絵麻の母親がどうして責められるのかよくわからないが、腹が立ってつい言い返してしまう。

「ちょっと待って。私はただ、妹のことでなにか知っていることはないかと」

「だから、なにもない。とにかく私もザコと関わっているところ見られたくないし」

栗色の髪を揺らし、綾羽は行ってしまった。甲高い声で友人を呼び止めている。この学校では地味で暗い生徒に対して、ザコという特有の悪口が使われていた。雑魚と書くのだろう。

＊

奈良と奥村は朝食を済ませ、鶴舞の石岡家に向かった。朝四時から動いて腹が減ったのか、奥村はベーカリーの食べ放題のパンを六つも平らげていた。いまはあくびをこらえながらハンドルを握っている。咀嚼(そしゃく)する音、あくびをかみ殺す音が、管区警察学校時代よりもずっと力強くなっていた。

「事故ったら免職だぞ。気をつけろ、関取を責任もって横綱まで育てにゃ」

「は？　横綱ってなんですか」

「お前の娘だよ。年賀状に写真が」

奥村は抗議する気力もないようだ。適当に流して大あくびした。

「にしても、この界隈は難解な地名が多いな。かつろ？　にゅうざい？」

「勝呂と入西のことですか」

奈良も埼玉県人だから越生町や毛呂山町くらいは読めるが、地区名は知らないものもある。

「もともとこの界隈の地名は渡来人がつけたらしいですよ」

高麗川流域に移住してきた高句麗の人間が、日高や坂戸あたりを開拓したのが始まりらしい。一九七〇年代に北坂戸や若葉に団地ができて、鶴舞をはじめとするニュータウンが続々完成した。

「そういや、お前はまだ官舎だろ。上尾の方だっけか。マイホームは？」

奥村は目を細めた。

「公務員といえど、将来なにがあるかわからない時代ですからね。しばらくは格安で住める官舎で金を貯めようと思います。うち、奥さん専業主婦で、働きたくないって言うんで」

自分の妻を奥さんと呼ぶ。奈良は背筋がぞっとした。

「夫婦共働きなら早々に自宅購入してもいいかなとは思うんですけどね。二人目も欲しいですし、将来的に都心近くで中古マンションがいいかなと」

「堅実だが、夢がないなぁ」

「奈良さんに言われたくないですよ。夢を見すぎて、結婚までこぎつけられないんでしたっけ」

八年経って、なかなか生意気になっている。

「そういう奈良さんは埼玉県のどちらの出身でしたっけ？」

「東の方だよ」

奈良の実家はさいたま市大宮区にあるが、もともとは春日部市に一軒家を構えていた。千葉県と隣接する大きな町で、クレヨンしんちゃんの舞台として全国的に有名だ。

「奈良さんて昔からそうでしたけど、自分の話、全然しませんよね」

「結婚しそびれた中年男のプライベートを知りたい奴なんかいるかよ……。着いた。このあたりだろ、鶴舞ニュータウンは」

どこをどう曲がっても似たような一軒家が続き、目印になりそうなものがない。高圧電線が鶴舞ニュータウンの東端に並んでいる。ひとつの鉄塔の袂に『鶴舞団地へようこそ』という古臭い石碑が置かれていた。

緩くカーブする中央の大通りは両脇にカフェ、定食屋、化粧品店などの看板がぽつりぽつりと見える。どの店も開いていない。鶴舞ニュータウンを東西に流れる用水路まで出ると、消防団の法被を着た若者が何人かいた。

セントを超えている。

「感心するな。あんな若いのが地元の消防団か」

「恐らく市内の大学生でしょう。鶴舞の住民じゃないと思いますよ」

鶴舞ニュータウンは市内で最も高齢化が進んでいる地域だ。六十歳以上の比率は五十パーセントを超えている。

『広瀬』の表札が出た一軒家に到着した。紺色の瓦屋根にベージュのモルタルの外壁で、ひびや汚れが目立つ。築四十年は経っていそうだ。ブロック塀に埋め込まれた赤い郵便受けには『石岡』と印字されたテープが貼られていた。パトカーとＳＴＳの捜査車両が一台ずつ停車している。玄関は開け放たれ、消防団の法被を着た人たちが出入りしていた。

早朝に高麗川の土手で出会った、行方不明の少女の父親を思い出す。喉を嗄らして娘の名前を呼び続けていた。姉の沙希とは進学や勉強の相談で頻繁に交流があったようだが、葵とは疎遠だったらしい。

奈良が玄関から呼びかけると、ＳＴＳの巡査部長が顔を出した。奈良と同じ捜査一課所属だ。家族がいるかどうか、尋ねた。巡査部長が小さな声で答える。

「母親が中にいますけど、ショックで立ち上がるのもやっとです。父親は大家消防団と一緒に高麗川流域の捜索。姉の沙希は学校です」

奈良と奥村はリビングに入った。蒸し暑い。エアコンが稼働しているが、庭側の窓が全開だった。エアコンの室外機の温風が室内に入ってくる。ファンの音で余計暑苦しく感じた。

母親はスマホを握りしめ、前のめりになって座っている。緩く巻いたボブヘアはパサついていて、白い筋がいくつか見える。視線に落ち着きがない。彼女の震える爪先が、スマホとぶつかって、絶え間なく音を立てている。奈良は母親の正面に立った。

「お母さん、大変なときに失礼します。本部捜査一課の奈良です」

奈良は懐から警察手帳を出して見せた。母親が立ち上がろうとしたが、奥村が気遣って座らせた。母親が急いたように口を開く。

「葵は見つかったんでしょうか」

「いえ。本格的な捜査が始まるというところで……」

「何かわかったからいらっしゃったというわけじゃないんですね？」

咎めるような、苛立った口調だ。均整の取れた顔にたるみなどはなく、若々しい。不明少女の葵によく似ていた。母親というより『石岡秋奈』という個人名がよく似合う、主張する顔だと思った。奈良は昨日の行動について、もう一度確認する。秋奈の顔がにわかに引きつった。じろりと奥村を見る。

「昨日のことは、この刑事さんにお話ししましたよ」

奥村が「もう一度お願いします」と頭を下げた。奈良は切り出す。

「勤め先のドラッグストアを出たのが十二時十五分。十二時半に自宅に到着し、改めて自宅を出たのが十三時。十六分、一本松駅発の東武越生線に乗り、坂戸駅で池袋行き十三時三十七分の電車に乗り換えた。池袋駅着は十四時二十一分。間違いないですね」

奥村が聴取した内容を、一字一句頭に叩き込んである。手帳も資料も見ずに一気に話したことで、プレッシャーをかけている。秋奈は頷いただけだ。

「その後、十八時十五分池袋駅発の下り列車に乗り、十九時十七分に一本松駅着。徒歩で十九時半に帰宅したところで、葵さんが学校から帰宅していないことに気が付いた」

秋奈が耐え難い様子ながら肯定し、顔を両手で覆う。

「仕事から帰宅するのもだいたい七時半ごろなんです。先に帰っている葵が雨戸を閉めて、ご飯を炊く係でした。でも昨日は雨戸も閉まっていないし、明かりもついていない。葵の靴もなくて」

一度帰宅してから、友人の家へ遊びに行って遅くなっているんだろうと思ったが、ランドセルが見当たらなかった。

「遊びに行くときは必ずランドセルを置いてからと約束していたし、それを破ったこともありません。まだ学校なのかと、慌てて小学校へ連絡を入れました」

担任の浮島は「十七時過ぎには校門を出た」と言った。家の中を確かめたが、いない。近所の公園を捜しに行った。子供の姿はない。通学路の田んぼ道を捜しながら、知り合いの母親何人かに連絡を入れた。ＰＴＡが各地区部会に情報を流してくれた。七小に残っていた教師たちも捜索に加わった——。

奈良は口を挟む。

「池袋に到着した十四時半から、池袋を出る十八時までのことをお聞きしたいのですが」

秋奈が不可解そうな目を奈良に向けた。

「事案発生当時の家族の行動を明確にしておくのは、捜査の鉄則でして。沙希さんや征則さんにも確認しています。外出していたお母さんの行動を、明確に証言できる人物はいますか」

少し嫌な聞き方だったかもしれない。それでも、ちょうど半休を取って都心に出ていた母に尋ねないわけにはいかない。秋奈が立ち上がり、ダイニングテーブルの椅子の上に置かれた紙袋を二つ、持ってきた。

「来年の春には上の子の卒業式と入学式がありますので、フォーマルで使える靴を探しに行っていました」

秋奈が東武百貨店のロゴが入った紙袋を、奈良に差し出した。財布にあったレシートも見せる。時刻を確認した。購入時刻は十五時三十四分だった。

「その靴、差し上げます」

秋奈が吐き捨てるように言った。

「娘がいなくなった日に買った靴なんか、履けません」

いまなら返品できるという現実的なアドバイスができる雰囲気ではなかった。

秋奈はキハチのロゴが入ったクッキー缶を出した。レシートを渡してくる。印字された時間は十六時一分となっていた。

「その後は、人と会っていました。東口の喫茶店で友人と一時間ほど過ごし、六時前には別れました」

秋奈は顔を不自然にこすったあと、両肘を膝の上についた。妙に前のめりの恰好だ。

「証明できるレシートかなにか、ありますか」

「支払いは友人がしましたので」

男だな、という直感があった。喫茶店に入ったのは十七時前後だという。

「葵ちゃんから電話がかかってきたのが十六時三十分ですが、入店後ですか。前のことですか」

「前です」

娘から車で迎えに来て欲しいと頼まれていた。これから男とお茶をするから断った。意地悪な言い方をすればそうなる。相手の氏名を尋ねた。

「鳥山陽介さんという人です。中学校時代の同級生で」

実家は近所だが、本人はいま東京都板橋区に住んでいる。南池袋にあるミックスというヘアサロンの経営者だという。鳥山は仕事を抜け出し、秋奈と喫茶店に入ったらしい。

「そもそも、鳥山さんと会うために半休を取られたんですか」

秋奈が苦しそうに頷いた。池袋で買い物をしつつ、鳥山からの連絡を待っていた、ということのようだ。奈良は率直に尋ねる。

「鳥山さんは、恋人ですか」

「いいえ。違います。友人です」

「鳥山さんと二人で会うようになったのは、いつごろからでしょう」

「そんなこと言わなくてはならないのですか」

「任意の聴取ですから、なんでもしゃべる必要はありません。ただ、葵さんがお母さんに恋人の影を感じ、ショックを受けて家出した、という線も考えられなくもありません」

秋奈はきっぱりと否定した。

「そもそも鳥山さんは恋人ではありませんし、葵は家出をするほどなにかに悩んでいた様子はありません！」

母親は顔を覆って肩を震わせたが、泣いてはいない。この聴取に屈辱を覚えているのか。奈良は礼を言って石岡家を出た。奥村が車のエンジンをかけながら、神妙に言う。

「あの母親の頭、見ました？」

「だいぶ白髪が目立ってたな」

「昨晩、俺が聴取したときは黒々してましたよ」

美容室ミックスは、南池袋の路地裏の雑居ビルにあった。スタイリッシュな空間が奈良には居心地が悪い。坂戸にいれば、少しはいまどき風に思えた奥村も、やぼったく見えた。自分はもっとだろう。

店長と思しき人物が訓示を垂れている。アシンメトリーな髪型の女性が奈良と奥村に気づいて、店の入り口にやってきた。腰からぶら下げたポーチの中でハサミや櫛がぶつかり合う音がする。

「すいませ～ん、まだ開店前です。ご予約の方ですか？」

二人揃って警察手帳を出す。

「埼玉県警の者です。鳥山陽介さんはいらっしゃいますか」

女性が急いでミーティングの輪に戻る。中央でしゃべっていた男に耳打ちした。男がふっと口をつぐみ、刑事二人を見た。あれが鳥山か。奥村が奈良に耳打ちする。

「秋奈の同級生と言ってましたけど、すごいですね。こんな都心であれだけの従業員を抱えた美容室の経営者なんて」

鳥山陽介が出てきた。シャツとスラックスを黒で統一し、涼し気な麻のニット帽を目深にかぶっている。シャツの隙間から覗くネックレスに嫌味がない。顔つきは強張っている。

鳥山は受付の奥にある小部屋に二人を案内した。中央にベッドがあり、大きな鏡、化粧台が壁際にある。

「すみません、エステルームですが」

奈良には鏡の前の椅子、奥村には施術ベッドに座るように促した。鳥山が扉を閉めた途端、慌ただしい音がシャットダウンされ、部屋は静まり返った。

「広瀬の件ですか」

秋奈を旧姓で呼んだ。奈良は答えず尋ねる。

「秋奈さんからもうご連絡が？」

「ついさっき電話をもらいました。刑事が来るかもしれないと。娘さんがいなくなったとか」

洗練された雰囲気の鳥山に見下ろされていると、主導権を握りにくい。奈良は立ち上がった。

「昨日は午後から秋奈さんと会う約束をなさっていたそうですが、間違いないですか」

「ちょっと待ってください。なんで僕が事情を聞かれる必要が？　まさか容疑者？」

「ご家族の行動を明確にしておく必要がありますので、ご協力頂きたい」

鳥山が不愉快そうに話す。

「昨日は本当は、休みだったんです。で、午後から映画でもって感じで広瀬と約束をしていたんですけど、従業員がひとり急病で、出勤になっちゃって。それでお茶だけという感じです」

「参考までに、何の映画を見ようと？」

映画の内容によって、デートかどうか判断したかった。

「ペレの伝記映画です」

サッカーの神様ペレか。秋奈は浦和レッズの大ファンらしい。

「鳥山さんもサッカーがお好きで？」

奈良の問いに、鳥山は「全然」と苦笑いした。奥村が尋ねる。

「ここは秋奈さんが結婚生活を送っていた目白に近いですが、そのころも会っていたんですか」

「そんな近くに住んでいたなんて知りませんでした。中学を卒業して以来、会ってませんでしたし」

「いつごろ再会されたんですか？」

「広瀬が離婚して、鶴舞に戻ってきたころからです」

「離婚は成立していると、秋奈さんはおっしゃってるんですか」

少し慌てた様子で、鳥山が苦笑いした。

「いやいや、そうでした。まだ調停中ですよね」

鳥山の感情が、返答の隙間から滲み出ている。

「僕の実家は、広瀬の家のすぐ裏手なんです。そこで母が美容室やってたんで」

母の店を継がずに都心で店を出したのは正解だろう。鶴舞の衰退ぶりを見れば一目瞭然だ。

「いつだったか盆休みに帰省したとき、広瀬が公園にいるのを見かけて——背筋がぞっとしましたよ。昔にタイムスリップしたかと思ったくらい。あれは広瀬の下の娘だったんですけど、当時の広瀬そっくりで」

鳥山は大きく息継ぎし、続ける。

「それで、広瀬が実家に戻っていることを知って。他の旧友に声かけて、みんなで飯食いに行ったりとか、うちは親同士も知り合いですから」

「まあ、そういう縁がなかったわけではないですが、この店を開く上で結構借金してるんで。結婚は返済が終わってからと決めています。女性は待てないでしょ。同年代は特に」

奥村が「引く手あまたでしょう」と持ち上げた。

「独身です」

「失礼ですがご結婚は」

ふいに鳥山が黙り込む。思い詰めた表情だ。奈良と奥村は無言で待った。

「俺、コソコソしてるの嫌いなんではっきり言いますね。広瀬に惚れてます。本気で結婚したいなと思ってます。まあ、借金の返済が終わる二年後以降、あちらの離婚調停が成立してからの話なんで、いまはまだそういう、いかがわしいこととかはしてないです。不倫になっちゃうし。ただ、思いは伝えてあります」

まっすぐ顔を上げ、鳥山は順繰りに刑事二人の目を見る。

「広瀬は親権裁判中ですから、放棄してくれないかと、話したんです。いくら惚れた女の娘とはいえ、赤の他人の男との間にできた子供をかわいいとは思えないし、養育できません。昨日会ったのも、その話をしたかったからで」

「差し支えなければ、秋奈さんからの返事は？」

「冗談でしょ、って笑ってました」

奈良は返答に困ってしまった。焦ったように鳥山が言う。

「昔っから広瀬はそうなんです。男たちの視線をテキトーに流すんですよ。見た目はめちゃくちゃ美人ですけど、天然というか、空気読めないというか。男女のことに関しては、特に。そのくせ寂しがり屋なところがあって……。あいつの両親も離婚しているんで」

奥村が何度も頷く。

「本気だ、と言わなかったんですか」

「言えませんでした。幼馴染みみたいなもんですから。下手にプッシュするとその関係すら壊れそうな気がして」

鳥山が自嘲気味に言って、ニット帽を取る。

「四十にもなって思春期の男みたいなことを。恥ずかしいな」

奈良は従業員にも聞き込みをした。昨日、鳥山は十八時には店に戻り、閉店後の後片付けまで店から一歩も外に出ていない。二十三時まで完璧なアリバイがあった。

秋奈と鳥山が入った喫茶店で裏取りする。コインパーキングに戻った。スマホで地図を確認していた奥村が言った。

「また駐車場探すの面倒ですよね」

歩き出す。日差しから逃れたくて、池袋駅構内を突っ切って東口に出た。人の量、交通量が一気に増え、喧騒で余計暑く感じる。かつては待ち合わせスポットだった通称『そり像』はロータリーのど真ん中に移動していた。二人の人間が海老反り（えび）になり、輪を作っている巨大な銅像だ。車の騒音が飛び交う中に置かれ、銅像なのに気の毒に思った。明治通りの横断歩道を渡り、シックな装いの喫茶店に入った。店長を呼び、防犯カメラの有無を聞く。

出入り口と店の奥に一台ずつあった。確認したところ、確かに鳥山と秋奈の姿が映っていた。入店時刻も出店時刻も証言通りだ。

店内は空いていた。周囲に人がいないことを確認し、奥村が小声で言う。

「外れでしたね。俺はてっきり、不倫かと思ってたんですが。葵の家出の理由になりますからね。鳥山の発言、どう思います」

鳥山が秋奈と結婚を急ぐあまり、娘を邪魔に思ったという推理をしているらしい。

「刑事の前でよく言ったなとは思うがな。考えすぎだ。お前、係長に電話して報告してこい」

奥村が店の外に出た。奈良とガラス一枚隔てた場所で電話をかけるも、すぐに切った。奈良を見て「ホトケ」と唇を動かした。

首都高池袋線を経由し、埼玉県に戻る。死体が荒川で見つかった。女性だというが、それ以上はわからない。

高麗川は越辺川と入間川に合流したあと、荒川に注ぐ。現場は川越市で、荒川を跨ぐＪＲ川越線の鉄橋近くだ。補強工事をしていた建設会社の社員が今日の十時ごろ水死体を発見し、通報した。二本の川の合流地点からそう遠くない。

葵が行方不明になってから、二十時間が経とうとしている。増水した高麗川に転落したとして、荒川まで流れ着くのは不自然ではない。

河川敷は広い。川の流れの近くまで乗り入れたかったが、背丈のある草木が生い茂っている。ＪＲ川越線の踏切近くで捜査車両を降りた。川越警察署のパトカーや鑑識車両が並び、規制線が張られていた。

奈良と奥村は腕章をつけて、規制線をまたいだ。川は増水で濁流になっていた。地響きのような音を立てて流れる。河川敷はぬかるんでいた。伸び放題の濡れた雑草の間を進むうち、スラックスが湿ってきた。ＪＲ川越線が走り金属音をまき散らすが、一瞬だ。筋状の雲の向こうに青空が広がる。

「お疲れさまです、本部捜査一課の奈良です」

川越警察署の強行犯係の刑事に声をかけた。奥村が「西入間警察署の」と自己紹介したところで、刑事は言う。

「もしかして昨夕の女児行方不明事件の？」

「ええ。ホトケはどこです？」

「まだ川の真ん中ですよ。いまは水没してますけど、普段、鉄橋の真下は中州なんです。その浅瀬に引っかかっているようで」

奈良は目を凝らした。川幅は百メートル弱ぐらいか。古木が川面から顔を出しているように見えるが、あれがホトケだろう。

「女って情報でしたけど、何歳くらいでした？」

「身長は一五〇から一六〇センチと推定されてます。年齢は引き上げてみないと」

着衣なし。ここまで流される途中で脱げたのか、全裸で遺棄されたか。

「もう少し上流で遺留品を探そうか、いま上と相談して指示待ちなんですけどね。五百メートル上流はもう荒川と入間川に分かれちゃってるから、どっちを捜索すべきか決めかねているんです」

刑事は左腕をぱちんと叩く。蚊を殺した。

奈良と奥村は川の流れのギリギリまで近づいた。青々とした草が水の中で踊っている。普段はここまで水がきていないのだろう。鑑識係員が、先にフックのついた棒を川面から引き上げていた。見るからに遺体の引き上げに難儀している。聞くと、あの浅瀬まで水深がかなりあるのだという。

「下手に触れて、下流に流れちゃまずいですしねぇ」

埼玉県に海はないが、利根川をはじめ、河川の流域面積は全国最大規模だ。自動車警ら隊が警備艇を一隻所有しているが、使うほどではない。機動隊にゴムボートを出してもらうらしい。

その機動隊がなかなか来ない。奈良と奥村は昼食を摂りに現場を離れ、十五時に戻ってきた。機動隊がゴムボートを車両に載せて到着していた。エンジン付きのもので、三人がかりで原っぱに運ぶ。

小川警察署に置いてきた部下の森川から電話が入った。今日の夕方には捜査一課長がやってきて、ひき逃げ事件の捜査本部を正式に解散するという。こちらの捜査に部下を呼べる。

「早朝に送ったメールは見てくれたか」

「それが……。メジャーなアニメとか漫画ではないですね。二次元仲間何人かに情報を募りましたが、収穫はゼロです」

個人が描いたアニメキャラを、スマホケースに転写した手作りではないかと森川は言う。

「入れ墨の女の子は、隣に立つ男との身長差とかツインテールからして、未成年でしょう。

未成年少女が裸で入れ墨って、公に放送や出版されているものではないと思います。個人がコミケとかで頒布している類のものかと」

奈良は電話を切り、原っぱに下りた。

すでにゴムボートは出発し、川の真ん中の浅瀬に乗り上げる形で停船している。川の流れは速く、泥水が高く飛沫（しぶき）を上げている。ゴムボートに叩きつける水の音に息苦しさを感じる。五人が膝まで水に浸かりながら、遺体周辺を取り囲む。ビニールシートを掲げた。水死体は河川敷に張られた簡易テントに運ばれた。

監察医は県警から嘱託された川越市内の内科医だった。白布が取られる。腐った魚のような臭いが立ち込める。奈良は顔を覗き込んだ。長い髪がわかめのように顔に張り付いている。ゴム手袋をした監察医が気を利かせて、髪を掻きわけてくれた。皮膚が水を吸って膨れ上がり、目は細い。ところどころ切り傷が走って皮膚がぱっくり割れていた。鑑識係員がカメラのシャッターを押す。すぐ横にメジャーが伸ばされる。身長や推定体重などが復唱された。

身長は約一五七センチ。葵とほぼ同じだ。髪の長さも近い。下腹部は陰毛が茂り、草が絡みついていた。

躊躇したが、奈良は監察医に質問する。

「小五の女児というのは、陰毛は生えているものですか？」

「人それぞれでしょう。成長の早い娘は生えているでしょうが、まだの子もいる」

奈良は歯を見た。口は半開きになっているが、泥や草で埋もれている。爪を見た。足の親指の爪は白濁し、縦線が何本も走る。爪白癬だろうか。かなり分厚くなっている。強い外反母趾が見て取れ、関節部位に拘縮が見られた。両手の指にも似た特徴がある。リウマチか。

「ばあさんの死体じゃないっすか？」

思わず言った。監察医が頷く。

「その可能性が高いね。骨盤が張っているから出産経験がありそうだし、太腿に手術痕がある。骨折でボルト入れたかな」

葵の体には手術痕等の傷はない。姉の沙希の証言によると、右肩甲骨の下にほくろがあるということだった。死体をひっくり返して背中を見たが、ない。

車に戻る。奥村がエンジンをかけ、署に一報を入れた。冴えない表情のまま電話を切った。

「地取りナシ割も進展なしです。で、奈良さんに相談したいことがあるって」

呉原が何を相談したいのかはわかっていた。時計を見る。十六時半。なんの情報も痕跡も出ないまま、葵がいなくなって二十四時間が経過しようとしていた。警察はもう次の一手を打たなければならない。公開捜査だ。

汗が噴き出してくる。奈良はエアコンを最強にした。送風の音が強くなり、急かされている気になる。

「鶴舞へ行こう。家族から了承を取らねばならん」

奥村が車を発進させた。まだ暑かったが、奈良はエアコンを弱めた。なんで、と奥村に抗議される。

「音がうるさい」

奥村は一瞬黙ったあと、尋ねる。

「奈良さんて、絶対音感でもあるんですか？」

「そんなすげぇもんがあったら刑事なんかやってねぇよ」

「いや、八年前もそうだったなと思い出して」

やたらと音を気にする、と奥村はフロントガラスを見据えたまま言う。

「俺の鉛筆の音で、体調まで当てたときは驚きましたよ。筆圧で気が付いたんでしたっけ？」

「そりゃ、体調悪いときは鉛筆持つ手に力が入らないだろ。ゴシゴシだったのが、サラリサラリって具合だよ。全然違う」

「いつからそんな、音を気にするようになったんです？」

奈良は、生まれつきだと答えておいた。

＊

「はいこれよろしく」

消防団の法被を着た大学生に、刈り取った葦の束を押し付けられた。ひと抱えすると、もう前が見えない。葦の硬い茎でメガネがずりあがる。

沙希は第六中学校のグレーのジャージ姿だ。メガネが傾いたまま、葦を抱えて手押し車まで歩いた。

ここは高麗川流域で旧養豚場近くだ。川の流れが見えないほど、葦が広がっている。地面も草木に覆われているから、普段は誰も足を踏み入れない。刈り取った葦の葉は泥水まみれだった。沙希のジャージも真っ黒だ。

鶴舞の方を振り返る。太陽が、高圧電線鉄塔に光を割られるようにして落ちていく。軍手を取って、スマホを見た。午後五時。

葵がいなくなって、二十四時間が経とうとしている。

沙希は午後から高麗川の捜索に加わっていた。葵は見つかっていない。

草刈り機が植物を切断していくたび、みずみずしい緑の匂いがした。足元をキリギリスが飛び交う。ねずみやイタチの死体がたまに見つかった。ナンバープレートが外されたバイクや壊れた自転車も出てくる。

冷蔵庫が見つかったときは、辺りが騒然となった。風雨にさらされた様子がなかったからだ。ひとりの大学生が扉を開けようとして、「警察の仕事だ」と消防団長に止められた。周囲に規制線が敷かれる。鑑識のワゴン車が飛んできた。写真撮影や計測が始まり、扉が開けられた。消費期限切れの牛乳パックや、カビだらけの魚や肉が出てきた。中身を分別するのも、粗大ごみ処理費用を払うのも嫌で、誰かが丸ごと投棄したようだ。

市の防災無線の音が聞こえてきた。

『こちらは、坂戸市役所です。行方不明者の情報をお知らせします――』

放送内容が町にこだまする。同じ言葉を何度も繰り返しているようだった。

『第七小学校五年生の、石岡葵ちゃんが、葵ちゃんが……行方不明に、不明に、不明に……なっています、なっています、なっています……』

眉毛の上にたまっていた汗が玉になり、こめかみを流れ落ちた。

つるはしを持った父親が近づいてきた。沙希が商店街の洋品店で購入してきた黒いジャージを着ている。新品とは思えないほど汚れ、くたびれて見えた。

「疲れただろう、もう家に帰りなさい」

父親の声は嗄れ果てていた。聞き取るのがやっとだ。

「お父さんは？」

「消防団が引き上げるまではいようと思う」

「それなら私も——」

「ダメだ。暗くなってきたら危ない。明るいうちに帰りなさい」

「無理！」

思わず叫ぶ。みんなが驚いてこちらを見ているが、止まらなかった。

「葵がいない家になんか、帰れない。帰りたくない」

全ての私物と生活感を残して、葵だけが消えてしまった家。そんな場所に戻るのは、もはや恐怖だった。

「お父さんにはわかんないよ。ずっと一緒に住んでなかったお父さんには……」

体はくたくたで、本当は休みたい。お腹もすいた気がする。でも、どうやって寝て、どうやって食べたらいいのか、わからない。葵がいない家で——。

父親がつるはしを片付けた。軍手を脱ぐ。

「お父さんももう休むよ。だから沙希も。一緒に帰ろう」

父親が消防団長へ挨拶する。

「みなさんにご尽力いただいているところ大変申し訳ない。今日はこれで失礼させていただきます」

首に下げたタオルを取り、父親は深々と頭を下げた。みんながねぎらいの声をかけてくれた。

父親に促されて土手道を歩く。田んぼの一本道は通行可能になっていた。ジャージ姿の六中生の姿がぽつりぽつりと見える。蛍光グリーンの防犯ベストを着用したＰＴＡの親たちが、数十メートルおきに立っていた。

いつもは閑散としている鶴舞ニュータウンだが、昨日は消防団の法被を着た人たちがたくさんいた。今日はもっと人が多い。

自宅が見えてきた。立ちすくんでしまった。車が何台も停まっている。パトカー、鑑識ワゴン車などの警察車両ばかりだ。あたりは規制線が張られ、門扉の前では警察官が見張りに立っている。規制線の外は野次馬だらけだ。手にスマホを持ち、無言で撮影している。知った顔はいなかった。

逃げるように家の中に入る。

リビングで、母親と刑事らしき男たちが話している姿が見えた。ひとりと目が合った。小柄で、眉をぎゅっと寄せ、気難しそうな顔をした刑事だった。西入間警察署の奥村もいる。

母親は今日一日でひと回り小さくなったように見えた。放心状態が続いているようだ。

気難しそうな刑事が玄関に出てきた。表情を和らげ、心配そうに沙希を見た。奈良と名乗る。

「今日一日、一丸となって捜索を進めましたが、葵さんは見つかりませんでした。まだまだ家出や事故の可能性もありますが、一刻も早い発見のため、明日から公開捜査に踏み切ります」

母親からはすでに了承を得たようだ。父親は「もちろんです、どうぞよろしくお願いします」と深々と頭を下げた。沙希はただぼんやりと頷いた。奈良が説明する。

「公開捜査となった場合、葵さんの顔写真や人となりが世間に広がることになります。警察は家族への過剰な取材の自粛をマスコミに求めますが、野次馬が集まるのを止めることはできません」

マスコミへの取材自粛要請もどこまで機能するか懐疑的で、いわれのない誹謗中傷もあるかもしれない――説明する奈良の方が、苦しそうだった。

言われていることはわかっているが、受け止められない。昨晩から、自分の体が認識不能な世界に漂っているようだ。親の離婚調停という問題がありながらも、平凡な日々を過ごしていた自分たち家族が、黒い渦に巻き込まれていく。それを沙希は浮遊して、ぼんやりと見下ろしている。

そしてもっとひどい明日がやってくると、刑事は警告していた。奈良が最後、ずばり言った。

「覚悟はよろしいですね」

＊

奈良はコンビニで弁当を買い、奥村の運転で西入間警察署に戻る。十九時になっていた。

駐車場は大宮ナンバーの捜査車両で埋まっていた。一か月前に失踪地点で起こったつきまとい事案を重くとらえ、捜査本部が西入間署に立つことになった。

入口の自動販売機で飲み物を買った。「奈良さんオツです」と背後から声がかかる。二次元森川だ。長身で容姿も悪くないのに、現実世界に興味がないからか、洗練されていない。両手に重たそうな紙袋を三つも抱えていた。中にはぎっしりポスターが入っている。

「来たか。そりゃなんだ?」

「情報提供を請うポスターですよ。ここのカラーコピー機が三十部刷ったところで紙詰まり起こしたとかで、小川署のコピー機使ってきたんです」

紙袋をひとつ持ってやる。捜査本部は四階の大会議室に設置されていた。今朝ここへ来たときより人の出入りが多く、騒々しい。エレベーターを待つ。会計課の人間が、つなぎ姿の男と金額の打ち合わせをしていた。情報を求める立て看板の、一枚あたりの値下げ交渉をしているようだ。埼玉県警は処理すべき事件の数が膨大なのに、人も予算もない。

エレベーターに乗る。扉が閉まりかけたところで、奥村が追いついた。森川と名刺交換する。奥村が「奈良さんとは管区警察学校の寮で同じ部屋で、八年前からの付き合いなんですよ」と笑った。森川は目を丸くする。

「よくこんな毒舌家と一か月も同部屋にいられましたね。僕なら耳が腐っちゃいますよ」

四階で降りる。大会議室は捜査本部に成り代わろうとしていた。上座のホワイトボードには捜査情報を記入する呉原係長の姿があり、日の丸の国旗と紺色の警察旗が掲げられていた。ひな壇の横では、西入間警察署の副署長がマイクとスピーカーを確認している。長テーブルには一列につき十個の椅子が並べられ、それが十列あった。初動百人態勢といったところか。

奈良はあいている席に奥村、森川と並んで座った。

ホワイトボードに葵の写真が貼り出された。学校の遠足かなにかで撮られた一枚か、背後は緑が生い茂り、葵はポニーテールを揺らしていた。隣に見切れて写っている少女はオレンジ色の学年帽をかぶっている。葵にはランドセルも、学年帽も似合わない。森川が呟く。

「すごい美少女ですね」

「お前、ポスター刷ってきたんじゃないのかよ」

「僕が刷ったのは、顔写真なしです。失踪当時の服装をイラストにした奴で」

ポスターも種類がいくつもあるのだろう。

「起立！」と声がかかった。パイプ椅子が床を滑る音が一斉に響く。背の低い奈良は埋もれる。多田捜査一課長と比留間管理官が入ってきた。殺人事件なら管理官がもうひとりいるし、全国の注目を集める凶悪事件なら刑事部長もやってくることがある。今日は二人だけだった。

「敬礼！　着席！」

副署長がマイクを手にする。

「これより、坂戸市鶴舞石岡葵ちゃん失踪事件の第一回捜査会議を行う」

多田捜査一課長の訓示がある。呉原係長によって不明少女の基礎情報や事件のあらましの説明が続いた。情報共有が終わったところで、今日一日の捜査報告が始まる。

強行犯係の捜査員が、ホワイトボードを転がしてきた。浅羽野・鶴舞地区の大判地図が貼られている。住宅地には一軒家を表す四角が並んでいるが、葵の最後の目撃場所を基点として、多くの家が赤く塗られていた。聞き込みを終えた家だ。

「ひとつ有力情報が出ました」

　捜査員が青いマグネットを持ち、田んぼの一本道に置いた。中間地点の民家より、やや鶴舞寄りの場所だ。鶴舞ニュータウン入り口からは約三百メートル、七小の東門から四百メートル強の地点だという。

「少女がひとりで帰宅している姿を目撃していた中学生が四名、名乗り出てきました」

　第六中学校のサッカー部の男子だった。

「鶴舞ニュータウン在住で、学校から走って帰宅していた途中、葵と思しき少女を追い抜かした、ということです」

　比留間が正確な時刻を尋ねる。ひとりの少年が自宅に到着したのが、十七時二十分だった。

「逆算して、少女を追い抜かしたのは十七時十分から十五分の間と思われます」

　浮島教諭の証言と一致する。比留間が質問を重ねた。

「目撃した少女が確かに葵であるという信憑性は？」

　捜査員は途端に小さな声になった。少年たちは葵より背が高い。覗き込まないと傘で顔が隠れて見えない。

「四人のうち三人はオレンジ色の傘しか目撃しておらず、葵の顔をはっきりと見たのはひとりだけです」

署長が口を出した。

「ひとりが顔を見たのなら、間違いないんじゃないですか」

坂戸の広報誌の表紙を飾ったこともある。この界隈で葵は有名な存在だったと言えるだろう。

「少年は石岡葵ちゃんだったと断言しています」

それからもうひとつ、と捜査員が続ける。

「この少年──鶴舞四丁目の笠原智樹(かさはらともき)、十五歳は、土手道にて不審車両も目撃しています」

土手道はコンクリート舗装されている。河川管理専用通路に指定されており、平時には一般車両の通行ができないようゲートが下りている。この日は雨が降り始める前に管理車両が入り、ゲートは開いていた。

「笠原君は土手上の車が鶴舞方面を向き、左へウィンカーを出していたという証言をしています。ただ、車種はわからないと」

左へ曲がれば、葵のいなくなった通学路だ。河川管理事務所の車両だった可能性はないのか。比留間の質問に捜査員が答える。

「管理車両は同時刻、水位確認のため、土手下にあります浅羽ビオトープに車を入れていたとのことです」

浅羽ビオトープとは、高麗川流域の河畔林を整備した遊歩道と、その一帯の保護区のことだ。少年が目撃したのは管理事務所の車両ではないだろう。この車がウィンカー通りに田んぼの一本道に進入したら、葵と行き合うのか。奈良は質問の手を挙げる。

「葵の傘が落ちていた地点はどこでしたっけ？」

鑑識係員が立ち上がり、「ここです」と赤いマグネットを地図上の田んぼの真ん中に置いた。葵が最後に目撃された地点より、もう少し鶴舞寄りだ。比留間は「話が鑑取りに飛ぶが」と前置きしてから、一か月前に同じ場所で葵をストーキングした男の車の特徴を確認する。品川ナンバーで、色はシルバーだった。

「笠原少年が目撃した車は何色だった？」

記憶が曖昧で、具体的な色の証言はしていないようだ。シルバーと言ってもメタリック系なら白っぽく見えることもある。ダークグレーなら黒や青に近い。豪雨の中でどう見えたか。少年には慎重な聴取が求められる。

「地取り班、防犯カメラの分析はどこまで進んでいる？」

比留間が呼びかけた。西入間署の鑑識係が答える。田んぼの一本道に防犯カメラはなく、近辺のカメラを確認したところ、シルバーのミニバンタイプは二台、該当があった。

「品川ナンバーはありません。川越か所沢ナンバーが大半です」

比留間が唸(うな)る。

「カメラの目をかいくぐって現場に入ることは容易だろうが、この地域に入るまでにどこかしらの国道や県道の監視カメラに映っている可能性はあるな」

比留間はカメラの押収・分析の範囲を広げた。坂戸市内全域及び、浅羽野地区と隣接する鶴ヶ島市まで手をつけるよう指示した。奈良は北から入るルートについて意見を言う。

「鶴舞地区と高麗川を挟んで向かい合う、北大家地区を走る県道171号です。ここから住宅街に入り、高麗川にかかる若宮橋を渡ればすぐに鶴舞地区です」

朝、田んぼの一本道に入るルートは全て車で走った。防犯カメラはなかった。比留間が問う。

「鶴舞ニュータウンの住民で、自宅に防犯カメラを設置している家はないのか?」

地取り捜査員が「ありません」と答える。地取り班の報告は終わった。次はナシ割班だ。

鑑識係員が再び立ち上がる。遺留品の傘から四つの指紋が出たという。

「ひとつは葵本人。姉と母の指紋も出ました。残りひとつは担任教諭・浮島航大のものでした」

比留間は顎をこする。担任教師が児童の傘に触れる機会があるのか。

「本人は、昇降口で子供たちの傘を整理したときについたのではないかと証言しています」

教師の人定を比留間が尋ねる。奥村が答えた。

浮島航大、昭和六十三年五月十日生まれの二十八歳。現住所は東松山市市ノ川の実家暮らし。第七小学校には、新任の二十三歳で赴任して六年目だ。

「若い男性教諭で熱意もあり、保護者の評判は概ね良さそうです。葵の失踪後、母親の連絡を受けて彼も捜索に参加していました」

比留間はこの浮島という担任教師に興味を持った様子だ。

「通勤の足が車だとしたら、若宮橋を通って県道171号に出るルートを知っているだろう」

気になる関係者だ。比留間はナシ割担当者に次の情報を促した。

「葵の自室を家宅捜索しまして、ノートや手帳の類を押収しましたが、どれも葵の描き溜めた漫画ばかりでした」

恋愛モノやギャグ漫画を描いていたらしい。カウボーイハットをかぶったブルドッグの絵が、捜査資料に添付されていた。拳銃を手にしている。銃口から、煙が上がっていた。ユーモラスな絵なのに、ブルドッグの荒い鼻息が聞こえてきそうなほど、力強い。

「そういったわけで、家出を思わせるものはありません。また、スマホは持っていません」

自宅のネット環境については、家族共有のノートパソコンが一台、あるのみだ。出会い系サイトに入ったとか、SNSのアカウントを持っているなどの痕跡はない。履歴で多かったのは塾の無料講義動画や高校受験に関するものばかりだった。

母親の秋奈は父親がおらず、寂しがり屋だったと鳥山は証言している。葵はどうだろう。父親と暮らさなくなって二年、寂しさや虚しさを埋めようと、男を頼ったことがあるのだろうか。

比留間が「よし次、鑑取り！」と叫んで、奈良を指名した。

奈良は、秋奈と鳥山に聴取した結果を報告した。「秋奈も友人の鳥山も事件とは無関係」と断定したが、不倫についてはクロじゃないかと怪しむ声が相次いだ。比留間は父親についてぽろっと口に出す。

「離婚調停中で葵とは二年以上会ってなかったのが、いまは目の色を変えて娘を捜している」

父親の行動が不自然だと言いたいらしい。

「失踪時のアリバイがあります。言っていることに一貫性がないとか、話が矛盾しているとか、そういうこともありません」

比留間は返事をせず「他は？」と一同を見渡した。

呉原が手を挙げた。五年二組の児童の保護者を名乗る、匿名の情報を報告する。

「葵と親友の藤岡絵麻の母親がトラブルになっていたのではないか、というものでした」

絵麻は児童会の副会長を務めている。母親の芳江（よしえ）は教育熱心で、悪く言えば過保護。小学校でも遠慮なく発言するので、少し浮いていたようだ。その彼女が保護者会で葵を糾弾していたという。

「絵麻が誰かと交換日記をしており、その内容に性的な漫画が含まれていたとかで、こういうのを担任として放置しては困ると、浮島に言ったそうです」

絵麻の周囲で漫画を描いているのは、葵しかいない。秋奈は顔を真っ赤にして俯いていたという。呉原が浮島に確認していた。確かにそういった発言があったが、葵を糾弾するというより、中学受験の勉強に差し支えることを心配している程度だったという。

「浮島はその件で二人を指導していないようです。秋奈は娘に話をしたということです」

葵は失踪直前、絵麻の母親の車に乗ることを拒否している。浮島が昇降口から目撃していた。比留間が確認する。

「この藤岡母子の聴取はまだだったな。失踪直前の葵の様子を知る貴重な関係者だ、しっかり鑑取り班は聴取するように。以上か？」

手は挙がらず、捜査資料を捲る音があちこちから聞こえてきた。比留間が声を張り上げる。

「では管内の性犯罪前歴者についてはどうだ」

生活安全課の女性刑事が答える。管内の性犯罪前歴者八名のうち、アリバイがある者が六名。残り二名は普段から引きこもりがちで、家族から証言を得られている。どちらも車を所有していなかった。比留間が頷く。

「範囲をもう少し広げよう。明日以降は第二方面本部管内全域でマエのある者を洗ってくれ」

比留間は改めて、集められた百人を三つの基本捜査に割り振った。奈良と奥村は引き続き鑑取り捜査を担当する。家族のサポート役も兼任する。

警察行政職員が第二方面本部の各所轄署から集められ、電話での情報提供を集約することになった。ＮＴＴが新たに敷設した情報受付用の番号を、比留間はホワイトボードにでかでかと書く。

「聞き込みの際に名刺を渡すこともあるだろうが、裏側にこの専用ダイヤルを書いておくこと」

比留間に促され、副署長が「起立！」と声を上げた。捜査員たちが一斉に立ち上がる。会議が始まったときより迫力があった。

七月六日水曜日、午前八時前。奈良と奥村は藤岡絵麻の自宅を訪れた。鶴舞一丁目にある、とても静かな家だった。二重サッシの窓を閉め切っていて、真新しいエアコンが音ひとつ立てず冷風を吐き出している。テレビがついているが、音量をかなり抑えているようだ。リビングダイニングのソファに促される。絵麻の母親の藤岡芳江は終始眉間に皺を寄せていた。白髪が目立つ髪を後ろに束ねている。

「いい家ですね。新築の、木の匂いがします」

奥村が場の空気を和らげるように話しかけた。

「立地に失敗したと後悔しています」

芳江は笑顔も見せずに向かいのソファに座った。八時になり、テレビでトップニュースが流れていた。葵の件だ。西入間警察署での記者会見の様子が映っている。葵の写真も公開したが、テレビで使われているのはよさこいの写真だった。葵は目尻のアイラインも頰紅も濃く、口紅の色もきつい。

芳江がリモコンを使ってテレビを消す。室内で音を立てるものがなくなり、静寂が濃くなる。

「絵麻は生まれたころは病弱で。もともとさいたま新都心のマンションに住んでいたんです」

鶴舞に引っ越した経緯を説明する。

「環境の良いところを探して、辿り着いたのがこの鶴舞ニュータウンでした。でもここは高齢化で子供の数も少ないし、閑散としているでしょ」

更地、空き地が増えていく。深夜になると柄の悪そうな中高生が、河川敷や空き家で花火をしたり酒を呑んだりして、トラブルもたびたび起こる。鶴舞の自治会長に防犯意識を高めるような活動を提案すると、若い人が集まってくるだけ活気があっていいじゃないかと言われて終わる。

「花火や煙草なんかかわいい、八〇年代はもっとたちの悪い不良がリンチとか暴力事件とか起こしていて、いまは平和な方だと取り合ってもらえないんです」

新たにやってきた子育て世代と、この町の変遷を知り尽くした高齢者では、町の見え方が異なるようだ。

「娘の絵麻ちゃんはどうでしょう。ここでの暮らしを？」

「それなりにやっています」

「絵麻ちゃんは、葵ちゃんの一番の親友だとか」

「他にも友達はいます。児童会で副会長をやるほどの子で、人徳があります」

まだ小五の娘について「人徳がある」などとよく言えたものだ。顔には出さず尋ねる。

「葵ちゃんについてお聞きします。奥さんは車から葵ちゃんを見ていたと思うのですが」

「私は車に乗ってと言ったんですけどね。あの子の方が嫌がったんですよ。強引に乗せるわけにもいきません」

「そのとき、葵ちゃんになにか変わったところはなかったでしょうか。いつもより元気がなかったとか、悩んでいる様子だったとか」

「普段をよく知りませんから、わかりません」

「絵麻ちゃんはなんと言ってます？」

別に何も、と芳江は肩をすくめた。当日の帰宅時間を尋ねる。十七時十分には帰宅し、以降は外に出ていないと話す。証明できる人は家族以外にいないようだが、芳江は宅配便の受け取りがあったと主張する。

「不在通知がありましたので、再配達依頼の電話をしました。荷物を受け取ったのは午後七時ごろです」

淀みない。思い出すそぶりもない。警察が来たときのために準備していたのだろう。奥村は念のためと、宅配便業者名を聞き取った。

「葵ちゃんがいなくなったことは、いつごろお知りになりました？」

「葵ちゃんのお母さんから電話がかかってきたのが、午後八時前だったと思います。遊びに行ってないかと」

絵麻の反応を尋ねるも、「話していないので」とそっけない。

「葵ちゃんはもともと東京の子でしょう。優秀なお姉さんは東光義塾。ひとりで電車に乗り、都心に出るくらいはするでしょう」

まさか二日経っても見つからないなんて、と芳江はため息をついた。奥村が尋ねる。

「電話の後、藤岡さんは何をされていました？」

芳江は捜索に協力していなかった。

「日常通りです。家事が片付いた十一時に就寝しました」

奈良は壁に貼られたプリント類に目をやった。第六中学校三年の学年だよりがあった。

「失礼ですが、絵麻ちゃんにはきょうだいが？」

芳江の口元が歪む。

「聞かないでください。受験生なのに勉強しないで、親に反抗ばかりしている姉がいます」

葵の姉の沙希も六中の三年生だ。

「姉妹二組揃って仲がいい、ということはあったんですか」

「沙希さんは都内の私立難関校を狙う優等生でしょ。うちの綾羽と気が合うはずがないですよ。うちの子は二言目にはサッカー部の男子の話ばかりで……」

葵を最後に見た少年たちも、サッカー部員だった。

「お姉さんはサッカー部の生徒と仲がいいんですか」

「まあ、つきあっているつもりみたいですよ」

芳江がため息をついた。奈良は少年の名前を尋ねる。

「笠原智樹君です」

葵を最後に目撃した少年だ。

「娘さんと葵ちゃん、交換日記をしていたそうですが」

「葵ちゃんはスマホを持っていませんから、昔の子供のように交換日記を楽しんでいたようです」

「葵ちゃんが性的な絵を描いていたとか」

芳江が鼻で笑う。鼻息が響くほど、雑音のない家だった。

「絵がうまいからリアルに感じたんですけど、よくよく見ると、裸で抱き合っているだけで具体性はないんですけどね」

どこかでストップをかけてやらないと、性的な興味は暴走しやすい。それで担任の浮島に対応をお願いしたという。

「絵麻ちゃんはいま、学校ですか」

芳江は口ごもり、心配げに視線を天井の方へ動かす。二階にいるようだが、物音ひとつしない。一階の様子を窺っているのではないかと思った。

「葵ちゃんの件がショックで、ずっと寝込んでるんです。車に乗せてやらなかったママのせいだとひどくなじられましたね。断ったのは葵ちゃんなのに——」

芳江とはいまだに口を利かないらしい。奈良と奥村は了承を得て、二階へ上がった。『勝手に入るなくそばばあ』という扉の張り紙を見て、びっくりする。隣の扉には『エマの部屋』という木製のドアプレートがぶら下がっていた。張り紙の方は綾羽の部屋だろう。

奥村が絵麻の部屋の扉をノックした。

「警察です。葵ちゃんの件を捜査しています。絵麻ちゃん、話を聞かせてくれるかな」

扉が開き、ボブカットにメガネをかけた少女が顔を出す。メガネの奥の瞼が腫れぼったい。涙声で訴える。

「葵は見つかりましたか」

家族に言われるのと同じくらい、胸に迫る言葉だった。

「ごめんね、がんばっているんだけど、まだなんだ。君にも少し話を聞きたいんだけど、いいかな」

立ち話もなんだからと階下に促す。素直に下りてきた。絵麻の裸足の足が床に吸い付き、離れる音すら聞こえる。廊下も階段も完璧に掃除されていた。芳江は菓子やジュースを勧め、絵麻におべっかを使う。

奈良は改めて、二日前の夕方の出来事を絵麻に尋ねた。

絵麻は四時に児童会を終えた。葵は教室で漫画を描いていたという。

「私がその日のうちに読みたがったので、一生懸命描いてくれてました……」

葵は絵麻のために教室に残っていたらしい。

「私が児童会から戻ってきたときには、教室で怖い六年生に囲まれて困っていました」

ダンスクラブに所属する、学校で目立つ女子グループらしい。葵は次のよさこい祭りに、そのダンスグループから出るよう迫られていたという。奥村が訊く。

「ダンスクラブの女の子たちは、いわゆる不良なのかな。ヤンキーとか」

「そこまでは。でも中学校に上がったら、絶対そうなるだろうなって感じの人たちです」

「そこで葵ちゃんはいちゃもんをつけられていたの？」

「いちゃもんというか、ダンスクラブへの勧誘が怖いくらいしつこくて」

小六の女子が葵の失踪事件に関わっているだろうか。しかも豪雨の田んぼの一本道で、葵をどうにかできるか。

刑事の反応に、絵麻が腹を立てたように頬を膨らませる。ジュースを一気にストローで吸った。奈良は尋ねる。

「その日、葵ちゃんに変わったことはあったかな。落ち込んでいたとか、悩んでいたとか」

絵麻はふくれっ面のまま、「ないです」と答えた。

「葵ちゃんは、彼氏がいたのかな」

「あの子は見た目と違ってうぶだから、そういう人はまだいないですよ」

途端に上から目線になる。

「葵は大人が思っているようなませたところはないです。子供らしくて無邪気で。家出とかは絶対にしない。親友の私が断言します」

奈良は大人の女性と話しているような気になってきた。

「絵麻ちゃん、その交換日記を見せてもらうのは可能だろうか」

絵麻が眉を寄せる。

「恥ずかしいけど、それで葵が見つかるなら見せたいです。でも葵が持っていたから」

「葵ちゃんは教室に残って交換日記を描いていたんだよね、その日のうちに絵麻ちゃんに渡すために」

「でも、描き終わらなかったんです。途中で雨が降ってきて、帰ろうってなったので。葵がランドセルに仕舞ったのを覚えています」

葵の私物は傘以外は何も見つかっていない。

奈良と奥村は礼を言い、藤岡家を後にした。

宅配便業者に電話した。確かに芳江は十七時十三分に再配達を求める電話をしていた。「もう外出しないので今日中に持ってきてほしい」と頼み、十九時に再配達が完了している。


第六中学校の給食時間に合わせて、笠原智樹に会うことにした。

職員室を訪ねる。教師たちが書類仕事をしていて、紙が擦れる音が耳につく場所だ。女性の担任教師が対応した。奈良と奥村の名刺を見て、真剣な表情で尋ねてくる。

「笠原は何かに関わっているのですか？」

「いえいえ、ただ目撃証言を確認したいだけで」

女性教師の表情は晴れない。

「確かに髪を染めたり、やんちゃなところはありますけど、実際は真面目な生徒なんです。サッカー部でも部長を務めています。そう何度も刑事さんに来られたら……」

午前中にも別の刑事がやってきて、笠原を聴取したらしい。応接室で待つ。放送がうるさく聞こえた。給食委員が今日の献立の説明をしている。腹が減ってきた。

笠原智樹が女性教師に連れられ、入ってきた。教師には退席してもらう。笠原が口元に拳を当て、咳払いをする。奈良と奥村を見つめる目に怯えの色がある。

「給食中にごめんな。慌てて食べてきたのか」

奈良はにこやかに尋ねた。笠原が頷く。

「ココ揚げパン、残したくなくて」

揚げパンにココアパウダーを振ったものらしい。

「午前中にも他の刑事が来たとか」

「見たことは全部、もう話しましたけど」

奈良は笠原の緊張を和らげようと、親し気に尋ねる。

「笠原君、サッカー部で部長か。エースなのか」

「いや……エースというか。三年の人数が五人しかいないので」

奥村が不思議そうに首を傾げた。

「サッカー部って人気だよね。入部希望者殺到しそうだけど」

「一学年上にやばい先輩がいました。みんな彼を怖がって、俺らの代は極端に人数が少ないんです。中二は二十人います」

やばい先輩かぁ、と奥村が唸った。

「阿部匠真って人ですよ。傷害かなんかで少年院入っちゃったらしいっす」

第六中学校では伝説的な不良として恐れられている人だという。

「ちょっと聞きたいんだけど、藤岡綾羽さんと仲良くしているね？」

笠原がきょとんとした瞳で、奈良を見た。曖昧に頷く。

「その妹の藤岡絵麻ちゃんのことは知っている？」

「あんまり、くわしくは……」

「じゃ、絵麻ちゃんの親友の石岡葵ちゃんは？　いま大騒ぎになってるけど、以前から知ってた？」

もちろん、と笠原は断言する。

「六中で知らないのはいないですよ。すごい美少女が七小にいるって」

市の広報誌の表紙になったのが、葵の存在が広まるきっかけだった。

「葵ちゃんと話をしたことは？」

「ないです。姉の方とも、クラスが一緒になったこともないので。顔をまじで見たのは、あの豪雨の日だけです」

そのときの状況を、もう一度詳しく聞く。

「雨がひどかったので走って追い抜かしたんですけど、傘越しに見えた顔が、広報誌の子かな、という程度です」

「豪雨の中、傘も差さず、走って帰宅したの」

「あの辺りはコンビニもないし、そうするしかなくて」

「車を見たんだって？　土手道を走る」

一番大事なことをさらっと口にした。相手に意識させず、証言の信憑性を高めるためだ。

だが笠原の肩に力が入った。この質問に対する警戒の色を感じる。

「えっと、ウィンカーが点滅していたのを見ました」

車種、形を尋ねる。捜査本部で報告があった通り、笠原はわからないと答えた。

「雨ですごく靄っていたので」

「それなのに、車が見えたの？」

矛盾を突いた。笠原はムキになったように答える。

「ウィンカーの点滅はわかりました」

「本当に車か？　バイクの可能性は」

笠原は黙り込んでしまった。

「車のボディの色は？」

笠原が首を傾げながら言った。

「赤、かな」

聴取の後、廊下で待っていた女性教師に確かめた。午前中は刑事に「車の色はシルバーだろう」と聞かれ、「そうだ」と答えていたという。

奈良と奥村は西入間警察署に戻った。

刑事たちは出払っている。閑散としている大会議室に強い豚骨の匂いがする。管理官の比留間がひな壇で豚骨味のカップラーメンをすすっていた。銀縁のメガネが曇っている。

「管理官、捜査本部で豚骨はやめましょうよ」

窓を開ける。熱風と車の騒音が入ってきた。比留間は切れ長の目で奈良を迷惑そうに見て、笠原のことを尋ねてきた。笠原は重要な目撃者だ。その証言が揺らいでいる。

「午前中に笠原に聴取したのはどこのどいつですか。シルバーの軽自動車であってほしいと絞りすぎて、証言が二転三転してますよ」

いまや笠原の証言に確証が持てない。比留間が「いまどきの男子は予想以上のもやしだな」と言い、またカップラーメンをすすった。育ちのよさそうな上品な顔をしているのに、彼はカップ麺が大好きだ。

「なにかめぼしい情報は集まってます？」

比留間は首を横に振った。現場の刑事から情報が集まるのは夕方以降だ。

「情報提供の専用ダイヤルはどうです？」

「こっちは大漁だが、売り物にならない小魚ばっかり」

書類の束を寄越した。午前中だけで五百件近い情報が寄せられていた。

「テレビの反響はすごいな。民放はどこもトップニュースで、しかも葵のよさこいの写真をしつこいほど流している」

「母親が出した遠足の写真は？　失踪当時の服装のイラストとか」

「真面目に放送してくれたのはＮＨＫだけだよ。あんな、どぎついメイクをした顔写真をばらまかれたら、情報が偏るだろうに。案の定だよ。東京の風俗街での目撃情報がやたら多い」

中には、大阪のミナミのソープランドにいた少女にそっくりだという情報まであった。

「品川ナンバーの男の件についてはどうです」

「付近の県道の監視カメラ、Ｎシステムを洗ったが、品川ナンバーの車はほとんど走っていないし、車種が合わなかった」

奈良はがっくりと、肩を落とした。

「奈良、このスマホカバーの件、どう思う？」

比留間が、葵が調書に描いたスマホカバーのイラストをデスクに置いた。揃いの入れ墨が入った男と少女の絵だ。

「趣味で描いているとなったら、広く情報を募らないと、作者には辿り着けなそうですが」

「広く情報を募りたいのだが、このスマホカバーの男が葵の失踪に関わっているという根拠がない」

定例会見で公開すると、犯人だというレッテルを貼られる。葵の失踪前後に目撃されていれば、公開しても差し支えないが。

「マスコミを使いますか」

比留間が了解した。奈良は懇意にしている記者の電話番号を押した。


深夜零時前に、奈良は西入間警察署に戻ってきた。

県警本部記者室所属の大手新聞社の記者にスマホカバーの絵柄をすっぱ抜いてもらう――記者はさいたま新都心の高級レストランを指定して、好き放題飲み食いした。

スマホカバーの件を紙面に載せることは了承したが、小さな扱いになるらしい。どれだけの情報が集まるのか、微妙なところだ。

静まり返った署内のロビーに、自動販売機が飲み物を吐き出す音が響く。森川がオロナミンCを買っていた。ジャージ姿だ。紙袋を肩にかけている。奈良も同じものを買った。

「コインランドリー帰りか」

「奈良さんと違って僕は誰も手助けしてくれませんからね。あ、さっき妹さんが来てたんで、着替えを預かっておきましたけど」

礼を言う。そういえば、と森川が奈良の妹の名前を尋ねてきた。

「なんで知る必要がある」

奈良はただ質問したつもりだが、森川がたじろいだように足を止める。

「いや、よく会うのに知らないのは失礼かと……」

「奈良さんでいいだろ。捜査会議には出たか。なにか進展は？」

森川の話は、奈良が比留間から午後に聞いた内容とさして変わりはなかった。有力情報は少なく、繁華街や風俗店での目撃情報が数多く寄せられている。

「小山さんがまた暴走しそうですけど、大丈夫ですか」

奈良はため息をつく。

「またか、あいつ。今度は誰をつけ狙っている？」

「担任の浮島航大です」

小山は組織捜査を無視した個人プレーが多い。刑事の直感という名の偏見に、根拠のない自信を持っている。これという容疑者をひとり見つけると高圧的な聴取で追い込み、自白を取ろうとする。若かりしころ、それでホシを挙げた経験が何度かあるからだ。ここ十年ほどは外しまくっている。奈良は部下として小山に捜査のイロハを教えてもらったが、いまは階級を抜かして、自分が上司だ。だが元部下だという意識が強い。扱いに困っていた。

「小山さん、川越署からヘルプで来た新人刑事と組んでたんですけど、ひとりで浮島につきまとっているらしいです」

根拠は聴取したときの、目の不審な動きだという。奈良は鼻で笑った。森川は迷惑そうだ。

「ていうか本人に聞いてくださいよ。俺、間に入るの嫌ですよ」

三人しかいない奈良班の結束力は弱い。和を乱す小山、風見鶏の森川、彼らを持てあます奈良といった具合だ。去年までもうひとりいたが、退職してしまった。以降、人員補充がない。

「わかったよ、俺から注意する。いまどこにいる？」

「道場です」

六階に行った。エレベーターを降りたらもう小山の鼾が聞こえてきた。鼾をかく刑事はたくさんいるが、小山のそれは牛の鳴き声にそっくりだ。革靴を脱いで、薄明かりがついた道場に入る。靴下から生臭い臭いが立ち昇ってくる。小山のバーコード頭を見つけた。靴下を鼻先にかざしてやろうかと企む。

「奈良さん」と奥村が呼ぶ声がした。

「葵と絵麻の交換日記らしきものが、見つかりました！」

鶴ヶ島インターチェンジから関越自動車道上り線に乗った。

助手席の奈良はおくびを出した。運転席の奥村が「勘弁してくださいよ、ニンニク臭！」と言って、窓を少し開けた。時速百キロ出している。風が耳元で暴れた。

「イタリアンでアヒージョ食ったからかな。それにしても、この深夜に通報とは」

交換日記の発見者は、東武東上線の車掌だった。昼の休憩中にワイドショーで見た葵失踪事件のニュースが勤務中ずっと気になっていたという。一日前、電車内にあった紙袋に「葵」という名前を見た気がする。曖昧なまま通報するわけにもいかず二十三時まで乗務を続け、池袋駅に戻ったのが零時前だった。車掌は遺失物保管所へ行って件の紙袋を確認し、確証を得て西入間警察署に一報を入れた。

コインパーキングに捜査車両を停め、池袋駅構内への階段を下りた。

東武東上線の改札は閉鎖されていた。深夜の構内に、奈良と奥村の革靴の音が反響する。通路の隅っこで寝ていた若い男が、うるさそうに顔を上げる。

東上線の駅員に、通報した車掌と引き合わせてもらった。南改札口脇の事務所で、奥村が手袋をし、段ボール箱から車掌が示した紙袋を取り出す。

Ａ４サイズほどの紙袋には、少女向けのアパレルブランドのロゴが入っていた。ロゴを邪魔しないように『絵麻&葵の交換日記！　あけたら通報‼』という文字と、犬の絵が描かれていた。カウボーイハットをかぶったブルドッグが銃を突き出している絵だ。

持ち手は外され、その穴に南京錠がついていた。紙袋を破ってしまえば南京錠は意味がなくなるが、それでもつけるところに無邪気さを感じる。南京錠の隙間から中を覗く。バインダーノートが一冊、入っている。

車掌が隣接する部屋を開けてくれた。取調室のような空間だった。スチールデスクと椅子が二つあるだけで、窓はない。痴漢や暴力行為を働いた乗客を警察に引き渡す際に一旦隔離する部屋らしい。

奥村は捜査本部の比留間に連絡を入れ、紙袋を破損して中身を取り出す許可を求めた。鑑識を派遣する暇もないので、写真を何枚か撮ればＯＫだと返事がきた。奥村がスマホで写真を撮る。奈良は改めて車掌に尋ねた。

「もう一度、これがあった場所を正確に教えてもらえますか」

車掌は遺失物記録ノートを開き、説明した。

七月四日、列車番号三二四六、十九時十一分森林公園駅発、池袋行き準急列車——その六

号車の優先席上の網棚に、紙袋は置かれていた。車掌はこの列車に乗務していた。二十時二十五分池袋到着後、車両内に忘れ物や不審物がないか確認したとき、発見した。

「あけたら通報、なんて注意書きしてあるのを電車に忘れるなんて、と印象に残っていたんです。駅事務所に入り、記録を書いてこの段ボール箱に入れました」

件の電車の坂戸駅発は十九時二十四分。葵の失踪の約二時間後だ。

ハサミを借りた奥村が、紙袋の上部を破いて日記帳を取り出した。B5のバインダーノートで、表紙は人魚のアリエルだった。奈良は車掌に席を外してもらった。

奥村がページを捲る。葵が描いたと思しき漫画のページに目がいく。性的描写が多数見られた。若い男女のキスシーンが多く、男が乳房を触っている絵もあった。ベッドの中で抱き合うものもある。裸体の詳細はシーツの下に隠れていて見えない。文字で埋め尽くされたページを読む。

「この模範的なきれいな字は、絵麻のようですね。〝お姉ちゃんと笠原先輩が抱き合っているトコ見ちゃった〜〟ですから」

『キスするかと思いきや、お姉ちゃんが笠原先輩をひっぱたいて終わり。がっかり』とも記してある。絵麻の性的好奇心の強さを感じる。

「葵の記述はないのか。ママに彼氏がいるっぽくてショック、とか。好きな男子、気になる男子とか……」

「文字を綴っているのは絵麻ばかりですね。葵は基本、漫画です」

絵麻が性的な妄想を文字にして、葵がそれを絵にする。葵の心情はほとんど窺えない。奥村が眉間に皺を寄せ、絵麻の綴った文章を読んでいる。

「絵麻は早熟だなぁ。これとか……」

口に出すのは憚（はばか）られたのか、文章を指さす。絵麻は初潮が訪れたようだ。葵にその様子を生々しく説明している。

「葵の告白はないが、絵麻が葵のことを分析している箇所はあるな」

奈良は、該当の文章を指さした。

『ウッキー、今日のはまじびびった。でも葵だけへらへらしてんだもん、ウッキーさらにキレんじゃないかと思ってこっちが焦るし。まじ呑気すぎるから、葵』

ウッキーとは担任の浮島だろう。別のページには、『葵、これでまじ枯れ専決定！』という記述もある。ある五十代の俳優を葵が「好みだ」と言ったことが発端らしかった。

「父親と距離があるみたいですからね、父性愛に飢えている。絵麻のこの記述は案外当たっているかも」

「年上の男にそそのかされて自発的に失踪したという可能性も出てくる。家出か」

葵がいなくなって三日目が終わった。事件か、事故か、家出か。まだ絞り切れていない。

七月七日、木曜日。

深夜に重要な証拠品が見つかったこともあり、朝一番の捜査会議は見送られた。日記について情報が揃った十三時に会議は開かれた。

鑑取り、地取りで刑事は現場に散らばったままだ。捜査会議に参加できたのは鑑識を中心としたナシ割班の三十人ほどだ。

会議は紛糾した。交換日記の葵の漫画が、性的なものに偏っていたからだ。絵麻に扇動されて描いたものだし、言葉で過激なことを綴っているのは絵麻だ。忽然と姿を消した小五の美少女が、ここまで性的なことに関心を持っていたのが、中年の男たちには衝撃的だったのだ。

中二の娘がいるという、本部三係の主任警部補は言う。

「専用ダイヤルに寄せられる目撃情報も家出少女の集まりそうな繁華街が多い。両親の争いを二年も見てきて、母親には男の影がある。これは家出だ。捜査本部を構えるだけ無駄ですよ」

小四の息子がいるという西入間警察署の呉原係長も、家出説に傾いている。

「誰かにそそのかされて……例えば中学生とかと駆け落ち、という線は考えられませんか。小五でここまで性的興味を持つなら、あり得ますよ」

奈良には子供がいないので反論しても説得力がない。ただ、捜査本部全体が「家出」の方向に流されてしまうことには警鐘を鳴らす。

「性的興味は個人差があると思いますよ。それより、品川ナンバーの男の捜索や――」

反論したのは、西入間警察署長だった。今朝の朝刊紙を掲げる。

「スマホカバーの件、確かに君の暗躍で紙面に載った。だが朝刊に載ったのに、これに関する情報は一件も専用ダイヤルに入っていない」

「判断するのは早いでしょう。そもそも新聞購読者層と、このアニメキャラの情報を持っていそうな層がマッチしていない。記事がネットにでも流れれば情報が集まりますよ」

捜査方針を決定する立場にある比留間は、慎重に現場の刑事たちの意見を吟味している。

「日記の内容に関しては客観的な判断が難しい。一度忘れよう。この日記が失踪当日に電車で発見された事実のみを考察しようじゃないか」

奈良は朝四時には始発運行準備中の坂戸駅に入り、防犯カメラ映像を回収してきた。午前中は坂戸駅の駅員の聴取をした。その旨、報告する。

「この電車に乗るには坂戸駅の改札を十九時二十四分までに通過している必要があります。

一本松駅を含め、改札の防犯カメラ映像はすでに分析済みですが、葵の姿は映っていませんでした。となると、第三者が日記帳を持ち込んだとみるのが自然です」

平日の帰宅ラッシュ時は改札に入る人より、出る人の方が多い。十九時から二十四分間に限定すると、入る人は二十五名いた。

「この二十五名を、家族に確認してもらいました」

奈良は前に立った。拡大した六枚の画像を貼り出す。

「うち六名に、葵の家族は見覚えがありました」

市内の中学生の男女五名のグループだ。金髪の少女がひとりいる。不登校でほとんど学校に来ない六中の二年生の少女だった。

「花田(はなだ)七海(ななみ)。二年生にして学校一のワルと噂される女子で、仲間たちと坂戸駅改札を十九時十五分に通過しています」

花田七海には補導歴があり、数か月前には警視庁池袋署に万引きで捕まっている。この五人のメンバーの素性を突き止め、事情を聞く必要がある。

「あと一人は鶴舞四丁目に住む田中晃教(たなかあきのり)、三十七歳」

大家消防団の一員として、葵の捜索に協力している。十九時十五分に、一本松駅の改札を抜け、坂戸駅に二十一分に着いている。東上線に乗り換え、二十四分の件の列車に乗ることが可能だ。大家消防団の捜索には七月五日の朝から参加している。

比留間が射るように六名の画像を見る。手ぶらの者もいるが、花田七海はトートバッグを、田中晃教はショルダーバッグを下げている。

「ちょっとよろしいですか」と手が挙がる。中二の娘を持つ本部刑事だ。

「確かにこの六名の確認は必要だとは思います。しかし改札を通過せず、ホームに直接忍び込んで無賃乗車する者もいるでしょう」

奈良は無言で椅子に座った。

「坂戸駅を起点とする東武越生線は、ホーム侵入による無賃乗車も日常茶飯事ですよ」

葵が坂戸駅か一本松駅のホームに直接侵入し、十九時二十四分発の池袋行きに乗ることは可能だ。改札の防犯カメラには映らないし、ホームは死角がたくさんある。

「下車する際にどこかの駅の防犯カメラに映っているのでは」

近隣の駅の防犯カメラ映像はとっくに確認済みだ。葵の姿は映っていなかったと、奈良は反論した。

「いやいや、無賃乗車ですよ。改札を突っ切って駅員に捕まるのを恐れて、ホームから直接出たのかもしれない」

「まだ小五ですよ、そこまで考えますか。しかもそんな大胆なことを単独でしますか」

「単独だとは限らない。連れがいた可能性だってある」

比留間が間に入る。

「ここは、客観的事実を基にした判断をするしかない。日記帳から検出された指紋については鑑識から報告が上がっている」

奈良はその結果をまだ聞いていない。前のめりに比留間の言葉を聞いた。

「交換日記から出た指紋は三つ。葵、絵麻、それから絵麻の母親のもの。以上！」

第三者の指紋は出なかった。

比留間は捜査編成の変更を告げた。署に残っていた三十人のナシ割班のほとんどを、東武東上線坂戸・一本松駅周辺の防犯カメラ映像の回収、分析に回した。奈良の視線に気が付いたのか、比留間が神妙に眉を寄せて言った。

「奈良、お前らの班とそれから相棒の奥村は、この六名を洗ってくれ」

捜査員が百人もいるのに、重要な関係者を、たったの四名で洗う。小山がバーコード頭に浮かぶ汗をタオルで拭いながら言った。

苦虫を噛み潰したような顔の三人が、奈良の下に集まってくる。

「まあ俺は班長の筋読みは間違えてないと思うけどね。元気出せよ」

「元気だ。ていうか、俺の味方とはどういう風の吹き回しだ？」

小山は自信満々に続ける。

「これは家出じゃない。あの子は絶対、小児性愛者に誘拐されたに決まっている。関東近郊はこの手の事件が起きやすいしな」

代々この土地に住む者は少なく、人間関係が希薄なうえ、都心ほど人の目もなくて空き地や雑木林が多いため、子供が狙われやすいのだと小山は熱弁を振るう。森川が目を丸くする。

「鶴舞は人間関係が濃密な感じがしますけど」

奈良は言わせておけと目配せした。小山が小児性愛者による事件と主張するのは、犯人の目星を勝手につけているからだ。

「それじゃ、ありがたく小山刑事には足を使ってもらうか。この中学生グループのメンバーの人定を――」

「冗談言うな。俺は俺のホシを追うまでだ」

小山は捜査本部を出ようとした。奈良はすかさず立ち上がる。「おい小山！」と警察官になって初めて、先輩を呼び捨てにした。

「浮島を勝手に容疑者扱いすんな！　それこそ根拠がないだろ」

小山は立ち止まった。奈良を睨み返す。奈良は下積み時代を思い出した。

三十歳で初めて本部捜査一課に呼ばれたとき、メモ帳片手に「ご指導、ご鞭撻のほどよろしくお願いします」と、小山の豊かだった後頭部を見上げて学んだ。小山を叱る言葉が、喉の奥に引っ込む。小山は鼻を鳴らして、行ってしまった。

「よわっ」

奥村が奈良を揶揄した。全然笑えない。

坂戸駅改札を抜けた中学生グループの五人のうち、四人の素性がわかっていない。学校をあたれば身元はすぐ判明するだろうが、問題は居場所だ。花田七海はほとんど通学していなかった。仲間たちも一般的な中学生の行動範囲から外れた日々を送っているはずだ。七海は池袋で補導歴がある。新宿、渋谷あたりまで足を延ばしていたら、見つけ出すのに時間がかかる。

まずは消防団の田中晃教を片付けることにした。奈良と奥村は鶴舞に向かった。森川は不良グループの身元を突きとめるため画像を持って六中へ向かった。

田中の住む鶴舞四丁目は田んぼの一本道から、最も遠い区画だ。

『田中』という大理石の表札がある自宅に到着した。オレンジ色のタイル張りの門柱に、意匠を凝らしたアイアンの門扉は洋風だ。百坪はありそうな敷地を覗く。母屋は平屋建てで、離れがあるようだ。『つるまいピアノ教室』という小さな看板が出ている。錆が浮いていまにも朽ち落ちそうだ。白い壁にアブラ蟬が張りつき、鳴いている。ピアノの音も聞こえてきた。

　奥村が門柱のチャイムを鳴らした。ピアノの音が止み、蟬の声が一層うるさく感じられる。インターホンから、若々しい男の声が返ってきた。

「はい、どちら様でしょう」

　奥村が警察手帳をレンズ越しに示し、名乗った。

「警察です。失礼ですが、こちらの田中晃教さんからちょっとお話を」

　しばらくして、男が玄関から出てきた。どうぞと中に促す。奥村が確かめると、田中本人だった。平日の昼間に家にいる三十代の男は珍しいが、ピアノ教室を営んでいるなら不自然ではない。ポロシャツにスラックスというラフな恰好だった。

　玄関は四畳くらいの広さがあった。右手の客間に通される。部屋の家具や小物はゴシック調で欧風だがどれも時代遅れなデザインだ。刑事を迎え入れる男の揺るぎないまっすぐな瞳は、何かの道を究めたプロフェッショナルを思わせた。田中はわざわざ紅茶を淹れてきた。

「お上手でしたね、ポロネーゼ」

　奥村が褒めた。田中は小首を傾げる。「ピアノ、弾いてらしたでしょ」と奥村が両手の指を動かしながら言うと、やっと微笑んだ。

「英雄ポロネーズですね。ええ、いま弾いていました」

ボロネーゼはパスタだったと、奥村が赤面した。奈良は笑ってやった。

「すみません、教養のない刑事二人が。ピアノ教室をなさっているんですね」

「ええ、細々とですが。ところで今日は、葵ちゃんの件ですか」

「察しがいい」

「この辺りでいま警察が動いているとしたらそれしかないでしょう。正直、僕も消防団員ですからピアノ弾いてる場合じゃないんですけどね。息抜きは必要です。夕方からまた、高麗川の捜索を手伝う予定です」

礼を言う。仕事を尋ねた。

「ピアノ教室と、マンション経営です。川越に四棟ほど持っておりまして」

免許証を見せてもらう。生年月日を確認した。

「葵さんのお母さんと年齢が近いですね。もともと知り合いですか」

「いえ、この辺りの四丁目は学区が違うんです。僕は厚川小学校に通い、中学校からは私立の音楽学校でした。葵ちゃんの家族のことは、今回の行方不明事件で初めて知りました」

奈良は早速、日記が見つかった件を切り出した。

「同じ電車に乗り合わせていた可能性のある乗客をひとりひとり当たっています」

それは大変ですね、と田中は眉を上げた。

「当日の十七時ごろから電車に乗るまで、どこで何をされていましたか」

田中は困った顔をする。

「自宅にひとりでいました。書類を作っていたので、ピアノも弾いていなかったし。雨の音がひどくて、あんな中でピアノ弾いたら調子が狂っちゃうでしょう。あの雨で外に出るのもねぇ。アリバイを証明してくれる人はいないなぁ」

作っていた書類について尋ねた。

「夜から不動産屋と打ち合わせがあったんで、その書類です」

「それじゃ、十九時過ぎに電車に乗ったのも？」

「ええ。ただ駅のホームとか電車の中で、葵ちゃんの姿を見た覚えはないです」

「失礼ですが、どちらの不動産屋でしょう」

田中は立ち上がり、マントルピースの上にあったメモ帳を取った。暖炉があると、いまさら気が付いた。田中はメモ帳にバラ柄のボールペンで、川越市内にある不動産仲介業者と担当者の名前を書く。

「不動産仲介業は日中内見で忙しいので、打ち合わせは夕方からすることが多いんです」

奈良はメモを受け取った。田中がボールペンを連続でノックする。リズムを取っているように感じた。ピアノを教えているだけあって、メトロノームのようだ。

「担当は山本さんという女性です。どうぞ確認してみてください」

礼を言い、奈良と奥村は田中家を辞した。電話で不動産仲介業者の山本に連絡する。確かにその日、田中と約束があり、打ち合わせをしたと証言した。森川から着信が入っていた。折り返す。

森川はすでに中学生四人の素性を割っていた。六中生は花田七海のみで、他は全員関間中学校の生徒だった。学区が駅周辺の市街地をまたぐマンモス校だ。それよりも七海について大きな情報を得たという。

「池袋の『JKランドリー』という風俗店でアルバイトをしているらしいです」

教師ではなく、生徒からこっそり聞いた情報らしい。森川は電車で池袋に向かっていた。現地待ち合わせということで電話を切る。奈良は奥村に通話内容を話した。

「別件にしろ、警視庁に話を通しておかないと後々面倒だ。お前、ツテないか」

「管区警察学校時代、同じ教場に警視庁の生安畑のがいましたけど、それより池袋署の生活安全課に直接電話すべきでは？」

「シマを荒らすなと言われるに決まってるだろ。しかも未成年を働かせている店だとタレこみするようなもんだ。身柄(ガラ)を持っていかれる」

こちらは本部に一報を入れておけば後で申し開きできる。奥村が納得してスマホを出した。

それにしても、また池袋だ。


奈良と奥村、森川の三人は、池袋の北口にある、JR線の陸橋の上にしゃがみ込んだ。森川がしでかしてくれた。

我先にと池袋に向かっていた森川が、池袋署の生活安全課に許可を求める電話を入れてしまった。相手は快諾し、店名を尋ねた。森川は教えた。坂戸駅から池袋駅まで電車で四十五分。池袋警察署からJKランドリーまでは、パトカーで五分だ。

奈良ら三人が合流し、店に到着したときには、もう池袋署の手入れが終わっていた。店は空っぽで、従業員はみな連行された後だった。慌てて池袋警察署に駆け込んだが、「こっちの調べが終わるまで待て」の一点張りだ。花田七海に接触することができない。

他の四人を当たるほかない。森川は四人の保護者と連絡を取ったが、「スマホにかけても出ない」「居場所を知らない」という答えばかりだ。子供は未成年なのに「縁を切っている」と断言する親までいた。

今日のところは池袋で捜す。店が摘発されたと知らない仲間たちが、七海を迎えにJKランドリーまでやってくる可能性があった。店が見える陸橋で張り込む。電車がまき散らす金属音と、通り過ぎる女子高生たちの甲高い笑い声に溢れた一角だ。

森川が珍しく「ほんとスイマセン」とべそをかいていた。

「しゃあないっすよ。俺だって奈良さんに注意されなかったら、同じことしてましたよ」

奥村が慰めた。

「いや俺、班長の役に立ちたかったんです。奈良さん、小山さんにやられていたでしょ。だから先回りしてがんばろうと……」

それを口に出さなくていい。花田七海のいる中学生グループについての証言を、奈良は再確認した。森川が関間中学校の生活指導教師から取ってきた情報だ。

「このグループのリーダー格は朝倉祐太郎。花田七海はパシリだったと?」

「七海をJKランドリーに売ったのも朝倉です。七海の日払いのバイト代で夜通し遊ぶというのが定番らしくて」

朝倉が葵のことを話題にしていたことがあった。葵が表紙を飾った広報誌を前にして〝この美少女、俺のところに連れて来い、みんなでまわそう〟と言ったらしい。

「なんで教師がそんな話を把握しているんだ?」

「職員室で、大声で話していたからだそうですよ」

飲酒や喫煙について、教師たちが問い詰めている最中に出た言葉だという。

「微妙なところですね。教師を挑発しただけじゃないですか」

奥村が言った。彼らが葵という美少女に興味を持ったのは事実だろう。朝倉グループの真のリーダーは別にいて、少年院に入っていることがわかった。阿部匠真、十六歳。笠原が話していた〝やばい先輩〟だ。阿部の罪状は強姦致傷だった。朝倉が阿部を真似て葵を狙ったのか。

厄介なのは、朝倉グループが根城にしているのが池袋ということだ。警視庁管内で、埼玉県警の捜査を出し抜くような署が管轄している。動きにくい。

二十一時になった。三十分交代でひとりずつ夕食を摂りに行く。奈良は西池袋にある定食屋の暖簾（のれん）をくぐった。食券を買い、丸椅子に座って一息ついたところで、スマホが鳴る。小山からだった。

「班長、いまどこ」

「あんたにだけは教えてやらない」

昼間の言動を根に持って、奈良はねちねち言ってやった。

「まあそう怒らない、班長。一本釣り、成功したぞ」

小山が一本釣りを狙うのは葵の担任教師、浮島航大だ。

「すぐに、いまから言う住所に来いよ。とうとう浮島が本性を現したぜ」

奈良ひとりが埼玉に戻る。奥村と森川にはＪＫランドリーを見張らせている。奈良は東武東上線に乗り、つきのわ駅で降りた。坂戸駅からさらに二十分ほど下った駅だ。タクシーを拾って十分、都幾川の河川敷に到着した。

住所は東松山市だが、比企郡嵐山町との境目だ。広大な河川敷には田畑が広がっていた。住宅街や幹線道路から離れているので、不気味なほど静かだ。警察が捜索作業する音しか聞こえない。二十二時を過ぎ、現場は鑑識車両の投光器に照らし出されていた。

鑑識のつなぎを着た捜査員たちが、ガードレールのない木造の橋に立っている。網で何かを掬ってはブルーシートの上に並べていく。川の中に散らばるＤＶＤが、投光器の照明に反射して光る。

現場にいるのは、東松山署の捜査員だった。小山がいない。刑事らしき人物はひとりだけだ。小山の居場所を聞いた。

「本部の小山さんならホシに張り付いてます。小学校教師なんですって？」

しかも失踪した少女の担任とは、と驚いている。

「さすが本部の刑事は、組織捜査無視で犯人見つけちゃうんですね」

「確かにこれ、児童ポルノだったんですか？」

「川の水で劣化しちゃうので書籍やムック類を先に引き上げてます」

河川敷の駐車場に停まっている鑑識ワゴン車へ案内された。浮島は葵の誘拐を疑われ、慌てて児童ポルノを捨てたのだろう。小山に尾行までされていたとは気が付かなかったらしい。

ワゴン車のバックドアが開いていた。車内のスペースにブルーシートが敷かれている。書籍や雑誌が等間隔に並べられ、鑑識が写真を撮っている。撮影が終わったものは水気を拭き取り、ドライヤーで乾かしていた。奈良はひとつ手に取った。縮んで硬くなった紙は、捲るたびにパリパリと音がする。

奥付を見ると発行は十五年前だった。児童ポルノの単純所持が摘発対象となったのは去年、二〇一五年夏からだ。

さらにページを捲る。ランドセルを背負った少女たちが卑猥な恰好をさせられている。すぐに閉じた。

七月八日、金曜日。さいたま地検川越支部から逮捕令状が下りた。

被疑者は浮島航大だ。罪状は児童ポルノ単純所持禁止法違反と河川への不法投棄による埼玉県迷惑防止条例違反。別件逮捕だ。身柄が西入間署に移送されてきた。取調べの担当はもちろん、小山だ。

自白の強要があってはならないので、上司の奈良が付き添う。初日の取調べは違法ギリギリの、八時間半に及んだ。浮島は児童ポルノの所持だけでなく、小児性愛者であることも認めた。葵の一件については一貫して容疑を否認した。

すでに浮島の関係先の捜索は始まっている。第七小学校職員室にも手が入った。七月九日正午になっても、葵に関係するものが見つかったという一報はない。

奈良は昼食を十分で済ませた。一階の喫煙所で煙草を吸いながら、捜査資料を捲る。浮島が所持していた児童ポルノの内容一覧だ。

小一の女子が初めて着たスクール水着をハサミで切っていく。小三がランドセルをしょったまま緊縛される。ピアノのレッスンに励む幼稚園児におしおきとして、裸でピアノを弾かせる——幼女の裸体を愛でるようなものが大半だ。小五で大人びていた葵は、彼にとって性の対象だったのだろうか。

十二時半、昼休憩に入る小山と交代の時間だ。

奈良は少し早めに取調室へ向かった。中に入った途端、舌打ちが聞こえてきた。小山だ。浮島のすぐ横に立っていた。浮島は唇が切れ、左瞼が赤く腫れ上がっていた。奈良は小山を廊下に引き摺り出した。

「あんた、殴ったのか！」

「二人きりになった途端に黙秘を決め込んだんだ」

「あんたが罪を決めつけるような取調べをするからだろ！」

「一刻も早く葵を見つけて親元に帰してやりたいだろ、お前には親の気持ちがわからんのか」

　奈良は黙り込んだ。小山がまくしたてる。

「姉の沙希は受験生なのに学校に行けていない。母親の髪はもう真っ白だぞ。父親はマメが潰れた血まみれの手で泥をかいている」

「だからなんだ」

　奈良の冷めた言い方に、小山はひるんだ。

「被害者でもないのに被害者感情を言い訳にするんじゃねぇよ」

　奈良は小山を乱暴に突き放し、取調室の中に入る。椅子に座り、頭を下げた。

「あれは部下です。乱暴な取調べ、大変申し訳ない」

　浮島は何かを堪えるように俯いている。ティッシュの箱を差し出した。浮島は紙を大量に取り、血の混じった唾を吐き出した。

「あの人はもう、勘弁してください」

もちろんです、と謝罪した。

「奈良さんでしたっけ」

浮島は消え入りそうな声で確認し、ぽつりと言う。

「児童ポルノ所持は、恥ずかしいことです」

集めたのは、法律施行前のことだと強調する。

「捨てそびれただけなんです。決して、生身の少女にいたずらしようなんてつもりはないですし、ましてや受け持っている女子児童を手にかけることは絶対しません」

やっていないなら、堂々としていれば良かったのだ。児童ポルノは破棄しづらいものだし、そもそも嗜好品なら手放したくないだろう。後ろめたさを抱えたまま時が過ぎ、何の因果か担任を受け持っている少女が失踪してしまった。

「東松山の自宅の庭を掘り返していると……。本当ですか」

浮島の実家は、農業を営んでいる。田んぼの世話をしているのは祖父母らしい。父親は会社員、母親は専業主婦だ。水田にも捜索の手を伸ばすかもしれない。

「両親や祖父母は、どうしてますか」

「よく警察に協力しているよ」

「五年二組の子供たちは、大丈夫でしょうか。報道されているんですよね」

テレビや新聞は、行方不明の少女の担任が児童ポルノ所持で逮捕されたと大々的に報じている。名前が出たのみで顔写真は出ていない。ネットは違う。学校でのスナップ、学生時代の卒業アルバムの写真が拡散されている。現住所や家族構成までもが晒されていた。

「妹は大丈夫でしょうか」

妹、という言葉に奈良の肩が勝手に反応する。顔を上げた。

「東京の女子大に通っていて、ついこないだ、出版社の内定が出たばかりなんです」

小山に殴られても踏ん張っていた浮島が、涙をこぼした。

「浮島先生、しつこいようですいませんが、何度でも確認させてください。それしか真実がないなら、同じことを何十回でも話していただきたい。石岡葵ちゃんが失踪する直前の十七時、あなたが東門で葵ちゃんを見送った後の行動を教えてください」

浮島は同じ証言を繰り返す。葵がブロック塀の死角に入ったところで、職員室へ戻った。失踪の一報を受けるまで残業をしていた。浮島の声と、書記係の刑事がキーボードを叩く音で取調室が満たされる。

「アリバイが歯抜けです。頻繁に職員室を出入りしている。あなたはいなかったと証言している教師もいます」

「コピー室にいたんです。もうすぐ夏休みで、私は課題図書一覧表を作る係でした」

五ページあるものを、学年の八十人分コピーして並べ、ホチキス留めする。職員室のデスクではできないと訴える。

「いまどき、ソート機能があるでしょう。コピー機が全部やってくれる」

「調子が悪かったんで、何度もやり直していたんです」

「コピー室にいたのは何時から何時ですか」

「はっきりとは……。六時から七時くらいじゃないですか。でもこの間、何度か職員室に戻っています」

作業を終えたのは十九時だった。以降は職員室で算数のプリントの採点をしていた。ほとんどの教師が十九時には帰宅している。アリバイが立証できていない。珍しく校長が残っていたが、校長室にいたので職員室に誰がいたかは知らないという。

書類仕事が終わったのが十九時半過ぎ。帰り支度をしていたところで、葵の母親から電話があった。葵が学校に戻った可能性を考え、昇降口に確認に行ったが、下駄箱に靴はなかった。

「校舎に人はおらず、体育館はもうセキュリティが作動していましたので、誰もいないのは明らかでした」

奈良は手元の書類を捲った。この二日間の取調べ記録だ。いまの供述内容と照らし合わせる。

母親とやり取りしながら、浮島は田んぼの一本道を捜した。駆け付けた保護者たちと、手分けして高麗川の土手道を回った。二十時のことだ。校長は帰宅した教師たちに一報を入れて、捜索を手伝うように指示した。教育委員会の懇親会で酒を呑んでいた副校長も、すぐさま切り上げて第七小学校に戻ってきた。

もう何度も繰り返された供述だ。それでも書記係の警官は一字一句パソコンに打ち込む。休憩などで聴取を中断するたびにプリントアウトし、取調べ担当の捜査員に渡す。奈良の手元の書類が厚くなっていく。

浮島の顔を見つめた。瞼の腫れが痛々しい。嘘をついているようには見えない。本気で嘘をつくと決めた人間を見極めるのは、場数を踏んだ刑事でも難しい。

奈良は今日の天気を尋ねるように聞く。

「小学校教師になったのは、幼女が好きだからですか？」

浮島が初めて、視線を泳がせた。力なく言い訳する。

「例えば、スポーツ好きの人がスポーツ関連の仕事に就くことは、変ではないですよね」

浮島は眉に力を籠める。

「でも、幼女が好きだから小学校教師になった、となると、変態扱いじゃないですか」

奈良は黙って聞いた。

「僕は小児性愛者かもしれない。でも、非接触派です。幼女が好きだから見守っていたい。でも触れたいとは思わない。眺めるのは好きだけれど、いたずらしたいとも思わない」

質問を変える。

「ではもう一度、教えてください。七月四日十七時、葵を東門で見送った後からの行動を」

奈良は、捜査一課刑事として十年を過ぎたころから抱くようになった、自分に対する疑問を反芻(はんすう)していた。俺はいつ名探偵になれるのだろう? 強行犯捜査の現場で十年鍛錬を積めば、ズバリと犯人を見極められるようになると、無意識に思っていた。奈良の下積み時代、小山がそういう存在だったからだ。だが、奈良は目の前にいる容疑者の白黒の判断がつかない。

浮島の瞼は腫れ上がる一方だった。

聴取を十五時で打ち切り、浮島を病院へやった。比留間が家宅捜索の様子を見に行くというので、同行する。後部座席でアイスコーヒーを飲みながら、比留間がため息をつく。

「浮島が落ちない。こんなに苦戦するとはな。逮捕が早すぎたか」

警察は犯人を逮捕したら、四十八時間以内に証拠を揃え、検察に送致しなくてはならない。

リミットは明日の昼だ。児童ポルノ所持についてはいつでも送検できる。

「正直、祖父母の田んぼには手をつけたくなかったんだが……」

春に耕し、初夏に苗を植えた水田だ。もうすぐ実る青い田んぼを荒らすのは気が引ける。

「そこに何かあるなら、水田を滅茶苦茶にするくらいどうってことないんだがな」

奈良は浮島の評価について聞いた。ＰＴＡや保護者からは、いまどき珍しい熱血漢だと信頼されている。男子児童の評価は、怖い、すぐキレる。女子児童はイケメンだけど厳しいと口を揃える。同僚の教師たちは、若さゆえに口うるさく指導するところはあるが、教師としては合格点と評する。

「誰に聞いても、セクハラなどの訴えはない。抑え込んでいた感情が爆発して葵を誘拐してしまったと考えられる」

「だからこそ、葵を誘拐するはずがない、とも言えますね」

中年男二人のため息が、後部座席で揃う。

「葵の痕跡が関係先から見つからない限り、浮島は口を割らないだろうな」

生きていれば営利目的拐取罪（かいしゅざい）と監禁罪、亡くなっていれば殺人罪に問われる。児童ポルノは書類送検程度でも、葵の件で逮捕されたら人生が台無しだ。教師としてはすでに終わっている。懲戒免職まではいかないが、退職を余儀なくされるだろう。

「すでに、やり直しがきかないくらいの事態になっていますよ。自暴自棄になってもおかしくないのに、葵の一件だけは認めないというのも妙な話です」

浮島の自宅に到着した。東松山市市ノ川という、市街地から離れた田舎町だ。畑を持った農家が多く、住宅街のような門扉や仕切りがない。どこまでが浮島家の敷地なのかわからなかった。付近の道路は通行量が少ない。普段は静かな町なのだろう。いまは警官が半長靴で闊歩（かっぽ）する音や、伝令、復唱の声などで騒然としている。野次馬も集まり始めていた。

畑と屋敷林に囲まれた一角に、母屋と離れがある。離れの一階入り口の引き戸は開け放たれていた。農機具が整然と置かれている。

ロープを張った脇に警察官が並び、警杖（けいじょう）で土中を突いていた。後方では、穴を掘る作業が進められている。あちこちに土にまみれたごみ山と、掘り起こされた岩が転がる。スコップが土を切る音が方々から聞こえた。

奥村は、離れの裏側にある穴を掘り進めていた。奈良を見て、タオルで汗を拭いながら嘆く。

「見つからないっす。ここで何も出なかったら、水田に手をつけなきゃですけど」

奥村のグループがいま掘っている穴に、期待がかかっているようだ。

「警察犬の反応があった上、掘り返された痕跡があったんです。ちなみに、浮島は離れの二階を自室として使っていたみたいです」

離れを見上げた。小さな窓が開け放たれている。窓のサッシに腕をつき、冷たい視線を向ける女がいた。ロングヘアがノースリーブの肩にかかっている。豆柴のようなつぶらな瞳は、童顔の浮島とよく似ていた。妹かもしれない。

奈良と目が合う。女はつと視線を逸らした。

まだ五十センチほどしか掘り進めていないが、腐臭が漂い始めた。鎖の音がする。少し離れた現場で待機している警察犬の首輪とチェーンの音だ。落ち着きがない。

「他の場所に比べて虫がすごく多いんですよ」

奥村が意味ありげに、土の山を顎で指した。確かに、よく太ったミミズや蛆虫がうねうねと土の上で小躍りしている。

母屋からはすすり泣きが聞こえた。「孫が申し訳ありません」と年老いた声が繰り返している。

穴から骨が出てきた。頭蓋骨部分は人間のものではない。狸か、犬か。窓がぴしゃりと閉じられた音がした。

奈良はまた見上げた。女はその影もなかった。

＊

最近は消防団の女性部による差し入れが減ってきた。

沙希は夕食を買いに一本松駅近くのドラッグストアに行った。母の勤め先だ。食料品の品揃えも豊富で、惣菜や弁当も売っている。

大家消防団の団長で、この店の店長の佐藤が品出しをしていた。沙希を見て頷き、気まずそうに目を逸らした。レジに立つ女性は、不憫(ふびん)そうな視線を送ってくる。

沙希は二人分の惣菜と、牛乳やパンなどを籠に入れた。そういえばシャンプーが切れていた。これまで気にしたことがない。母が詰め替えてくれていた。母はいま、家庭人として機能していない。ヘアカラーグッズが目に入る。母親の髪は日に日に白くなっていた。

スマホがバイブした。塾の友人から、メッセージが届く。

『今日の英語、来れそう？　無理はしないでね。いつも通り授業を録音しとくし、プリント系預かっておくよ』

先週の英語も休んだ。葵がいなくなって、二週間経つ。今日は七月十八日の月曜日、海の日で祝日だが、塾は通常授業だ。

普通の受験生だった日々があまりに遠かった。

学校には行くようにしていたが、塾は休んでいた。放課後は父親と一緒に消防団に交じり、高麗川流域で手がかりを探している。日を追うごとに人数が減り、捜索ペースは落ちていた。生い茂った緑の下からは、様々なものが出てきた。バイク、自転車、テレビ、電子レンジ、ぬいぐるみ、靴、小動物の死体――。

不法投棄された産業廃棄物も多い。父親は釘が突き出た板を踏みしめてしまった。釘は長靴の底を突き破りかかとを抉った。二針も縫った。肌は真っ黒に日焼けしている。軍手をしていても爪や指紋の隙間に土が入り、洗っても落ちない。潰れたマメで硬くなり、父の手は黒いグローブのようだった。

レジで支払いをする。母親の同僚が白髪染めを手にした。なにか言われるんじゃないかと、怯えてしまう。かわいそう、元気出してね、なにかできることがあったら言ってね……。近所でも消防団でも学校でも、いろんな人が声をかけてくる。

沙希は言われるのが負担になっていた。黙っていてほしい。ほっといてほしい。みんな、口では心配しながら具体的には動かない。ＳＮＳで葵の情報を拡散すれば、それで協力した気になっている。偽善者ばかりだ。

自転車で自宅に帰る。

公開捜査となった直後はテレビ局の中継車が何台も来ていた。いま残っているのは週刊誌やフリーランスの記者たちだった。

庭先のプランターを踏み荒らし、父親のレクサスのボンネットに平気で駆け上がり、写真を撮ろうとする。父親は車の修理に行くでもなく、葵の捜索に没頭している。

西入間警察署の専用ダイヤルには、繁華街や風俗店での目撃情報ばかり入るらしい。担任の浮島が児童ポルノ所持で逮捕されると、そういった電話は一気に減った。人がいかにマスコミや警察の発表に扇動されやすいか、思い知らされる。

玄関の扉を開けた。電話が鳴っている。どうせいたずら電話か宗教の勧誘だ。一日に三十件以上ある。ＳＴＳの刑事が階段の上に向かって母親を呼んでいた。母親はここのところ、葵の部屋に閉じこもっている。

刑事は沙希に気が付き、電話に出るよう頼んだ。刑事にも失踪当時ほどの緊張感はなさそうだった。母親だけが張り詰めたままだ。「ママが出るから」と滑り落ちそうになりながら階段を下りてきて、受話器を取った。機械が自動録音を開始する。逆探知機から相手の声が聞こえてくるはずだが、いまは無言だった。

いたずら電話のうち半分が、無言電話だ。母は葵がかけてきていると思うようだった。警察は電話番号から所有者を突き止めている。全国津々浦々、北海道から沖縄まで、老若男女がいたずら電話をかけてくる。これに捜査員は時間と労力を無駄にしていた。

　失踪当初は、周囲の善意の捜索に感謝した。公開捜査になってから、世間は葵の無事を願う人ばかりではないと思い知らされた。

　電話の無言は続く。捜査員はヘッドフォンをしたままパソコンを睨みつけ、情報を捜査本部に送る。もう発信者の特定ができていた。０４８から始まる番号と、回線所有者名、住所も表示される。埼玉県蕨(わらび)市の知らない男の人の名前が表示されている。

「……もしもし」

　やっと返事があった。少女の声だ。沙希の背筋が粟立つ。くぐもっていて、葵の声かどうか判別はできない。母は前のめりになった。

「もしもし？　葵なの！　いまどこにいるの？」

「お母さん……助けて」

　苦しそうに訴える声音は痛々しい。沙希は電話に駆け寄って叫んだ。

「葵！　大丈夫なの、お姉ちゃんだよ、どこにいるの！　すぐ警察が助けに行くから」

「お姉ちゃん……痛い、痛いよ……」

　沙希は嗚咽で声にならない。母親は号泣しながら叫んだ。

「葵、すぐ助けに行くから。場所を話せる？　どこにいるかわかる？」

「わからないの。真っ暗闇で、何も見えないし、痛いの……体中が。だって、私——」

苦しそうだった少女の声が、突然、明瞭なものに変わる。

「担任の浮島にパコられて首絞められて殺されて、バラバラにされて燃やされちゃったんだもん、ばーか！　ちょっとばかし美少女だからって調子乗ってるんじゃねぇよ、ざまあみろ！」

電話は切れた。


あと二日で夏休みだ。

一時間目はプールの授業だった。沙希は怒りで朝まで一睡もできず、体が重い。見学した。テントの陰で体育座りをし、膝の上に頬を載せて寝る。

足に水の冷たさを感じて、顔を上げた。プールの中で、クラスの女子がぷいっと背を向けた。いつもなんとなく一緒にいる友人だ。

教室に戻り、机に突っ伏して寝た。とんとんと背中を叩かれる。濡れたショートカットの髪を拭いた女子が「さっき水かけられてたでしょ」と言う。体は鉛を飲んだように重かった。頭もうまく回らない。

「あの子ホント性格悪いよね、石岡さんに嫌がらせしても仕方ないのにさ。生理中なのに、ケマリに水圧で血は出ないからとかで休みを認められなくて、イライラしてんだよ」

ケマリというのは保健体育専任の女性教師のことだ。体育指導者とは思えないコロコロと太ったおばさんで、そのまま蹴っ飛ばしたくなるほどにむかつくから『ケマリ』。

沙希はまた机に突っ伏した。次は数学の授業だった。数学教師は無駄に厳しい。教室の空気が引き締まる。せめて教科書くらいは机に出すべきかと思ったが、立って礼をするだけで精いっぱいだった。そのまま腕の中に突っ伏して目を閉じる。

頭に小さな衝撃が走り、目が覚めた。痛みがじわじわと広がる。数学教師が、指導者用の分厚い教科書を持って傍らに立っていた。あの角でこつりとやられたのだろう。

クラスメイトたちの視線が突き刺さる。

葵はまだ見つかっていないのに、浮島が逮捕されてから、事件は幕引きという空気になっていた。捜索は終わっていない。川に流された事故の可能性だってまだ残っていて、やっと関越道付近までの捜索を終えたところだ。

三時間目は技術で、技術室に移動しなくてはならなかった。のろのろ準備をし、顔を上げる。教室はガランとしていた。沙希が所属する低カーストグループの子たちは行ってしまった。

技術の授業では折り畳み椅子を作っている。

沙希は準備室に保管されていた製作途中の折り畳み椅子を作業机に持ってきた。座面部分に細い板を五枚渡して釘打ちする。同じサイズの板を五枚用意しなくてはならない。ステンレスの直角の定規を使って寸法を測り、班にひとつしかないのこぎりを順番で使用した。

葵がいないのに、のこぎりなんて引いてバカみたいだった。

全ての切断が終わった。のこぎりを男子に手渡す。男子は柄の部分を、汚れ物を扱うように持った。ジャージのポケットからウェットティッシュを出し、持ち手を拭いている。

四時間目の学活は、クラス対抗大縄跳び大会の練習にあてられた。クラス二十八人全員で跳んだ回数を競う。沙希のいる三組は結束が固い。「夏休みも集まって練習しようよ」という声が聞こえてくる。雨が降りそうで、低い雲が垂れ込めていた。

担任教師と副担任がジャージ姿でやってきて、大縄を回し始める。先週の学活では、最高回数は二十三回だったらしい。沙希はいなかった。今日はどうしても十回、届かない。沙希の足だけが、クラスメイトと揃わない。ごめんなさい、と謝る声は「もっかいがんばろ!」という学級委員のかけ声にかき消された。

教室に戻る。いつものグループの中に交ざったが、誰も話しかけてこない。話題を振っても、なんとなくスルーされているのがわかった。沙希はたぶん、腫れものなのだ。

給食の時間になった。沙希は給食当番だった。スープをお椀によそう。配膳係が前に並んでお盆を手に持ち、おかずを受け取っていく。のこぎりの柄をウェットティッシュで除菌していた男子が来た。おたまを持つ手が震える。別の男子がやってきた。お盆に汁がこぼれる。舌打ちされた。

昨晩、電話口で家族を罵った少女の声を思い出した。ざまあみろ——。

沙希の中で張りつめていた何かが弾ける。

＊

午後から雨が降り続けていた。

奈良は川越市にある児童相談所直営の保護施設に来ていた。梅雨は明けていないが、庭先のあじさいが枯れて雨に打たれている。

ＪＫランドリーという風俗店で働いていた花田七海は、家裁の判断で児童相談所に送られていた。池袋署の調書によれば、ＪＫランドリーは女子校の制服を着た少女と個室でＤＶＤ鑑賞するサービスを提供していた。浮島の逮捕で朝倉グループの捜査を一旦中止している。ここにきて再開したが、少年少女は見つからない。学校にも自宅にもいない。心配して捜そうとする親もいなかった。

唯一所在がわかっている花田七海から聴取するしかない。だが精神的に不安定でとても聴取に耐えられないと、何度訪ねても会わせてもらえない。

「なんとか、お願いします。五分でいいんです」

「今朝も暴れて、やっと落ち着かせたところなんですよ」

「一分でいい、三十秒でも。会わせてもらえませんか」

すぐに聴取はできなくとも、徐々に打ち解けられれば何かわかるかもしれない。ジャージ姿の職員の背後から、床を叩く音が定期的に聞こえる。奈良は職員の肩の向こうを見た。暗い表情をした少年が、床に頭を打ち付けていた。

「お医者さんから、いまは刺激しないように強く言われていますから」

扉が閉められてしまった。比留間から電話がかかってくる。電話に出た。

「南坂戸病院へ行ってくれないか。沙希が学校でトラブルを起こしたらしい」

奈良は電車で坂戸に戻った。南坂戸病院は市内で一番大きい病院だ。総合受付で外科処置室の場所を教えてもらう。その廊下に大人たちが集う輪がいくつかできていた。ロビーの喧騒から離れ、静まり返っている。頭を下げて回る白髪の女性がいた。囁くようにそっと話している。母親の秋奈だ。

「このたびは、うちの娘が大変申し訳ありません……」

頭を上げてください、大変なときでしょうから、と気遣う声がある。

「いいえ。やけどをさせてしまったこと、何とお詫びを申し上げたらよいか」

秋奈は後ろを振り返り、別の夫婦に頭を下げた。辛辣な言葉が返ってくる。

「これだけは言わせてもらいますよ、うちの子は沙希ちゃんを傷つけるようなことはしていません。偶然隣にいたというだけで、顔にやけどしたんですよ。女の子なのに、顔に痕が残ったらどうしてくれるんです！」

間に入ったのは、中学校の教師らしかった。奈良は大人たちの群れをすり抜けた。奥のベンチに沙希がひとりで座っている。溶けかけた氷の入ったビニール袋を、右手の甲に当てていた。結露した水滴が垂れて、リノリウムの廊下を打つ。奈良は隣に腰を下ろした。

「お父さんは？」

沙希が淡々と質問に答える。

「仕事です。今日はどうしても夕方までかかる仕事があると」

「手、やけどか？」

沙希がふんと鼻を鳴らす。

「給食の配膳中に、キレちゃって。中華スープをよそう係だったんですけど、なんかいろいろ、ひっくり返しちゃったみたいです」

他人事のようだった。管理官の比留間から電話が入った。奈良は「すぐ戻るよ」と沙希に言い、ロビーで電話に出た。

「そちらの様子はどうだ？　被害届が出るとか、傷害事件に発展しそうか？」

「いや、そこまでは。親と学校で解決するでしょう」

「実は、家族に報告せねばならんことがあってな。話してくれるか」

何を伝えねばならないかは、わかっていた。今日十八時で、浮島の十日間の延長勾留期限を迎える。延長の請求は裁判所が認めれば何度でもできる。逃亡と証拠隠滅の恐れが主な理由だ。だが浮島の周囲からは十日経っても何も出ていない。

水田も、水を抜いて引っ掻き回したが、葵の痕跡はない。浮島を勾留し続けることはもうできない。時計を見る。十七時半。浮島は妹の迎えで署を出たという。マスコミに発表する前に帰したのだろう。

「浮島は結局、児童ポルノのみの書類送検ですか」

「そりゃそうだ。児童ポルノ程度でブタ箱には入れられんだろ。前例がない」

「小山はどうしてます」

「知らんよ。お前の部下だろう。浮島の妹に引っぱたかれたらしいがな。妹はネットで言いたい放題だ。児童ポルノの所持すら冤罪で、警察のねつ造だとな」

奈良は車両の手配を頼み、電話を切った。外科処置室前へ戻る。秋奈はまだ責められていた。奈良は名乗り、間に入った。

「それほどの問題なら、被害届を出したらどうですか。私が受け付けますよ」

ひとりの母親がヒステリックに叫ぶ。

「穏便に済ませたいから話し合っているんじゃないですか！」

石岡家はもう、末娘を捜すかわいそうな家族ではなくなっていた。平穏な町を引っ掻き回す厄介な存在になっている。

一時間経って、やっと全ての家族が帰った。さらに三十分待つと、奥村が迎えに来た。奈良は、憔悴した母子二人を後部座席に促し、助手席に座った。車内では雨が車のボディを叩く音が響く。息苦しく感じる。エンジン音で少し紛れた。

奥村がサイドブレーキを下げたのを合図に、浮島が釈放されたことを話した。

沙希は窓の外を見たままだ。秋奈は事態をよく理解できていない様子で言う。

「……つまり、葵の一件に浮島先生は関係していなかった、ということですか？」

「ええ。そういうことになります」

「警察は……一体、なにをしているんですか！」

秋奈は両手で顔を押さえ、泣き崩れた。沙希は相変わらず、反応がない。

関越自動車道下のトンネルを抜ける。第七小学校の正門へ続く直線道路に入った。奈良は後部座席の二人に、顔を伏せるように言った。マスコミがいる。

浮島釈放の一報が流れたのだろう。西入間警察署を出る浮島を取材したかったはずだが、人権に配慮した警察に出し抜かれた恰好だ。だから勤務先に集結しているらしい。

二週間前まで、浮島はこんな形で職場を追われると想像すらしなかっただろう。児童ポルノを処分していなかったのが悪い。あらぬ疑いをかけられ、所有する田んぼまで捜査が入ったことには同情する。教職に戻れるはずはなく、依願退職は決定的だ。葵を誘拐した容疑がかかっていた事実がひとり歩きする。

マスコミの喧騒を抜け、車は田んぼの一本道を進んだ。葵が最後に目撃された地点を通り過ぎる。誰も口を開かない。

高圧電線の下を通り、鶴舞ニュータウンに入った。十九時半、辺りはもう暗闇に包まれている。いくつか区画を抜けたところで、異様な輝きを放つ家が見えた。雨のせいで光の輪郭がぼやけているが、石岡家の一軒家が、スポットライトを浴び暗闇に浮かび上がっている。

テレビ局の中継車が戻ってきたのだ。奥村にUターンさせた。一旦車を、高圧電線下の路肩に停める。後部座席の二人を見た。母親は両手で顔を押さえ、屈み込んだままだ。沙希はリアガラス越しに、暗闇に照らし出された我が家を見ている。

「来るってわかってたら、洗濯物外に干さなかったのに。下着……」

沙希がため息交じりに言った。スマホを出し、電話をかける。相手は父親のようだ。

「お父さん、西入間署にいるの？」

ちらりと、奥村と奈良を見る。そこへ車を回してほしいようだ。沙希は相槌をいくつか打ったのち、切り出した。

「私、目白に帰る」

沙希の目からとめどなく涙が溢れる。秋奈は驚いたように顔を上げた。娘の涙を丁寧に指で拭い、ごめんね、と呟く。ネイルは根元が伸び、一部は剝がれていた。

「沙希を父親のいるところまで送ってもらえませんか。私は、ひとりで帰れますから」

奈良は慌てる。

「あのマスコミの中を通り抜けるのは――」

「でも、一刻も早く戻らなきゃ。今日こそ葵が帰ってくるかもしれません」

秋奈は後部座席から降りた。ブラウスにタイトスカートを穿いていたが、足元はゴムサンダルだった。傘を持っていない。奈良は傘を持って車を出た。秋奈に追いつく。奈良が前に立ち、傘を差す右腕を秋奈の方にやりながら、左腕でマスコミを追っ払った。奈良にもフラッシュがたかれた。シャッター音だけでなく、光が瞬く音まで奈良の耳に入ってくる。

八月二日。いつの間にか梅雨は明けていた。

真夏の太陽に焼かれる池袋西口公園で、朝倉グループ四人を発見した。

親や教師、友人に協力を仰いで呼び出してもらっていたが、警察の影を感じたようで、逃げ回っていた。令状が出る状況でもなく、奈良たちは出没しそうな場所を張り込んでやっと見つけた。

その場で未成年喫煙で全員補導した。西入間警察署へ連行し、四人別々に取調べした。全員、葵の失踪とは無関係だと主張した。取調べ二日目になって、ひとりが豪雨の夕方に坂戸駅前のカラオケ店で遊んでいたことを思い出した。

奈良と奥村はカラオケ店に飛び、防犯カメラ映像を確認した。十六時から十九時まで、彼らはカラオケ店のパーティルームで騒いでいた。

奈良と奥村はがっかりしてカラオケ店を出た。サイレンが鳴る。坂戸市の防災無線が、子供に帰宅を促す。

今日は八月四日だった。葵が失踪して、一か月が経ってしまった。

奈良はひとり、田んぼの一本道に向かった。葵が最後に目撃された地点に立つ。農家の軒先で、一本の向日葵(ひまわり)が咲き誇っていた。

第二章　泥沼

りんかい線が国際展示場駅に到着した。

八月十二日から三日間、東京ビッグサイトでコミックマーケットが開催されている。今日十四日は最終日だった。会場の中に入る待機列が駅のホームにまで延びている。

奈良と奥村、森川の三人は、品川ナンバーの男の手がかりを求めてやってきた。

九十回目を迎えるコミックマーケット、通称コミケ90はアニメや漫画、小説など自費で作ったものを頒布する会だ。最近ではアニメ好きの男性だけではなく、コスプレの女性も来て、手作りDVDを販売する。有名芸能人も作品を手売りするようになり、マスコミの注目を集めている。「もはやこれは国民的行事ですよ」とオタクの森川は胸を張る。

黒々とした頭がずらっとホームの階段に並ぶ。これだけ人がいるのに喧騒がない。仲間と連れ立っている人は少なく、みな俯き加減だ。衣服には個性がないのに、持ち物はやたら派手だ。アニメのキャラクターのうちわやタオル、紙袋を持っている。すでにコスプレ姿の女性も交ざっていた。

「うそでしょ。駅を出るまでにどれだけかかるんすか」

奥村がげんなりして言う。車で来たかったが、管理官が許可しなかった。ガソリン代や高速料金はいくらかかるのかと、予算のことばかり言われた。

捜査本部の体制もがらりと変わった。まず、捜査員が半減した。比留間がかき集めた百名のうち半分は、別の捜査本部との掛け持ち要員だった。現在は専任の五十名のみだ。

スマホのカバーに関する記事が出て以降、少しずつだが情報が集まっている。インターネット上では、『タトゥー・ラヴ』という漫画の存在が噂されていた。PとQというキャラが出てくる自主制作漫画らしい。試しに『タトゥー・ラヴ』とか『入れ墨 P Q』とネット検索してみると、確かに引っかかる。だがもうサイトは閉鎖されており、内容も作者も確認できなかった。

奈良班はアニメや漫画オタクの集まる秋葉原に飛び、靴底をすり減らした。成果は出なかった。森川が鼻息荒く言った。

「コミケに参戦するべきです。オタクの祭典ですよ、絶対そこで情報が取れるはずです」

奈良は小山ひとりを秋葉原に残してきた。列に並びながら、ハンカチで鼻を押さえる。

「なんだか臭わねぇか……」

隣の奥村に言う。奥村も鼻をひん曲げ、「酸っぱいっすよねぇ」とあたりを見回す。森川は愉快そうに笑った。

「ああこれ、オタクの臭いっすよ。夏開催のときはこれです。慣れない人はきついっすよね」

コミケ会場はもっと臭うに違いない。げんなりしたが、森川は「中は天井が高くて広々しているので、逆に臭わないですよ」と言う。だが熱気はすさまじく、水蒸気が天井付近に溜まり、もやって見えるらしい。「それを通称オタク雲というんです」と森川がはしゃぐ。捜査だぞと奈良は釘を刺した。

「そう捜査ですよ、奈良さん。順番抜かしましょう」

森川が警察手帳を出して周囲にアピールした。

「警察ですー、ちょっと先に行かせてくださいねー」

奈良たちは規制ロープの外に出た。警備員に手帳を示し、待機列を横目に会場に入る。入り口付近では、コスプレした女性たちがポーズを決めていて、にわか撮影会が開かれていた。胸の谷間が強調されたビキニアーマーを身に着けている女性もいる。

「そういえば、葵も漫画が好きだったな」

「コミケに興味があったかもしれないですね」

森川が撮影会の輪の方へ行ってしまった。奈良は奥村と先に進んだ。会場へ続くエスカレーター前で誘導していた警備員に、スマホカバーの絵柄を見せ、情報を求める。

「僕はアルバイトで……。主催側スタッフに聞いたらいいんじゃないですか。赤いストラップを下げてます」

一階のロビーでスタッフを見つけた。スマホカバーの絵柄を見せる。スタッフもつれない。

「さすがに絵だけではわからないですよ。参加するサークルだけで三万以上あるんです。作品内容まで把握していません」

協力したくない、という姿勢が見え見えだった。奈良は食い下がる。

「それなら、こういう系の漫画を扱っているブースはどのあたりとか、目星はつきますか?」

「東会場ですね。東の方は通路渡った先です。人の流れに乗って行けば着きますよ」

東会場に入る。東1ホールから6ホールまであり、それが長いロビーの左右に配置されている。ひとつのホールが端から端まで百メートルくらいありそうだ。奈良は奥村に提案する。

「手分けするか。お前、東1ホールからしらみ潰しに行け。俺は6から片付けていく」

森川に電話をしたが、繋がらない。人が多すぎて電波が使えないのだ。

奈良は東6ホールに入った。広すぎるためか、空調が効いていない。この会場だけで一万人近くは集まっていそうだが、やはり喧騒を感じない。簡素な長テーブルに漫画を積み上げて、静かに座っている青年が二人いた。

「どうぞ、いらっしゃいませ。ぜひ手に取って読んでみてください」

小さな声で営業している。奈良は「ちょっとごめんね」と警察手帳を出した。二人は揃って腰を浮かす。

「いや、あの……。趣味で描いているだけで」

奈良はブースに並ぶ漫画の表紙をチラ見した。白目を剝き舌を出した少女が縛られ、男に尻を突かれている。奈良は目に入れないように気を付けながら、コピーを見せる。

「この漫画に覚えはあるかな。『タトゥー・ラヴ』というタイトルで、PとかQというキャラが出てくる」

青年たちが首を横に振った。奈良は礼を言い、隣のブースの青年にも声をかけようとした。様子を見ていたのだろう、「知らないです」と一方的に告げられた。奈良はブースを渡り歩いた。警察手帳を示すと、慌てる者が多い。そういう奴らが販売している冊子はたいてい児童ポルノ漫画だった。制服を着た少女が挑発的に尻を向けていたり、ランドセルの少女が恥ずかし気な顔でスカートを捲って、下着を見せていたり。

趣味とはいえ、こんな漫画が正々堂々と売られ、男たちが静かに熱狂している。法律はアニメや漫画までは規制していないから犯罪ではないが、奈良は気分が悪くなってきた。

東5ホールに入る前に、森川に電話した。繋がらない。怒りのメールを送った。送信完了にならない。奥村にも電話をしようとしたが、電波が期待に応えてくれない。

東5ホールは自主制作アニメや漫画だけでなく、〝沼〟と呼ばれる、特定の何かを徹底的に愛する集団もちらほらといた。鉄道好き、戦国時代好き、廃工場好き……。これらのブースは飛ばす。

ロビーに出たところで、森川が奈良の肩を摑んだ。

「てめえ、この野郎、遊んでたとは言わせねぇぞ！」

「遊んでませんよ、来てください。作者に心当たりがあるという女性を発見しました」

イライラしていたので、とりあえず食って掛かった。

森川が奈良を連れて行ったのは、東3ホールだった。入り口脇の自動販売機前で、ペットボトルの茶をがぶ飲みしている奥村に出くわした。

「いやあ、なんか俺も臭ってきました。奈良さんもやばいっすよ」

いいから来い、と奥村を引っ張って、森川に続いた。

ひとりの女性が、ブース内の人間と立ち話していた。森川に「間違いないです」と強く頷いた。そのブースにも胸や尻が強調された少女の絵ばかりが並ぶ。R18、成人向け、十八歳未満の購入・閲覧禁止、というマークもある。作者はモエモエカナミンというらしい。

奈良は手に取ってぱらぱらと捲ったが、すぐに閉じて元に戻した。奈良が学生のころに買っていたビニ本よりも過激だった。明らかに小学生の女児を凌辱している内容だ。

ブースにいるのは、全員女性だった。大学生やOLか。派手でも地味でもない。花柄のワンピースを着た背の高い女性が、森川に対応している。

「これは『タトゥー・ラヴ』ですね。この上半身全部入れ墨の男性がQ。下着姿の少女はPちゃんかな……」

この漫画のシリーズはAからZまで二十五作品あり、主人公の彫り師がQを名乗る。攫われて調教される少女たちは、AからZのアルファベットを割り振られるらしい。アルファベットは二十六あるが、主人公の男がQなので、残り二十五、ということか。

「幼い少女を誘拐する話なの？」

「幼いといっても、小学校高学年ですよ」

あっけらかんと女性は答えた。少女ひとりひとりにテーマがあり、それに添った絵柄を彫り師Qが入れる。テニス部に入っていればラケットとボール、そろばんを習っていたら数字などを彫る。そして凌辱する。

「結構人気で、毎回コミケで五百部完売とかでした」

奈良は葵が描いた絵柄を見直した。入れ墨の模様は具体的には記されていない。

「その作品、持っているかな」

「自宅には、まあ、あるかな……」

宮崎県から飛行機で東京にやってきて、参戦していると彼女は言った。

「この作者、いまどこのブースにいるかわかる？」

「いや、コミケは卒業しているはずで、いないと思います」

就活で忙しくなると言って、コミケ87で卒業したという。

「87ってことは、一昨年の冬コミ？」

森川が確認した。女性が頷く。現在社会人一年目だろうか。名前は知らないらしいが、ペンネームならわかるという。女性がメモに『夜盗ミルク』と書いた。

「名前の由来とかって知ってます？」

そこから作者に辿り着けないかと思ったのだが、よく知らない、ということだった。

「他になにか、現住所とか出身地はわからないかな？」

「自宅は蒲田と言ってました」

大田区蒲田なら品川ナンバーだ。

「日比谷高校から東京大学に入ったとか、威張ってましたけど。私みたいな田舎者からしたら、蒲田も日比谷も場所がよくわかんない。東大はすごいと思うけど」

「東大生か……。モエモエカナミンさん、普段のお仕事は？」

少し打ち解けてきたので、ペンネームで聞いてみた。女性が首を横に振った。

「モエモエカナミンは私じゃなくて」

後ろを指さした。ブルマをチラ見せした、セーラー服姿の女性がいる。モスグリーンのかつらをかぶり、本を選ぶ男性たちに媚を売っていた。

「私はモエモエカナミンの支援者で、コミケ参戦ついでに販売を手伝っているだけです」

この協力的な彼女から情報が欲しい。奈良は名前を尋ねた。沢田恵美香（さわだえみか）と名乗った。

「沢田さん、ありがとう。その、夜盗ミルクなる東大生、どこに就職したか知ってる？　どれ系の企業だとか。マスコミ、金融、官僚……」

東大生ならと思って官僚を出してみたら、「そういえば」と沢田恵美香は続ける。

「お父さんが警察官僚だという話は聞いたことがあります」

コミケ会場での捜査を終えて、奈良は三か月ぶりにさいたま市大宮区の自宅に向かった。一刻も早く着替えたい。ここのところ暑かったから、ワイシャツや肌着を一日に三回は替える。妹の差し入れでは間に合わなくなっていた。

『夜盗ミルク』の正体が警察官僚の息子かもしれない——この情報を電話で比留間に上げたとき、彼は長く沈黙していた。捜査が別の壁にぶつかるかもしれない。

似顔絵を恵美香の協力で作ったが、「まだ外部に出すな」と言われている。恵美香には『タトゥー・ラヴ』全巻を宅配便で送ってくれるように頼んだ。

大宮駅で乗り換えた。東武野田線の大宮公園駅で降りる。十九時になるころだった。帰宅の途につくサラリーマンたちの列に交ざって歩く。

自宅は大宮公園のすぐ近くだ。公園内には野球場や競輪場があり、武蔵一宮氷川神社という有名なパワースポットもある。

築四十年になる灰色の屋根瓦の一軒家に到着した。表札は出していない。ガレージと、ささやかな庭がついている。二十二年前、中古物件として売りに出されていたのを、奈良の父親が買った。奈良が生まれ育った春日部市の一軒家は、父親が三十五年ローンで建てたものだが、手放した。最寄り駅から徒歩十五分の、農家や雑木林が点在する、のどかな場所にあった。

玄関扉には鍵が二つある。ひとつは後付けしたものだ。「ただいま」と言いながら、中に入った。居間からテレビの音が聞こえるが、出迎えはない。靴を脱いだ。臭いが立ち昇ってくる。

母親は台所で夕食の準備をしていた。額に汗を滲ませ、茄子を素揚げしている。油の泡が弾ける音が食欲をそそった。

「あら。珍しい人が帰ってきた」

「誰もいないのか」

ガレージに車はなかったし、居室には誰もいない。奈良は洗面所の扉を開けようとした。一刻も早く足を洗いたかった。母親がダメときつい口調で止めた。

「真由子（まゆこ）」

妹が風呂に入っているようだ。奈良は台所で手だけ洗う。

「親父は」

母親は、左手で何か握る形を作り、手首を左右にスナップさせた。パチンコか。

「健市の分の刺身買ってないわよ。お父さんに頼む？」

母親が金色の鈴がついた二つ折り携帯電話を出した。奈良はいいと手を振った。

「自分で買ってくる。真由子が風呂だし。言っといてよ」

奈良は財布だけ持って靴を履いた。脱衣所になっている洗面所の扉を叩く音がした。母が妹に声をかけている。

「お兄ちゃん帰ってきてるからね。気を付けて」

東武野田線の線路沿いにある東武ストアへ向かった。夜になっても全く涼しくならない。大宮公園の森からたまに心地よい風が吹いた。

妹の真由子は奈良よりずっと真面目で、薬科大学に進学するほど成績が良かった。門限破りなど絶対しないし、親の言うこともよく聞いた。十九歳の大晦日、人生でたった一度、「友人と新宿アルタ前でカウントダウンをしたいから」と言って、帰宅が午前様になったことがあった。その帰途で、強姦に遭った。自宅まであと五十メートルの地点の農道で、雑木林に引きずり込まれた。体の傷が癒えるのに三か月かかった。犯人逮捕のために、真由子は羞恥と涙を飲み込んで男性捜査員の取調べに応じた。唇を嚙み締めて男性だらけの法廷で闘った。最高裁まで争い、法的な決着がつくまで五年かかった。犯人には懲役五年が言い渡された。逮捕から判決までの勾留期間が差し引かれるので、判決が下りた瞬間に犯人は釈放された。

裁判が終わったとき、真由子は二十四歳になっていた。同級生はとっくに卒業している。一年から大学をやり直す気力は残っていなかった。一般事務員として小さな運送会社に就職した。一か月もたなかった。電話対応ができない。女性とは話せるが、相手が男だと震えが止まらなくなる。電話越しに聞こえる男性の声や息遣いが怖いのだという。強姦されたとき、犯人に執拗に耳の穴を舐められたことを、就職してから思い出したようだ。裁判中は平気だったのに、奈良と会話をするのも怖がるようになった。「お兄ちゃんが息を吸う音を聞くだけで怖い」と母親に泣きついているのを聞いたこともある。

真由子はリストカットを繰り返した。多量の睡眠薬を飲んで救急搬送されたこともあった。何度か勇気を振り絞って働こうとしていたが、どれも長続きしなかった。二十九歳のとき、「もう十年も経ったんだから」という父親の心無い一言で真由子は行方をくらました。福井県の東尋坊にいたところを、見回りをしていた地元の警察官に保護された。奈良が捜査一課の刑事になりたてのころのことだ。警察官としての立場があるので、両親ではなく奈良が身柄を引き取りに行った。菓子折りを携えて。

地元の坂井西警察署で、真由子は女性警察官に付き添われてぼうっとしていた。男である奈良は、無事でよかったと真由子を抱きしめてやることも、手を引いてやることもできない。ここは迷惑だからと言うと、やっと真由子は警察署を出た。電車に乗ることには激しく抵抗した。福井駅の改札口で、立ち往生だ。奈良は説得を繰り返した。

「兄ちゃんさ、捜査一課の刑事になったんだよ。めちゃくちゃ忙しい」

「だったらひとりで帰って。もうお兄ちゃんには関係ないよ。私はもう二十九歳だし、ひとりでどうとでもできるし」

「真由子に手伝って欲しいんだよ。これから多忙でほとんど家に帰れない。着替えの世話をしてくれないか」

警察官は身なりを清潔に保たなくてはならない。ワイシャツやスラックスのアイロンの掛け方を厳しくオーダーし、ワイシャツの襟の黄色いシミも絶対に許さない。着たものはすぐに洗って欲しいから、二、三日に一回は捜査本部に来るように奈良は指示した。

真由子は運転免許を持っていない。電車だと自宅から三時間以上かかる警察署もある。そういう署で捜査本部が立っても、必ず差し入れしに来なくてはならない。大変な仕事だが、真由子に頼みたいと奈良は言った。真由子はやっと電車に乗った。

真由子は最初のころ、男ばかりの警察署に入ることもできなかった。着替えのやり取りはいつも駐車場で行った。だんだん慣れてきて、奈良の同僚と話をすることもできるようになった。リストカットも止み、睡眠薬を飲むこともなくなった。だが、いまでも異性と体が触れることを極度に恐れる。電話もできない。結婚も就職も、夢のまた夢だった。

今日も、思いがけず帰宅した兄に、風呂上がりの姿を見られたくないだろう。春日部市役所に勤めていた父親がパチンコに行くようになったのは、事件の後からだった。真由子が風呂に入るころ、気を使ってふらりと家を出る。

スーパーに入った。十九時半を過ぎていたので、刺身は残り少なかった。缶ビールと刺身の五点盛りを籠に入れてレジに並んだ。いま帰ったら早すぎるか。一旦刺身だけ陳列棚に戻し、店内をうろついた。

幼い兄妹が売り場に座り込んで、真剣な顔でお菓子を選んでいた。昔を思い出す。幼い真由子を、補助輪が取れたばかりの自転車の荷台に乗せて、近所の農道を気持ちよく走った。舗装されておらず、凸凹だらけで石ころもたくさん転がっていた。奈良はわざと石や穴の上を走った。真由子は必死に奈良の腰にしがみついていた。怖がっているのによく笑う。カーブを曲がり切れず派手に転んだとき、奈良は手をついて膝がしらを擦りむいただけだったが、真由子は顔を打って鼻血を流した。地面に転がったまま大泣きする真由子を見て、大変なことをしてしまったと血の気が引いたのを覚えている。ハンカチもティッシュも持っておらず、手も汚れていて、真由子の顔についた土すら払ってやれない。奈良の方が「ごめんねーッ」と泣き喚いた。まだ小学一年だったのだ。幼稚園児だった真由子はふっと泣き止んで立ち上がり、倒れた自転車を小さな体で起こした。鼻血を腕でこすって、お兄ちゃん帰ろう、と力強く言った。十五年後、真由子が被害に遭う農道での出来事だった。

家に戻るか。刺身のコーナーに再び行った。売り切れていた。

帰路の途中で父親の車と行き合った。パチンコはいつも産業道路沿いの特定の店と決めている。助手席に乗った。父親とはいつも会話がない。五分で自宅に着いた。父親がエンジンを切り、車を降りようとした。奈良は煙草を一本吸ってから、と言った。自宅にいるときはいつも、台所の換気扇の下で煙草を吸う。脱衣所の目の前だ。万が一まだ真由子が風呂に入っていたら、と思ったのだ。

父親は下ろした足を戻した。強く運転席の扉を閉める。真由子の話になった。

そろそろ働いて自立してもらわないと、こっちも年金生活だと父はこぼす。奈良は絶対にそれを真由子に言うなときつく言った。父親は眉を上げる。

「勘違いするな、お父さんは迷惑がってるわけじゃない。むしろ、死ぬまで守ってやらにゃと思っている。でもお父さんとお母さんが死んだあと、年金が入らなくなったら真由子はどうやって生きていくんだ。四十代のいまが社会に出る最後のチャンスじゃないか」

父親は、奈良の私生活についても心配している。

「お前もいつまで独身を貫く気だよ。忙しくない日だってあるだろ。でも真由子に仕事を与えるためにわざと帰ってこない。そうやって妹を丸抱えしてるから、結婚できなかったんだ」

「違う。モテないだけだ」

「嘘つけ。俺はモテると学生時代は威張ってたじゃないか。事実、恋人が――」

「とにかく、真由子に仕事をしろと絶対に言うな。親父やおふくろが死んだあとは俺が真由子の面倒を見る。心配すんな。黙ってパチンコしてろ」

煙草は半分残っていたが、奈良は車を出た。すぐに戻り、車内の父親に言う。

「嘘だ。あまりパチンコに金使いすぎるな。年金は貯金して、真由子に現金を残しとけ」

翌朝、奈良は家を出た。着替えは三日分しか持たなかった。


コミケから三日後、捜査本部の奈良宛に宮崎県から宅配便が届いた。沢田恵美香が『タトゥー・ラヴ』を送ってくれたのだ。荷を解く。冊子の中身は読みたくもない。奥付にある印刷会社を確認した。東京都東大和市内にある印刷会社だった。

顧客情報の開示を求めるため、令状請求書類を書いた。森川は今日休んでいる。二日間寝ないで『夜盗ミルク』の正体に迫ったのだ。SNSアカウントが削除した投稿は一定期間、過去ログボックスに保管される。ネットに詳しい人物であれば、探し出して復元することが可能らしい。昨日、アカウントが判明しており、いまは鑑識課がIPアドレスの解析を急いでいる。

奈良は印刷会社の営業時間に合わせて電話をかけた。令状があれば『タトゥー・ラヴ』の印刷・製本を注文した人物の個人情報を開示してくれるという。今日中に伺うと伝えて電話を切る。

令状を出してもらうには管理官や捜査一課長の決裁印が必要だ。その後、地検の令状部に行って裁判官から正式に令状を発行してもらう。急いでいたが、幹部がいない。十時、十一時になっても現れない。朝一でずっと会議をしているという。珍しいことだ。

「奥村、ちょっと会議室の様子を窺ってこい」

「中には入れませんよ」

「扉に耳つけりゃいいだろ」

「奈良さんの方が耳いいでしょう」

後ろのデスクにいた小山が叫び声を上げる。

「速報だ」

小山がメールの画面を指した。大田区蒲田の住所と、岡部正克(おかべまさかつ)という名前が記されている。

「親だけでなく、本人も警察官僚か」

リンク先をクリックする。人事情報が出てきた。警察制服を着た上半身の写真——輪郭や鼻の形、目元など、沢田恵美香の証言による似顔絵とよく似ている。

奈良は目を閉じた。目頭を押さえる。

「なるほど、幹部が戻ってこないのはそのせいか」

岡部は現在二十三歳。平成二十八年、警察庁に入庁し、階級は警部補だ。

「怖がることはない。まだ警部補のペーペーじゃねぇか」

「まだ警部補って、お前さんだって警部補だろ」

「うるせぇよ。で、いまどこが面倒見てる」

警察大学校スタートの官僚は、三か月後には、指定された所轄署へ武者修業に出る。ノンキャリの警察官のように交番には立たない。運転手付きのパトカーに乗って、現場対応や捜査の過程を見学して回る。捜査を手伝うこともあるが、すぐに異動が待っているので、事案に深く入り込むことがない。

「八月から福岡県警博多警察署勤務になっています」

葵を付け回した男と、スマホカバーのイラストを描いた人間が同一人物であるという断定はできないが、可能性はある。年齢層も一致している。岡部のアリバイ確認は必須だった。

「八月に異動なら、葵が失踪した七月四日は、府中にいたってことか」

警察大学校は東京都府中市にある。寮生活を送るが、ノンキャリの警察官よりずっと規則や門限が緩い。

「警察大学校から坂戸のあの田んぼの一本道まで、車でどれくらいだ?」

「圏央道か関越を使えば、一時間ちょっとです」

犯行は可能だ。

肩を叩かれた。比留間が立っていた。会議が終わったようだ。多田捜査一課長の姿もある。

「お前、行ってこい」

岡部のいる福岡県警博多警察署へ。

「俺、ひとりすか」

「ひとり分しか交通費は出ない」

くれぐれも、と多田捜査一課長が釘を刺す。

「若殿に失礼のないようにな」

相手が親子揃って警察官僚だから、捜査に手心を加えろという意味か。奈良の怒りを察したのか、比留間は両手を広げた。

「アリバイがあった」

岡部は七月四日、法務省の新人キャリアと共同研修で、霞が関にいたらしい。二十時過ぎまで法務省内にいたと、アリバイ証言を取っていた。

「それは仕事が早いですね」

奈良は嫌味を連発してやる。

「犯人じゃないのはわかりますが、非協力的なことにはご忠告申し上げるべきでは?」

警察官僚なら、全国紙のすべてに目を通している。自分が描いた漫画のキャラが新聞に載ったのを見たはずだ。それなのに連絡ひとつ寄越さなかった。

十七時四十分、福岡空港に着いた。奈良は地下鉄に乗り、祇園で降りる。

博多警察署は埼玉県警本部よりも堂々とした、真新しい庁舎だった。奈良は受付に座る警察行政職員に警察手帳を示した。

「埼玉県警の奈良です。至急、こちらの岡部正克警部補にお会いしたいのですが」

相手は戸惑ったような視線を寄越した。若手警察官僚を受け入れる所轄署は、外遊する若殿を預かる地方大名のようなものだ。無論、事務方の行政職員も失礼のないように応対する。

「アポは取ってらっしゃいますか」

奈良ははっきり言う。

「取っていない。埼玉県で小五の少女が行方不明になっている事件で聴取に来たと言え。理由を知りたければ、若殿本人に聞いてみることだな」

職員が咳払いしてから、内線電話をかけた。

「岡部警部補にお客様がいらしています。奈良県警の……」

奈良はカウンターを乱暴に叩く。

「埼玉県警の奈良だ！」

二十分後、五階にある会議室に通された。二百人規模の捜査本部が設置できそうな広さだ。長テーブルがコの字型に並べられている。

警察制服姿の岡部は小太りだった。「どうぞ」と奈良に入り口近くの席を勧め、自らは上座につく。名乗ることをしない。名刺交換をしようともしない。奈良は紙袋から『タトゥー・ラヴ』を全巻出して、無言でテーブルに並べていった。岡部が「やめたまえ！」と駆け寄る。顎の肉を震わせて漫画を回収した。

奈良はパイプ椅子に浅く座り、腕と足を組んだ。岡部を眺める。呼吸が浅く回数が多い。冊子を全て抱きかかえ、ため息をついて椅子に座った。偉そうな口調で尋ねる。

「奈良警部補、まず先に確認させていただきたい。あなたの直属の上司は誰ですか」

岡部が手にするはずの権力が、奈良次第でなくなるのだと、理解させる必要があった。奈良は質問を無視し、葵が調書に描いたスマホカバーの絵柄のコピーを、岡部に突き付ける。

「行方不明の少女が描いたものだ」

岡部は眼球を動かしただけで、手に取ることもしない。

「確かにこのキャラクターの原案は私です。しかし、これは法律違反ではない。児童ポルノはアニメや漫画、小説などに限っては――」

「そんなこた知ってる。このキャラが描かれたスマホカバーを持った男が、失踪の一か月前に彼女につきまとっている」

「知っています。七月七日でしたか。その日の朝刊を私は読みました……」

「なぜ情報を埼玉県警に上げなかったんだ！」

岡部は奈良と目を合わせない。

「あの紙面を見た瞬間、ナカイクのことを思い出した」

ナカイクと名乗るファンとコミケで接触している。本名は知らないという。

「そのナカイクなる人物の人定を言え」

「二十から三十代の男性だ。身長は一八〇センチ弱の痩せ型で、顔はアングロサクソン系か」

「外国人なのか」

「日本人だが目鼻立ちがはっきりしている。最後に会ったのは私が卒業したコミケ87だ」

ナカイクは黒のニット帽に、迷彩柄のチノパンを穿いていた。髪型はわからないという。都内の、自衛隊基地の近くに住んでいると話していた。奈良の頭に、市ヶ谷、小平、立川という地名が浮かんだ。岡部が続ける。

「結婚しているのか、学生か、社会人かすら知らない。あくまで、コミケで年に二度接触するだけの作者と読者の関係でしかない」

早口にまくし立てた岡部は、唾を何度も飲み下しているようだ。その音に焦燥を感じる。

「ナカイクは、『タトゥー・ラヴ』シリーズの、特にPが出てくる十六巻目が大好きで、PとQのキャラの絵柄を転写してオリジナルの小物を作っていた」

缶バッジやクリアファイルを個人的に作り、岡部のブースに来て嬉しそうに見せたらしい。

「スマホカバーはどうだ。作って持っていたか？」

「そこまでは知らない。私が見たのは、缶バッジとクリアファイルだけだ」

それが二〇一四年の冬コミの話だという。

「改めて聞く。あんたは七月、スマホカバーの絵柄が新聞に出た時点で、ナカイクに思い当たっていたんだな。だが埼玉県警に情報提供することはなかった。なぜだ」

岡部が黙り込んだ。

「俺が乗り込まなかったら、一生胸の奥にしまっておくつもりだったのか？　あんたのもうひとつの顔、夜盗ミルクと共に。それとも同じ官僚のパパに黙っていろと言われたのか」

「父は知らない。父に言うな」

岡部の顔が上気する。鼻息が荒い。キャリア官僚として趣味を知られたくないというより、父親の叱責を恐れている様子だ。こちらを懐柔するように丁寧な言葉遣いになる。

「奈良警部補のお怒りはごもっともですが、立場上、それ以上おっしゃらない方がよいかと」

かっとなって立ち上がる。岡部が首をすくめてまくし立てた。

「そうだ！　奴はツイッターをやっていた。アカウントを覚えている。@nakaiku0908だ」

「他に情報は。車は持っていたか」

「販売品を搬出入するのに、車を出してもらったことがある」

新聞にスマホカバーの絵柄は出した。車の情報は流していない。奈良は前のめりに尋ねる。

「車種は。色やナンバーは」

「日産のキューブ。色はシルバーで、品川ナンバーだ」

『ナカイク』の身元を突き止める捜査が始まった。

ツイッターアカウントのＩＰアドレスからすぐに身元がわかるはずだった。だが、ＩＰアドレスから辿り着いたのは、青森のリンゴ農園で働く六十歳の男だった。ナカイクは遠隔操作ウィルスを使い、他人のパソコンからツイートしていたのだ。しかも乗っ取り先を一週間おきに変更している。ツイッターのＤＭ機能を使い、違法児童ポルノ動画や画像のやり取りをしていた。捜査当局に身元を割られないように用心している。

比留間は考えた末、捜査員を二つの班に分けた。

Ａ班は東京都内にある自衛隊関連施設の周辺に居住する、性犯罪の前科がある人物を洗い出す。品川ナンバーだから、多摩や練馬ナンバーの地域は抜いた。市ヶ谷や三宿駐屯地周辺だけでも人口は数万人いる。性犯罪前歴者は百名近くに上った。

Ｂ班はナカイクのツイッターアカウントを監視する。つぶやき内容や投稿画像から居場所を特定し、捜査員が現地に飛ぶ。ナカイクは平日はめったにツイートしない。週末、外出先で投稿することが多い。場所はオタクの聖地と呼ばれる中野ブロードウェイや秋葉原が多かった。どちらもかなり人出がある。時間差もあり、容易にナカイクに辿り着けない。

奈良と奥村は、Ａ班に割り当てられた。九月の中旬に差し掛かろうとしていた。

今日も市ヶ谷に来ている。『チャイルド・ピース・プレイ』というＮＧＯの事務所を探す。代表は早乙女誠一という三十歳の男だ。彼は学生時代、痴漢で逮捕されていた。被害者との示談が済んで、不起訴処分となっている。早乙女は路地裏の古いマンションの四階に、オフィスを構えていた。扉にＮＧＯの表札が出ている。

インターホンを押すと本人が応対に出てきた。小柄でよく日に焼けていて、顔の彫りが深い。日に焼けていなければ、アングロサクソン系と言えなくもない。警察を名乗る。あっさり中に通された。控えめな音量で、音楽がかかっていた。男女ボーカルのダンス曲のようだが、聞いたことのない言語だ。女は鼻から抜けるような声で歌い、鈴の音がシャンシャンと入る。

室内は一般的な1LDKの間取りだ。廊下の突き当たりの、十五畳ほどのリビング・ダイニングにデスクのシマがある。壁には現地活動中の写真が貼られていた。発展途上国の子供たちの笑顔で溢れている。全裸で腰に縄を巻いているだけの幼女の姿もあった。いまかかっている音楽も現地のものだろうか。

早乙女がペットボトルの麦茶をコップに注ぎ、刑事たちに出した。奈良はありがたく頂き、切り出す。

「近所の交差点で起きたひき逃げ事件の捜査をしています。巡回連絡票で確認しましたが、NGO事務所でよろしかったですか。チャイルド・プレイ――」

「チャイルド・ピース・プレイです」

「失礼。子供が平和に遊べるように、という意味ですか」

「いいえ、全ての子供が平和にいられるように祈る、という意味です。プレイはLではなくRと綴る方で」

卑猥な意味も含まれる「プレイ」ではなかったようだ。免許証を見せてもらい、本人確認をした。奥村が世間話を振る。

「すごいですね、写真……。これまで何か国ぐらい回ってきたんですか」

「さあ、五か国くらいですか」

少ない。奈良は先ほど見ていた写真を目で示した。

「この写真の子供は、どこかの部族の子供ですか。アマゾンとか」

「いえ、南米には行ったことがないので。その写真はインドのポンディシェリという海岸沿いの町の子供ですよ。すごく暑い上、湿度が高い。村の子供はみんな裸です」

「インドはレイプ事件が多くて国際的に批判されていますね。幼女に対するものも少なくない。それでも子供は裸なんですか？」

早乙女は「本当に」とくすっと笑っただけだった。本気で子供に平和をもたらす気があるのだろうか。本題に入る。

「早乙女さん、車は所有しています？」

「事務所名義で一台あります。僕名義の車は持ってないです」

車を見せてもらうことにした。近くの月極駐車場に向かう。早乙女は古びた白のワゴン車を指さした。八人乗りのハイエースだった。外れだ。車検証を確認しながら、奈良はもう少しこの男を掘り下げてみる。

「子供の平和を祈るとはすばらしいですね。世界中を飛び回る日々ですか」

「今日はタイミングがよかった。一年のうち三分の二は日本にいませんから。実は先日、帰国したばかりなんですよ」

　ネパールとインドに三か月ほどいたのだという。

「あ、先に交通事故があった日を聞いておくべきでしたね」

「七月四日です」

「その日は一日ビルガンジにいました。越境してラクサウルへ買い出しに行く予定で」

　どっちがネパールでどっちがインドの都市だか知らないが、いずれにせよ、日本の埼玉県坂戸市で豪雨の中、葵を連れ去るのは不可能だろう。

　奈良と奥村は礼を言って、早乙女と別れた。半袖シャツの腕に、冷たい風が吹きつける。

「お濠沿いは涼しいな。埼玉はまだまだ暑いのに」

「いや、もう秋の風ですよ……」

　市ヶ谷駅で電車の時刻表を確認したとき、今日は九月二十二日の木曜日だが、祝日なのだと知る。秋分の日が二十二日になるのは、百十六年ぶりのことらしい。

　奈良と奥村は坂戸駅前の蕎麦屋で夕食を摂った。西入間警察署へ帰る途中、土砂降りの雨が降ってきた。コンビニでビニール傘を買ったが、靴に水が滲みてくる。靴底に穴が空いていた。

「まじか。この靴、九月に入って買い替えたばかりだぞ」

「刑事の鑑ですね、奈良さん」

革靴は、踏みしめるたびに無様な音をたて水を吐き出すようになった。奥村は大笑いだ。

署の入り口で足を振って、水を切る。駐車場に入ってくるレクサスが見えた。葵の父親だ。

失踪から、二か月が過ぎている。

高麗川の捜索は打ち切りになった。征則ができることは限られてきている。征則は支店の融資部門で働いている。いまは半休を取ることも難しいようで、丸一日姿を見せるのは休日だけになった。朝から地域を回り、葵の目撃証言を探し歩きながら、ポスターの張り替えをする。有力情報を得れば、警察にすっ飛んでくる。平日はどんなに遅くなっても、坂戸までレクサスを飛ばして署に顔を出す。奈良が中に入ると、ロビーで話す征則と署長の姿が見えた。

「なにか進展があれば、必ずご報告しますから。ご足労いただかなくて結構ですよ」

署長は毎日の訪問をやんわり断っている。征則は「大丈夫です。刑事さんたちの苦労に比べたら」と切り返し、頭を下げている。

「今日も一日、ご尽力いただいてありがとうございました。明日もまた、葵の捜索をよろしくお願いします」

＊

沙希が目白で生活を始め、二か月が経とうとしていた。

父親の在宅時間は短い。朝会社に行き、仕事が終われば坂戸に向かう。帰りは毎日午前様だった。沙希が起床するころにはもう家を出ている。コミュニケーションはスマホで取っていた。

母親とも毎日やり取りをしている。母親は野菜、お菓子などをぎっしり詰めた段ボール箱を、毎週送ってくれた。沙希の寝食を心配している。

家のことは週に三回、父親が雇った家事サポートの人がやってくれる。コンビニの弁当も十分においしい。洗濯ものはドラム式の洗濯機が乾燥まで全自動で行う。日常生活に支障はない。

それでも母親は、受験生活をサポートしてやれないことを詫び、都会の娘に食べ物を送ってくる。沙希からしたら、坂戸にひとり置いてきてしまった母親の方が心配だった。

今日は塾がない。沙希は中学校から徒歩十分のタワーマンションにまっすぐ帰った。九月から豊島区内の公立中学校に通っている。

着替えて腹ごしらえした後、勉強道具を持って部屋を出た。マンションの二階にあるライブラリーで友人と勉強する約束をしていた。ここは主要全国紙や英字新聞の他に、文豪の名著も揃う。住民なら無料で利用できる。仕切りのある学習机が五つあり、塾のない日はいつもライブラリーで友人と勉強をしていた。親友の江川(えがわ)千尋(ちひろ)がやってきた。

千尋は幼なじみだ。同じマンションの十五階に住んでいる。沙希が坂戸に越した後もSNSで繋がり、塾のある日に時々お茶をした。葵と同じ小学校五年の妹、璃子(りこ)がいる。

璃子は幼稚園から地元の私立に通っている。姉の千尋に対して「鈍い」「とろい」「中三でこんな漢字も書けない」と辛辣だ。公立に通う姉を徹底的にバカにするが、不思議と勉強嫌いの葵のことを好いていた。上下ジャージ姿の葵が、璃子の学校の清楚な制帽をかぶって変なダンスをしていたときは、みんなで大笑いした。

沙希が転校生として教室の前に立ったとき、まず目に入ったのが、千尋の姿だった。涙ぐんでいた。沙希ひとりが目白に戻ってくることになった経緯を、全て知っている。

転校してきてからは、千尋と四六時中一緒にいる。葵のことを千尋に聞かれたことはない。千尋は葵を自分の妹のようにかわいがっていた。話をするのが辛いのかもしれない。こんな友人は、坂戸にはいなかった。

ロビーのコンシェルジュに連絡すれば一杯百円で飲み物を持ってきてくれる。沙希がオレンジジュースとカフェオレを内線電話で注文していると、ガラスの扉の前を、璃子が通った。制服姿で、今日も黒くて丸い制帽をかぶっている。沙希を見て足を止めた。沙希が手を振ると、ライブラリーの中に入ってきた。

「あの、葵ちゃん、早く見つかってほしいです」

「こら璃子！」

千尋が注意した。いいんだよ、と沙希は千尋の肩を叩く。璃子に向き直った。

「心配してくれてありがとうね」

「あ、沙希ちゃんは第一志望、どこですか」

「私立豊ケ岡だよ」

「さすがです。見習います」

璃子はぺこりと頭を下げて、立ち去った。

「なんか、ごめんね、うちの小生意気な妹が」

「いいよ。千尋だって気を使わなくていいから」

千尋も葵のことを聞きたいはずだ。沙希は、坂戸に通う父親から捜査の進捗状況を聞いている。いまは、六月に葵をつけ回した品川ナンバーの男の割り出しに重点を置いているらしい。初めて千尋と事件の話をした。

「葵はやっぱり、誘拐されたんじゃないかと思うよ」

「なんで、葵ちゃんだったんだろ」

千尋がぽつりと言った。涙ぐんでいる。

「ごめん、私なんかが泣くなんてほんと、無責任。一番辛いのは家族だよね……。ううん、一番辛いのは、家に帰れない葵ちゃんかな」

午後七時前には十七階の自宅に戻った。

家事サポートの人と入れ違いになる。風呂が沸いていた。ダイニングテーブルの上には、肉じゃがと焼き鮭、いんげんの和え物が準備されている。沙希はあさりの味噌汁に火を入れ、ご飯を盛った。

いつもひとりなのに、今日はなんだか寂しい。

友人の妹の姿を見たからなのかもしれない。幼かったころの葵を思い出してしまう。

沙希が姉になったのは四歳、幼稚園の年少のときだ。妹や弟がいる幼稚園の友達が羨ましかった。「うちにも赤ちゃんがほしい」と母親に頼んだこともある。

葵が生まれた日のことをうっすら覚えている。朝、母はすでに家におらず、父親が「もうすぐだよ」と教えてくれた。父が慣れない手つきで朝食の準備をしているときに、病院から電話があった。朝食は摂らずに家を飛び出した。二人が病院に着いた直後、葵は生まれた。父と姉の到着を待っていたかのようだった。

二〇〇五年、六月一日。午前八時四十三分、三一〇五グラムだった。

そして、二〇一六年七月四日、午後五時過ぎ、十一歳と一か月で忽然と姿を消した。

食べ物が喉を通らなくなった。

葵が小学三年まで使っていた部屋に行く。この二か月、意識的に遠ざけていた場所だ。

もともとは父親の書斎だったが、葵が小学校に上がるときにひとり部屋がほしいと言い出して、父親が明け渡した。葵は自分から希望しておきながら、怖い夢を見ると枕を持って、沙希のベッドに潜り込んできた。寝相の悪い葵に、沙希はしょっちゅう蹴られた。

葵は物心ついたときから、父親と衝突してばかりいた。わがままだったし、注意されるとすぐふてくされる。小学校に入ってからは、宿題もせずに友達と遊びまわっていた。

一年生の一学期の成績表を見た父親は激怒した。母親の方をきつく注意し、激しい夫婦喧嘩になった。沙希はいつも両親の仲裁に入ったが、葵は知らんぷりでテレビを見ていた。夏休みも毎日、遊びに行ってしまう。二学期が始まる前にこっぴどく父親から叱られ、泣きながら夏休みの宿題をやっていた。

三年生になると、漫画に没頭するようになった。父親がリビングで宿題をやるように言うと、「パパに見られてると集中できない」と言って自室に閉じこもった。沙希がこっそり覗くと小学生向けの漫画雑誌『ちゃお』を読んでいたこともあった。父親が激怒したのは言うまでもない。一年分の『ちゃお』をビニールひもで縛って捨ててしまった。いつも通り、母のことも叱った。母が姉妹を連れて家を出たのは、その三か月後くらいだ。

葵の部屋に入る。葵の匂いがする気がした。明かりをつける。学習机とベッドは当時のまま残っていた。ベッドカバーは少し埃をかぶっている。

学習机に座ってみた。低すぎる。小学校三年の葵はこんなに小さかった。引き出しを開ける。短くなった鉛筆や黒く汚れた消しゴムが転がっていた。

クローゼットを開けてみた。小学校低学年時代の服がハンガーにかかっていた。隣半分は本棚になっていて、漫画で埋め尽くされている。父親が捨てたはずの『ちゃお』も揃っていた。

「沙希」

背後から声をかけられた。いつの間に帰ってきたのか、父親がネクタイを取りながら、葵の部屋の入り口に立っていた。

「食事をほったらかして、どこにいるのかと……」

先にご飯を食べてしまいなさいと言われ、父親と共にダイニングに戻った。今日は帰宅が早い。

半休を取って、午後から坂戸に行っていたという。沙希は捜査の状況を尋ねた。

「奈良さんや奥村さんはいなかった。田んぼの一本道のポスターを張り替えてきただけだよ」

同じことの繰り返し――。

沙希がぼりぼりとたくあんを噛み砕く音だけが、ダイニングに響く。

「お父さん、葵は生きてるかな」

「生きているよ。必ず」

しばらく父親は無言で肉じゃがを突いてから、沙希の明日の予定を尋ねる。

「肉じゃがを、お母さんの所へ持っていってやれないかな」

塾は夜の七時半からだから、坂戸に行く時間はギリギリある。父親は母親の心配をしていた。

「がりがりに痩せちゃって。食べてないようだから」

「お母さん、自分でご飯、作ってないの」

「作っているよ、毎食。でもほとんど食べられないらしい」

「それなら、持っていっても無駄じゃない？　もちろん、心配だから見てくるけど」

「いやほら、沙希が作ったと言って持ってったら、食べるかなと。倒れやしないか心配で……」

でもこの肉じゃがはいまいちだ、と父親は呟く。

「お母さんの作る方が、うまい」

沙希は思い切って尋ねた。

「お父さん、離婚裁判はどうなってるの」

父親が味噌汁をすする。今日はその話し合いだったという。

「来週、高裁で第三回の口頭弁論があるから。それで延期ということになった」

互いに訴えを取り下げようと父親は提案したが、とりあえず先延ばしでいいと母親が答えて終わったという。他人事のようだった、と父親は苦笑いする。

「復縁、するの」

父親はうーんと言ったまま、答えなかった。

「お父さん、『ちゃお』捨てなかったんだね。葵の部屋のクローゼットに、揃ってた」

父親は少し笑った。

「漫画はかなり捨てたんだよ。お前たちが出て行ってすぐのころ」

葵がいなくなってから、買い直したらしい。絶版になっているものは、オークションなどで必死に探したという。葵が戻ってきたら驚くだろう。

「でも、たぶん葵はもう『ちゃお』は読んでないよ。最近は『Sho-Comi』ばかり」

父親は難しそうな顔をして、「そんな雑誌、初めて聞いた」と首を傾げた。

「小五なら『ちゃお』の卒業はわかるけど、次は『なかよし』とか『りぼん』じゃないの？」

「私は漫画を読まないからよくわかんないけど……お父さん、よく知ってるね」

「調べたんだよ、ネットで。そうか、『ちゃお』じゃなくて『Sho-Comi』かぁ……」

父親がさっそく、スマホで調べ始めた。沙希は教える。

「七月分は買って読んでたよ。いなくなる前日に」

あの晩、沙希は夜食を摂り、あと一時間勉強をがんばろうと二階の自室に上がった。葵の部屋から明かりが漏れていて、げらげら笑い声が聞こえてきた。

「四コマ漫画読んでた。ベッドに寝転がって、チョコレート食べながら。お父さんが見たら一発で怒鳴ったと思う。次の日も――」

同じ夜が来るはずだった、と言おうとして、止めた。

翌日、沙希は二か月ぶりに坂戸駅で電車を降りた。

母親は沙希が行くと言えば気を使うだろう。連絡はしなかった。

父親に北坂戸駅周辺のポスターを張り替えてきてほしいとも頼まれていた。ポスターは西入間警察署が予備を保管している。交通費として一万円を貰っていた。沙希は駅前でタクシーに乗り、西入間警察署に寄った。

喫煙所の脇で奈良を見かけた。くわえ煙草でしゃがんでいる。手にホースを持ち、革靴の底を洗っている。眉毛の形が、修学旅行のときに見た金剛力士像みたいに険しかった。声をかける。沙希を認めると奈良は表情を緩めて、目尻に皺を寄せた。

「ああ、沙希ちゃんか。びっくりした。来てたのか」

「はい、あの、ポスターを貰いに。十枚いいですか？」

奈良は「待ってな」と煙草を灰皿に捨てて、建物に入っていった。スリッパを履いていた。一分もしないうちに、丸めたポスターをゴムで留めながら、戻ってきた。沙希は礼を言って、尋ねる。

「靴、どうかしたんですか」

「ああ、犬の糞、踏んじゃったんだ。農道を歩いてたらさ。今日買ったばっかりだったのに」

「ツイてるってことかもしれないですよ、運」

「かもな。なにか、葵ちゃんの捜査で運がつけばいいな」

奈良は笑っていたが、表情には陰があった。捜査の状況はあまりよくないのだろう。

ポスターの掲示を許可してくれているファミレスやスーパーマーケットを回る。了承を得て、沙希はポスターを張りなおした。

焼き肉屋の葵のポスターは、脂でべたべただった。公園の掲示板のポスターは、葵の写真の両目に画びょうが刺さっていた。落胆しながらも、張り替える。何人かが、沙希の横を無言で通り過ぎて行った。

犬の散歩をしていたおばさんが声をかけてくれた。近所で美容室を経営しているという。店に張っていいと言ってくれた。タクシーの運転手も沙希を気遣ってくれる。

「そのポスター、もっと小さいサイズ、ないの？」

運転席の後ろのアクリル板に、広告を出せるようになっているという。

「名刺サイズのチラシを五十枚くらい入れられるの。よかったら、それ縮小印刷してさ。社長に話しておくよ」

沙希は駅前の洋菓子店でショートケーキを買い、タクシーで鶴舞の自宅に向かった。午後六時前だった。そろそろ池袋に戻らないと、塾の授業に遅れる。母親の様子によっては塾を休もうかとも考えた。

玄関の鍵は開いていた。いつでも葵が戻ってこられるようにしている。母親は防犯を気にしていなかった。少し不用心に感じる。沙希はリビングに入った。母親の姿はなく、ダイニングテーブルに二人分の夕食が準備されていた。葵のお碗だった。豚肉の生姜焼きと山盛りのキャベツ。キャベツの千切りを肉で包んで食べるのが、葵は好きだった。卵が入った納豆と、酢の物もある。メモが残されていた。

『葵へ　おかえり！
ママはお仕事でドラッグストアにいます。七時半までに帰るからね。ごはんを食べて待っていてね。今日は豚肉の生姜焼きにしたから、葵のためにキャベツをたくさん千切りにしておいたよ。明日は葵の大好物のエビフライ！
ママ』

沙希はごみ箱を確かめた。丸めたメモ用紙がたくさん入っていた。拾って、一枚一枚読む。

沙希はケーキを二つしか買っていなかった。

手を洗い、タッパーの肉じゃがを小皿に分けた。母と葵の膳に添える。手紙を書いた。

『ママ&葵へ
目白から来たよ。会えなかったけど、また来るね。冷蔵庫にママと葵の分のショートケーキ買ってあるから、食べてね。それでは塾に行ってきます！

沙希』

＊

年の瀬が迫った十二月、中本郁也という男が捜査線上に浮上した。

陸上自衛隊練馬駐屯地のすぐ近くに住む三十七歳のフリーターだった。この住所なら所有車のナンバーは練馬になる。当初は捜索範囲から外していた。辿り着くのに三か月もかかってしまった。中本郁也を略せば『ナカイク』になる。一九七九年九月八日生まれ。ツイッターのアカウントの一部、０９０８と一致する。足立区内に住む両親が、日産のキューブを所有していた。色はメタリックシルバーだ。

中本には、強姦未遂で逮捕歴があった。

三年前、山手線内で中学生少女を痴漢した上、下車後も付け回して明治神宮の森に引きずり込んだ。たまたま警ら中の警察官に、逮捕された。前科はついていない。被害者と和解して、不起訴処分となっている。

捜査本部は、六月に葵につきまとって腕を引き、写真を撮ったことをストーカー行為とみなし、事件化することにした。葵の母親に被害届を出させる。さいたま地裁川越支部から令状が出て、十二月五日、中本郁也を西入間警察署に連行した。

取調室にいた奈良と奥村の前に、留置係官に連れられた中本郁也が姿を現す。

モッズコートに黒いニット帽姿だった。奥村が、帽子とコートを脱ぐように指示する。まだ若いが、前髪がかなり後退していた。岡部が言った通り、彫りが深い。瞼にかかる陰影が濃かった。派手な色使いのTシャツを着ていた。よく咳き込む。風邪を引いているのか。

奈良と奥村は名乗り、相手にも氏名、住所、生年月日を言わせた。まず、罪状認否から。

「中本郁也。右の者は平成二十八年六月七日、坂戸市浅羽野地区の路上において、石岡秋奈の次女の石岡葵、当時十一歳を車で付け回し、写真を撮ったストーカー行為で――」

「認めます。でも、あの事件とは関係ありません」

中本が遮った。目を合わせない。奈良はひと呼吸置いて、尋ねる。

「それは、七月四日の葵の失踪のことか」

中本は大きく深呼吸し、「はい」と明言した。喉元から、ひゅうと空気が通る音まで聞こえてきた。

「俺は確かに写真を撮りました。すごい美少女だったし……。でも、失踪事件には関わっていません。七月四日は通院する母に付き添っていました。病院を出たのは午後七時過ぎです」

　中本は痰の絡んだ咳をしながら、まくし立てる。

「母親に聞いてください。病院に聞いてください。武蔵野医大病院です。院内の防犯カメラのあちこちに俺が映っているはずだし、主治医の先生とかが証言してくれるはずです」

　奥村が尋ねようとするも、中本が遮る。

「防犯カメラって数か月で上書き消去されちゃうんでしたっけ。困ったな」

　薄い前髪に手を突っ込み、頭を抱える。

「親の実家と病院を往復する車を、Nシステムとかオービスがとらえているはず。それなら、数か月とかじゃなくて一年単位で残っているでしょ」

　ずいぶん詳しいな、と奈良は言った。

「だってニュース見て」

　そこでいったん、中本は口を閉ざした。うなだれる。また喉から呼気の音が聞こえた。

「ニュース？　葵が失踪したニュースか」

　はい、と掠れた声で言う。

「まじであの子いなくなったのかと思って、背筋が凍りました。だって俺、触っちゃったし、写真撮っちゃったし。怪しまれるじゃんって。ていうか、遅いですよ、刑事さん」

中本がやっと奈良と目を合わせた。

「スマホカバーの情報、早いうちに新聞に出てたじゃないですか。もう俺、早く警察来てほしいって待ち構えてたんですよ」

「疑われるとわかっていて？」

「だから、俺にはアリバイがあるんです。病院の防犯カメラを見てもらったら一発ですよ。だから、それが上書き消去されないうちに早く調べてほしくって」

「だったら、なぜ自ら名乗り出ない」

「自ら名乗り出て犯人扱いされたらたまったもんじゃないでしょ。警察って平気で冤罪事件起こすじゃないですか。女の子の担任教師もそうなんでしょ？」

奈良は咳払いをし、書類箱から中本の黒いスマートフォンを出した。カバーはついていない。カメラレンズ部分に黒のビニールテープが貼られていた。

「葵の写真を撮ったことを確認する。中を見たいから、認証コードを教えてくれ」

「もうとっくに削除してますよ」

科捜研で削除されたファイルの復元が可能だ。いいから教えろと、目で中本に促す。

「22……」

言いかけた中本が口をつぐんだ。

「いや……やっぱやめときます」

奥村が前に出る。奈良は止めた。

「それは、見られたくない何かがある、と思われても仕方がない態度だぞ」

中本は投げやりな態度で腕を組み、パイプ椅子に寄りかかった。そっぽを向き、咳を堪えている。このスマホに何かあると奈良は直感した。認証コードの解除を勝手に試す。エラーになるたびに、バイブレーションでスマホが震えた。中本に尋ねる。

「お母さんはリウマチで武蔵野医大病院に通院していると言ったな」

中本が奈良を一瞥した。視線はすぐに、奈良の手のスマートフォンに戻る。

「母親は足立区に住んでいるんだろう。お前は練馬区。なんで埼玉の病院を選ぶ？　大学病院なら都心にいくらでもある」

「懇意にしている先生が、そちらに転職したからです」

中本の生年月日で試してみたが、六桁の認証コードの解除はできなかった。鑑識課員に電話を入れた。大至急解析するよう、敢えて中本の前で依頼する。電話を切り、中本に向き直った。

「防犯カメラを確認するし、担当医にも話を聞く。武蔵野医大病院は毛呂山町にあったな」

坂戸市鶴舞まで、車で二十分かからない。

「診察の合間に抜け出して、坂戸に行くことは可能だ」

中本が鼻で笑った。

「とにかく防犯カメラ見てください。俺はやってないんで」

奈良は武蔵野医科大学病院に問い合わせた。防犯カメラを管理する警備会社にも電話をかける。カメラの映像は二か月で上書き消去するという。七月四日のものは残っていない。担当医に診察の状況を確認したいが、令状が必要だ。請求書類に記入し、比留間管理官の未決ボックスに入れる。

家宅捜索中の中本のマンションに顔を出すことにした。東武東上線の東武練馬駅から徒歩五分の場所にある。駅の改札を出たら、駅ビルからオルゴールのBGMが聞こえてきた。きよしこの夜だった。

現場に到着した。家宅捜索は終わりかけている。バンに段ボール箱を詰め込んだ捜査員たちが、次々と去っていった。マンションの玄関から、小山と森川が出てくる。奈良は取調べ状況を説明した。小山が鼻息荒く言う。

「あいつ、シロだぞ」

「あんたにシロと言われたら、やっぱクロか、と思ってしまうんだがな」

小山が目を吊り上げる。「確かに浮島の件は外したが」と突っかかってきた。

「浮島だけじゃないだろ、何連敗中だ」

「シロをクロだと間違えたことはあっても、クロをシロだと間違えたことはないぞ」

「事件捜査はあんたの場外プレーの経験則をもとに判断できるもんじゃないんだよ」

森川に部屋の中の様子を尋ねた。

「アニメとか漫画で溢れてますけど、グロいのばっかりです」

少女の手足を切断し首と胴体を箱詰めにする、少女を鉄パイプでくし刺しにするなどの、残酷な漫画が揃っていたという。

「葵の痕跡は皆無ですね。少女が持っているような私物、小物は一切ありませんでした」

周辺住民の聞き込みも終わっていた。不審な物音を聞いた住民はいない。近隣トラブルもない。職場でもだぞ、と小山が加える。

「勤務態度は真面目だという。ただ、あまり職場の連中となじもうとしなかったらしいがな」

「関係先はどうだ。浮島みたいに実家が田んぼや畑を持っているとか、監禁に適した部屋があるとか」

森川が首を横に振った。両親は足立区のアパートで暮らしている。他に親戚付き合いもなく、親しい友人もいなかった。

「親名義のシルバーの自動車は」

「いまカーナビを押収して、履歴を辿っているころかと」

奈良は森川と小山の三人で、西入間警察署に戻った。

カーナビの履歴を精査していた捜査員から報告が上がっている。足立区の両親の自宅と武蔵野医大病院の往復しか残っていなかった。十七時前後に病院を抜け出し、坂戸へ往復した記録はない。その記録だけ削除した可能性もある。鑑識で更なる分析が必要だ。

キューブの車内の微物検査は本部鑑識がやっている。奈良は電話をかけた。鑑識課員は拍子抜けしたように答える。

「毛髪五十本近く押収してますけどね、DNA鑑定に回せる毛根付きはほとんど男でした」

数本、女性のものもあったようだが、白髪についていた毛根だという。母親のものだろう。

奈良はスマホの中身はいつ見られるようになるか、尋ねた。

「しばらくかかるよ。うちは警視庁様みたいな捜査支援分析センターとかないしね」

「しばらくってのは、二、三日か?」

馬鹿言うな、と笑われる。

「一週間から十日は見てくれ」

中本との我慢比べは続いた。

どうしてもスマホを見せたくない中本を、奈良は説得し続けた。奥村が声を荒らげることもあったが、中本はしぶとかった。喘息持ちでひ弱そうなのに、スマホに関しては譲らない。

武蔵野医大病院の診察記録が開示された。七月四日、担当医は中本の母親を診察している。予約は十五時、実際の診察やレントゲン撮影は十六時四十五分から十八時の間に行われたという。中本は杖をつく母親を常に介助していた。医師や看護師だけでなくレントゲン技師も証言した。中本はシロだ。なぜ頑なにスマホを見せないのか。

逮捕から一週間経った。ようやく認証コードを解除できたと、鑑識課から電話が入った。

「あいつ、やべぇサイトに入ってたみたいだ。カメラのレンズにテープ貼ってたわけだよ。ＩＴに強いのを一緒に連れてきな」

奈良は森川を連れて、大宮区にある鑑識課に飛んだ。鑑識課員は手袋をした手で、スマホを奈良に渡した。ホーム画面が表示されている。

「気をつけろよ。テープは剝がさない方がいい」

森川が横から覗き込んだ。ホーム画面に並ぶアイコンを見てすぐさま尋ねる。

「これは……トーアですか」

「いやいや、I2Pだ」

奈良にはなんの話やらさっぱりわからない。森川が解説する。

「これはダークウェブです。その世界に入るための通信技術、というか」

「ダークウェブ？　闇サイトのことか」

森川はうーん、と眉を寄せた。

「なんと説明したらよいか……。広義の、というか、一般的に認知されている闇サイトよりももっともっとやばい世界です。とにかく、アクセスするだけで危険なんです。ハッカーとか犯罪者にこちらの情報を抜き取られます。そういう輩が跋扈する世界なので」

カメラレンズに貼られた黒いテープも、カメラ機能を乗っ取られて盗撮されるのを防ぐためだという。ダークウェブに入ったことを警察に知られたくないから、中本はスマートフォンの開示を嫌がったというのか。森川が鑑識課員に尋ねる。

「ダークウェブ内の閲覧履歴はもう確認したんですか」

「これからだ。注意してやんないと、埼玉県警のデータがハッキングされるからな。写真フォルダを見たが、葵を撮影した画像はなかった。削除したんだろう」

復元には、さらに一か月かかるという。奈良は礼を言い、森川と共に西入間警察署へ戻った。取調室で再び、中本と対峙する。奈良は無言で、スマホのホーム画面を示した。中本ががっくりとうなだれる。

「頑なにスマホの中身を見せなかったのは、ダークウェブに入っていたからか」

　中本は口を開かない。奈良は背中を押してやる。

「家宅捜索をした。少女を凌辱することに興奮する性癖があるようだが？」

　警察はもうなんでも知っている。いまさら恥ずかしがることはない——親身な様子で迫った。中本がようやく、しゃべり出す。

「振り返らぬ者がいないほどの美少女が、凌辱されて無残な姿で殺される。そんな妄想をするのが、好きで」

「妄想するために、葵の写真を撮ったのか」

「違います。いや、まあ、そういうことになるか」

「腕を摑んだな。車に引き込んで、いたずらするつもりだったのか」

「それは違います。怖がらせただけです。怖がっている顔を写真に撮りたくて……」

　中本が口ごもる。奈良は待った。三分ほどもじもじしてから、中本が話し始める。

「俺は、一度失敗しています」

　代々木の件のことを言っているらしい。

「山手線で見つけたあの子は小柄で絶対抵抗できないと思ったのに。神宮の雑木林に引っ張り込んだ途端、怪獣みたいに叫ぶわ、股間蹴り上げてくるわ、手に負えなくて」

俺じゃ無理なんです、と中本が情けない顔をする。

「かわいい少女を見つけて、追跡して、いたずらしたいんだけど、うまくやり遂げる自信がない。それで、俺はもう実行に移すのをあきらめて、仲間にやってもらおうかと」

葵の失踪の核心に迫る証言が、中本の喉元まで出かかっている。奈良の鼓動が速まった。悟られぬよう、淡々と尋ねる。

「葵の写真を撮って、強姦仲間に売った？」

「いや、そこまでじゃなくて……。ダークウェブに入って、サイトに葵の顔写真を載せた。少女強姦マニアが集う、いわゆる闇サイトと言えば初心者でもわかりやすいでしょうか。サイト名は『ファルコン・ハイツ・ロード』」

まるでファンタジー映画のようなタイトルだ。奈良が指摘すると、中本は前のめりになり、真剣な顔で訴える。

「ファンタジーどころか、リアルです」

実在した殺人鬼のフィリップ・ソーナビーの話を始めた。一九七七年、カナダのビクトリアにあるファルコン・ハイツ・ロード沿いの一軒家の庭から、二十三体分の女性の白骨・腐乱死体が見つかった。

「ビクトリア連続少女誘拐監禁殺人事件です。知っているでしょう」

「あいにく、埼玉以外で起きた殺人事件には疎い」

中本は興奮気味に説明を続けた。カナダの警察が現場に踏み込むと、地下室には三歳から十五歳までの少女八名が、不衛生な状態で監禁されていた。いまでもフィリップ某という男は、少女の監禁、凌辱などの欲望を持つ連中から、神様のように崇められているらしい。

「で？　そのファルコン・ハイツ・ロードはどんなサイトなんだ」

「実在する少女の顔写真と個人情報が載っています。住所、学校、通学路、習い事先――」

親が仕事でいない時間なども掲載されている。母子家庭や両親共働きなど、狙いやすい少女ばかりがターゲットになっているという。

「全国津々浦々、北海道から沖縄まで。人気のない通学路をひとりで歩いているとか、夜中に平気で出歩いているような少女の写真を撮って、情報をファルコン・ハイツ・ロードに載せるんです。いつかやばい奴が彼女を強姦するんだと妄想して、楽しむ――」

「そこに、葵の情報と顔写真を載せたのか」

中本が頷いた。奈良は身を乗り出し、顔を殴る。中本は椅子ごとひっくり返った。書記を務める奥村が止めに入り、自制する。

中本は教唆犯か。共犯関係が成立するか。一体この男を何年刑務所にぶち込めるだろう。

そのための法整備は追いついているか。

捜査会議が始まった。

奈良はパイプ椅子に浅く座り、モニターを見ていた。

少女強姦マニアが集うサイト『ファルコン・ハイツ・ロード』が表示されている。葵のページに切り替わった。

『石岡葵　十一歳　住所　埼玉県坂戸市鶴舞二－三三－五　推定身長一五五センチ　推定体重四〇キロ～四五キロ　推定カップB　体格のよい美少女、オトナ系美少女フェチにおすすめ物件　坂戸市立第七小学校五年生　母子家庭　母親が帰る午後七時半までだいたい自宅にひとりでいる　通学路は田んぼの一本道なので、冬の夕方や悪天候時など狙い目』

モニターの葵の顔を、奈良は直視できなかった。つきまとわれ、腕を摑まれた上に撮られた写真だ。大きな瞳は怯え切り、小さな唇が歪んでいる。

この五か月間、自分は何をしていたのか。靴底をすり減らし続けた結果がこれなのか。

葵の写真の右下に、『viewer』と表示されている。閲覧数だ。百四十九万六千七百二十三。

奈良は目を閉じ、頭を抱えた。ダークウェブについて説明する、サイバー犯罪課の捜査員の声が耳に入ってくる。

「ダークウェブというのは、一般検索エンジンからでは引っかからないサイト全般を言います」

ヤフーやグーグルで引っかかるウェブ世界はサーフェイスウェブと呼ばれ、ウェブ全体の数パーセントでしかない。捜査員はそれを、大海原に顔を出す氷山にたとえた。文字通り、サーフェイスウェブは氷山の一角、というわけだ。海面の下の果てしない海中世界がディープウェブ。これらにはセキュリティがかけられたメールやＳＮＳ、銀行のオンライン取引などが含まれている。

「ダークウェブは、更にその下の深海部分に広がる、ある種の未知の世界です。いまだ世界中の誰も全容を摑めていないと言われています。というのも、トーア、Ｉ２Ｐ、フリーネットなど、専用の通信技術を使わないと入れない世界だからです」

そもそもダークウェブはオニオン・ルーティングというセキュリティ技術で展開されている。米海軍の調査研究所が開発したもので、アメリカ国防高等研究計画局が引き継ぎ、現在でも非営利団体が研究開発をしている。当初は独裁政権下にある国の政治活動家やジャーナリストが使用していたが、いまは犯罪の温床になりつつある。

「オニオン、玉ねぎは剝いても剝いても次の皮が出てきますよね。オニオン・ルーティングとはそういうことで、サーバーのＩＰアドレスをどれだけ経由しても、通信元がわからない仕組みになっています」

基本的には三つのノードが入っていて、それぞれ入り口ノード、中継ノード、出口ノードと呼ばれるものを自動的に選び、またそれぞれを暗号化する……。説明を聞く刑事たちの顔が険しくなっていく。比留間がサイバー課の捜査員の専門的すぎる解説を端折(はしょ)らせる。

「つまり、どうやっても通信元に辿り着けないということは、サイト管理者も誰だかわからないし、サイトの情報を開示させるのも不可能なわけで、閲覧者を特定することもできない、ということか?」

サイバー犯罪課捜査員は、重々しく頷く。

「日本警察においてはダークウェブ関連での摘発は数件のみです」

違法薬物や拳銃の取引の摘発だ。決してサイトから利用者が判明したわけではない。売買の際に使用される仮想通貨や銀行口座などから身元を割り出し、逮捕できたものばかりだという。

「今回、中本は掲示板に掲載したのみで、閲覧者から報酬を受け取っていません。閲覧者を特定することは不可能です」

葵は数多(あまた)の小児性愛者、強姦魔の目にさらされたというのに、警察はそのうちひとりたりとも特定することはできない。法も整備されていない。警察はこのファルコン・ハイツ・ロードに葵の情報を掲載した中本を、どの罪で送検できるのか。

比留間は顔面蒼白だった。どうしても納得したくないのだろう。声を震わせて、尋ねる。

「もう一度確認したいんだが、つまり、サイバー課はもうこれ以上、閲覧者も管理者も追わない、ということか？」

「追わないのではなく、技術的に追うのが不可能だと申しております。現在、ダークウェブについては警視庁のサイバー犯罪対策課第三サイバー犯罪捜査班が専従で調査にあたっているのみです」

「埼玉県警では？」

担当者が首を横に振る。そこに割り振れるだけの人材も予算もない。

「全国的にダークウェブを調査できるだけの規模の人員と予算を持っているのは、警視庁だけです。彼らとて閲覧者を特定する技術を持っていません」

比留間は首を振り、しつこく訊く。

「中本という、ある意味共犯、教唆犯と言える大物を捕まえたのに、中本の線からは犯人には辿り着けない、ということか」

捜査はまた振り出しに戻った。

捜査会議終了後、中本に手を上げたことについて、奈良は比留間から叱責された。形式的なものだった。始末書を書いていると、奈良を呼ぶ声がある。入り口で、西入間警察署の受付の者が手招きしていた。来客を告げられる。奈良は捜査本部を出た。

一階のロビーに、葵の父親、石岡征則がいた。濃紺のVネックのセーターに茶のスラックスという私服姿だった。母親の秋奈と、姉の沙希も立ち上がる。全捜査員が奈落の底に突き落とされた直後に、家族が揃って現れる。何の天罰かと思う。

「年末のお忙しいところ、すいません」

征則が察したように、頭を下げた。

「いや、三人揃っては珍しいので。驚いて」

奈良は首を横に振った。

「大晦日ですから。特別だと思って」

今日は十二月三十一日だった。二〇一六年が終わってしまう。

「なにか、進展はありましたか」

振り出しに戻ったとは言えない。奈良は一度頭を下げてから、家族と向き合った。

久しぶりに会った秋奈は、かなり痩せてしまっていた。髪は白髪染めを使っているのか、不自然に黒い。沙希は外見上の変化はあまり感じられない。落ち着いた視線を奈良に向けてくる。

征則が一歩前に出て、頭を下げた。

「今年は葵の捜索に全力を注いでくださって、本当にありがとうございました」

「いえ、頭を上げてください。結果を出せず、申し訳ない限りで……」

「大変でしょうが、来年もよろしくお願いします」

今度は、家族三人が揃って頭を下げた。

奈良は上着を持ってこなかったが、駐車場まで見送ることにした。葵の情報を求める立て看板の前で、秋奈が足を止めた。

「お母さん、行こう？」

沙希が手を引くが、秋奈は動かない。奈良を見た。

「この立て看板、撤去してもらえませんか」

奈良は耳を疑う。「いや、でも……」と口ごもった。

「葵の捜索の役に立っているんでしょうか」

西入間警察署の専用ダイヤルはいま、週に一度くらいしか鳴らない。ほとんどが他人の空似の通報だった。

「鶴舞のポスターも、駅前の立て看板も、撤去してほしいんです。私はもう、この葵の顔を見るのが……」

秋奈がボロボロと涙を流し始めた。沙希は俯き、征則は立ち尽くしている。

「この葵、すごく寂しそうに見えるんです。こんな葵の写真が、町のあちこちにあって、もう辛いんです」

除夜の鐘の音が、聞こえてきた。

「餅焼けたぞ。食いたい奴は並べ！」

比留間管理官の声が、西入間警察署の捜査本部に響く。

三割ほどの捜査員は年越しの夜を捜査本部で過ごした。奈良もそのひとりだ。次の一手を考える。差し入れされたお雑煮をかき込みながら、比留間に訴えた。

「すぐに初動捜査のように地取り、ナシ割、鑑取りと三つの班に分けて、一から捜査をやり直すべきです。今日にも」

オーブントースターの音が鳴る。比留間がまた周囲に呼びかけた。

「お代わりしたい奴は並べ！」

まるで奈良の提案をはねつけるような態度だった。

「聞いてますか？　捜査本部を縮小される前に体制を敷いた方が——」

「うるさいな、元旦くらい雑煮を楽しめよ。ほら」

膨れた黄金色の餅を、お椀型の紙皿に放り込まれる。一旦自宅に帰れと言われた。

「体制を敷き直すんだ、いま捜査員がここで膨れていたってしょうがないだろ。じっと消耗しながら待機するくらいなら、帰って家族とか恋人と過ごせよ。あ、お前、恋人いないか」

比留間はわざとおどけているようだ。本命の線が途絶え、参っているはずだ。

奈良は悶々と二個目の餅を食った。奥村と小山は昨晩のうちに帰宅した。森川だけが残っている。奈良は雑煮の紙皿をごみ箱に捨て、「行くぞ」と森川の肩を叩く。

「えっ、比留間さんは帰れと」

「帰る前に初詣だ」

「どこがご利益ありますかね。このあたりだと川越の氷川神社とか――」

「本当にご利益が欲しかったら氏神様が一番なんだ」

西入間警察署から坂戸市浅羽野の浅羽神社まで、徒歩で三十分かからない距離だ。

奈良と森川は散歩がてら、向かった。飯盛川沿いの道を歩き、関越自動車道と並行して進むうち、花影町に入った。関越自動車道の向こうが浅羽野地区だ。関越自動車道の下のトンネルを歩くのは初めてだった。遮音壁があるので、高速道路の車の走行音はさほど気にならない。トンネルをくぐる車の音の方が、コンクリートに反響してうるさく聞こえた。

「なかなか迫力あるな」

声もよく響く。

「確かに天井は高いですけどね」

「蔦は絡まっているし、コンクリートの古びた感じとか」

この近辺の関越自動車道は十メートルほどの高さの盛土の上を走っていた。盛土は植林されており、雑木林のように木々や雑草が生い茂っている。盛土の崩壊を防ぐため、地上から三メートルは擁壁と呼ばれるコンクリートで固められている。冬場の現在、盛土の木々はほとんど葉を落としていた。

「いまなら捜索しやすいかもしれないな」

「確かに、ここだけ手付かずでしたね。遺留品とか出てくるかもしれません」

どこまで範囲を絞るのか、悩ましいところだ。関越自動車道は東京都練馬区から新潟県長岡市を繋いでいる。

奈良は試しに高さ三メートルある擁壁に足をかけてみた。ほぼ垂直だ。盛土部分まで登り詰めたとしても、急こう配すぎて立っていられないだろう。短い脚を精いっぱい使ったが、奈良はあきらめた。

「簡単に登れないなら、犯人も簡単に遺棄できなそうですけど」

「ああ、警察も簡単に捜索できない。だからこそ遺留品を遺棄するんじゃないか？」

奈良は次の捜査体制に思いを馳せながら、トンネルを抜けた。浅羽神社の千年杉が、冬の空に見えてきた。天に伸びる枝は細いが、不思議と威厳がある。

浅羽神社の鳥居には巨大なしめ縄がぶら下がっていた。参拝客が行列を作る。奈良と森川も並んだ。寒さで足踏みする。千年杉のある小さな古墳は木々で覆われていた。子供たちが駆け回って枯葉を踏みしめる音に冬を感じる。葵はここの古墳の石室に忍び込んで大目玉を食らったことがある。宮司は「いまに祟りがあるぞ」と叱ったらしい。葵の失踪を聞いた宮司が「まさか本当に神隠しに遭うなんて」と嘆息していたのを思い出す。

簡易テントの中で、お守りやお札を扱う老婆がいた。列に並びながら、森川が縁起物を眺めている。

「お札か破魔矢でも買っていきます？」

「なんだよ、神頼みか」

「神頼みだから、初詣行こうなんて言ったんでしょ」

参拝の順番が来た。賽銭を投げ入れ、二礼二拍手一礼する。どこの警察署にも道場に神棚があるので、警官の拝礼は正確だ。奈良は手を合わせて目を閉じる。葵が無事見つかることを祈った。

森川が参拝を終わらせ、お札やお守りを吟味している。追いついた奈良に尋ねる。

「やっぱり、商売繁盛でしょうかね」

「警察が繁盛しちゃまずいだろ、埼玉県は事件だらけになるぞ」

「そっか。じゃあ、家内安全？」

「それは一般家庭向けだ」

結局、破魔矢を買うことにした。財布を出していると「奈良さん」と声がかかった。ダウンジャケットに手袋をした沙希が、ドラム缶の焚火の前で暖まっていた。薪が弾ける音がする。

「あけましておめでとうございます」

「あけましておめでとう。お父さんとお母さんは？」

「母は車で休んでます。父は小学校の方に行きました。マスコミが来ているので」

西入間警察署の駐車場にもテレビ局のワゴン車が停まっていた。

「父はマスコミ取材をありがたいと思っています。みなに忘れてほしくありませんから」

森川が破魔矢の入った袋をぶら下げ、話に入る。

「沙希ちゃんはそろそろ、受験本番だね」

「朝一で正月特訓授業を受けてきたところです」

元旦から塾か、と驚く。

「三が日の早朝六時から九時まで、ぶっ通しでやるんです。気合入りますよ」

沙希が力強く、笑った。昨晩は気が付かなかったが、少し大人っぽくなっただろうか。

「やっぱり学業成就のお守りを買ったの？」

それは自力で、と沙希は言う。

「神様には、葵の件だけに集中してほしいので」

沙希はキーホルダー型のお守りを袋から出して見せた。ニワトリのチャームと金色の鈴が付いている。小さな鈴の音色は透明感があって、美しい。葵は酉年だ。

沙希と別れた。坂戸駅前で森川にまた明日からだと告げ、奈良はひとりで上り電車に乗る。JRに乗り換える川越駅は、晴れ着姿の女性や破魔矢を持った初詣の客もいて、ごった返していた。JR川越線を利用し、大宮駅で東武野田線に乗り換えて大宮公園駅で降りた。人が多い。公園内にある武蔵一宮氷川神社の初詣客だろう。三が日は日本最長の二キロの参道に人が道幅いっぱいに行列を作る。鳥居は明治神宮で使用されていたもので、戦艦武蔵や山下公園の氷川丸ともゆかりがある神社だ。ここで参拝したら浅羽神社の神様に失礼か。奈良はまっすぐ自宅に帰った。

父親が門扉の前にいた。年賀状をポストから取り出している。

「あけましておめでとう」

「よう。ケンボウ」

真由子の様子を尋ねた。十二月二十七日から二階の自室に引きこもっているという。玄関に入った。すき焼きのいい匂いがしてきた。階段の下から真由子を呼んだ。「大丈夫」という返事があったが、部屋から出てくることはなかった。師走になると体調を崩す。二月の節分のころに復活する。真由子は被害にあった十九歳からもう二十年以上、これを繰り返している。

「着替え、持ってけなくてごめんね」

母親がすき焼き鍋と卓上ガスコンロをセットしながら言った。

「いや、いいよ。一月中は自分でなんとかすっから」

二月になったら真由子の体調も戻るはずだ。三人だけですき焼き鍋を囲んだ。若いころはいくらでも食えたが、霜降り牛肉は四、五枚が限界だった。胸やけがする。父親が熱燗を勧めてきた。断った。年末年始は飲まない。奈良は真由子の分のすき焼きを皿に取り、二階の部屋に持って行った。「食えよ」と声をかけたら、「ありがとう」と意外にしっかりした返事だった。

こたつに入り、年賀状を見た。奥村から年賀状が届いていた。妻が手配したのだろう。横綱と揶揄したひとり娘は顔が細くなっていた。同期や先輩、後輩の年賀状を見る。子供の成長に目を見張る写真付きのものが多い。県内の役所に出向している者、本部栄転となった者、昇進して所轄署に出た者――。みな大なり小なり変化している。

二十一時過ぎ、車で家を出た。右左折を繰り返しながら、東へ向かう。国道16号を走った。元荒川を渡り、春日部市に入る。奈良は国道を突き進む。広大な河川敷を持つ江戸川が見えてきた。黒く光る川面を越えたら、千葉県野田市だ。住宅密集地へ車を回す。似たような一軒家がみっしりと並び、代わり映えのしない景色が続く。奈良は迷わなかった。

片流れ屋根にベージュの外壁の一軒家に到着した。『ＨＩＧＡＳＨＩ』というガラスの表札が出ている。屋根に太陽光パネルが載っかっていた。去年はついていなかった。

東隆文（ひがしたかふみ）、四十七歳が住んでいる。二十二年前、真由子を強姦した。娑婆に出たあとは埼玉県を離れたが、川を挟んだ隣町に居を構えた。野田市が委託する清掃会社の非常勤職員として、ゴミ収集車のハンドルを握る。十年前に結婚し、子供が二人いる。裁判では、犯行を全て酒のせいにした。雑木林に誘い込んだらついてきた、同意の上の性行為だと主張していた。真由子は喉が潰れるほど悲鳴を上げていたというのに、それすらも「喘ぎ声に聞こえた」と言い張った。

昨年は玄関先にベビーカーが置きっぱなしになっていた。いまは補助輪つきのピンク色のか。
自転車が置いてある。郵便ポストに新聞が溜まっていた。家族でどこかへ旅行に出ているの

しばらく車内で煙草を吸った。

奈良は事件当時二十一歳の大学三年生だった。北千住のライブハウスで行われていたカウントダウンパーティで騒ぎ、車で自宅に帰った。一緒にいた当時の恋人は、自宅玄関まで送り届けた。年頃の妹の危険など考えたこともなかった。奈良は真由子が襲われていたとき、五十メートル先の自宅に帰っていた。ライブハウスで買ってきた新譜CDを聴いていた。真夜中だったから、ヘッドフォンをつけていた。バイトで金を貯めて買った五万円近い高級ヘッドフォンだった。外の音を完全にシャットアウトし、生演奏を聴いているような臨場感を味わえる。五十メートル先で真由子が上げ続けた悲鳴は、奈良の耳に届かなかった。

深夜零時過ぎに大宮区の自宅に帰った。両親はもう寝ている。居室は冷え切っていた。石油ファンヒーターをつけて、日本酒を徳利に注いで湯煎した。階段から足音が聞こえてきた。真由子が薄桃色のボア生地のパジャマ姿で、台所にやってきた。奈良は戸惑った。部屋から出られると思っていなかった。しかも奈良は真由子を汚した男の家に行ってきた。自分がいままとう空気すら真由子を傷つけてしまう気がする。

「あけましておめでとう、お兄ちゃん。やったげる」

礼を言い、奈良は居室のこたつに入った。テレビをつけたが、すぐに消した。真由子の背中を見る。中年太りした、おばさんの後ろ姿だ。だが顔は痩せている。余計老けて見えた。桃色のパジャマは似合わない。社会に出ていないから、自分の老化に気が付かないのかもしれない。

真由子がお盆に載せた徳利とお猪口を持ってきた。お猪口はひとつしかなかった。奈良は真由子が酌をしようとするのを断り、自分で酒を注いだ。呷（あお）る。

「すき焼き、硬くなってたわ」

真由子が乾いた笑い声を上げた。こたつのそばに正座している。

「そりゃ、すき焼きはアツアツの鍋からあげたところを食わねーとだろ」

だよね、と真由子が笑う。

「どこ行ってたの」

「パチンコ」

「しないでしょ」

「女のとこ」

へえ、と真由子は鼻先で笑って、続ける。

「泊まってくればいいのに」

「喧嘩して、追い出されたんだ」

真由子が足を崩した。こたつの中に足を突っ込む。奈良の足とぶつかった。奈良は慌てて足を引っ込めた。

「私、来年のお正月は家族で鍋つつける気がするんだよねー」

真由子がついていないテレビを見て言う。眉間に深い皺が刻まれていた。

「駅前のクリーニング屋さんがね。よく、お兄ちゃんのジャケットを出しに行くんだけど。うちで働かないかって」

「親父になんか言われたのか」

真由子は口を閉ざした。

「気にするな。いまのままでいい。十分だ。お前がいてくれるから兄ちゃんは――」

自分でやってよ、と遮られる。

「自分でできるでしょ。着替えの差し入れをこんなにマメにしてる家族、他にいないし」

「俺は他の刑事より忙しいんだ。お前が差し入れをやめたら事件捜査が滞る。捕まえられるもんも逃しちまうかもしれない」

「女なんか、いないくせに」

唐突に言われる。真由子が奈良にきつくあたるのは初めてだった。

「どこ行ってたの」

奈良は目を合わせられず、黙り込んだ。

「どうして普通の人生を生きようとしないの。被害者でもないくせに」

翌朝、奈良は母親の雑煮を食べてから、署に戻ることにした。真由子は部屋に閉じこもり、声をかけても返事をしてくれなかった。奈良は二週間分の衣類を抱え、西入間警察署に戻った。

捜査本部が四階から二階に変わっていた。二階には刑事課だけでなく生活安全課や会計課も入っている。会議室は四階のそれとは比べ物にならないほど小さい。昨日、捜査員を自宅に追っ払って引っ越し作業をしたらしい。

午前九時の捜査会議に揃った捜査員は二十五人。半減していた。捜査幹部がひな壇に座る。多田捜査一課長の姿があった。背筋が伸びる。年頭挨拶のために、一課長は管内の捜査本部の全てに顔を出しているのだろう。古谷栄介（ふるやえいすけ）というやり手の管理官もいる。捜査員は減ったのに管理官が二人になるのかと思ったが、最後尾につけていたのは西入間署の副署長だった。比留間の姿がない。外されたのだ。

「全員、起立！　敬礼！」

捜査員が一斉に立ち上がる。二十五人では迫力に欠ける。音が侘しい。

多田捜査一課長が年頭挨拶をして、捜査本部に着任した古谷管理官を紹介した。

古谷はリーダーシップの強い、比留間とは正反対のタイプだ。独断専行が多い。初動捜査体制を敷くのが早く、決断力がある。こうと決めたら下の意見を聞かない面もあるが、上の指示だって撥ねのける。ゆえに疎まれることも多いが、信奉者もいる。

この半年、葵の捜査が遅々として進まなかったのは、比留間が現場の意見を聞きすぎたせいだと上層部は考えたのだろうか。確かに、最初の一か月間で事故、誘拐、家出と全ての可能性を考慮したために、相当な捜査員を無駄遣いした。

多田一課長はあっという間に捜査本部を出た。期待をしていないのは一目瞭然だった。

古谷が立ち上がった。隅々まで捜査員を見渡す。彼は顔のパーツがでかい。見ている方が疲れてしまう顔だった。いまも、ぎょろ目を血走らせ、濃すぎる眉毛を寄せている。大きな鼻が必要以上に膨らむ。

「これまでの捜査本部では事件、事故、家出の三方向での捜査を展開してきたが、捜査が振り出しに戻った上、二十五人にまで捜査員が絞り込まれた。そしてガイシャがいかがわしいサイトに個人情報を晒されていた現実を鑑みて、事件の線一本で捜査展開をしようと考えている」

古谷はひな壇のデスクに両手をつき、前のめりになって言った。

「つまり、ガイシャは誘拐され監禁されているとみて捜査方針を立てようと思う。同時に――口にするのはあまりに酷なことではあるが、誘拐殺人の可能性も考えるつもりだ」

奈良は無言で顔を上げた。古谷の顔に窮屈そうに存在する目鼻口が、眼前に飛び込んでくる。目が合ってしまった。

「不満はわかる。奈良、お前は半年間、家族を担当してきているんだな。事件に人一倍思い入れがあるだろう。だが、小児性愛者による誘拐という可能性が高い上、半年経っても有力な目撃情報のひとつもないところを見ると、もはや死体となり、どこかに遺棄されている可能性も――」

奈良はすかさず手を挙げた。

「担当管理官として、それを口にするのはあまりに不謹慎かと思います。家族はまだ娘が生きて帰るのを信じて――」

「希望的観測では事件を解決できない！」

古谷が怒鳴った。声のボリュームを下げ、続ける。

「警察は、希望的観測による捜査活動はしない。遺族の希望に沿った捜査などもっての外だ。

犯人逮捕と事件解決が第一だ。不謹慎だからと言って石岡葵がもう死んでいるという可能性を考慮しないわけにはいかない」

奈良は古谷から目を逸らさなかった。古谷も奈良に視線を注いだままだ。

「はっきり言おう。私は、この捜査本部を終わらせるために派遣されてきたと思っている」

言いようのない焦燥が、奈良の胸に広がる。

「私はこの少女失踪事件に白黒つけるためにやってきた。私にこんな残酷なことを言わせているのはこの半年、何の結果も出せなかったお前らだぞ！」

捜査員から反論の声はひとつも上がらなかった。

捜査本部は遺体・遺留品を捜す十五人と、監禁事件を前提として目撃情報を精査する十人のグループに分けられた。しょっぱなから管理官に嚙みついたからなのか、奈良班は遺留品捜索班に割り振られた。腹をくくって取り組むしかない。奈良は自ら志願し、元旦に訪れた関越自動車道の捜索班に入った。全部で八名いる。

初動捜査で手つかずだった場所だ。管理官の古谷も重点を置いている。該当区域は、坂戸市と鶴ヶ島市を走る高速道路の盛土部分の雑木林で、捜索範囲は約十六万平方メートルに及ぶ。一般の野球場の約十三個分といったところか。

盛土の雑木林は、管理するＮＥＸＣＯ東日本が定期的に手入れを行っている。捜索地域を所管する関東支社所沢管理事務所に、捜索活動の了承を得る必要があった。奈良は管理官の古谷とともに向かった。

ハイヤーの後部座席に古谷と並んで座る。奈良はスマホの計算機機能を使って捜索に必要な日数を割り出した。

「全員が休み返上で働いて百三十日はかかる。もう春になっちゃいますね」

がっくりと肩を落とした。古谷は勇気づけるように言う。

「何か見つかればそこからまた別の筋が見えてくる。なぁ、奈良。お前、本当のところ、どう思う。葵は死んでいるか。生きているか」

「わかってたら苦労しませんよ」

ハイヤーが関越自動車道所沢インターチェンジの料金所を出た。すぐにＮＥＸＣＯ東日本関東支社所沢管理事務所に到着した。支社長の執務室に通される。捜索についての許可はすぐに取れた。支社長は厳しい表情だ。

「うちも一応、盛土の雑木林の手入れはやってますが、数年に一回が限度ですね。なにせ、一キロ分やるだけでン百万円かかりますから」

縮小された捜査本部にそれだけの予算があるはずない。古谷は顔を引きつらせて尋ねた。

「それは人件費ですよね。うちは改めて植木屋とか雇うわけじゃないので」

「そうでしょうが、それでも十六万平方メートル分でしょ？　専用の機材とか、必要になりますよ」

盛土の雑木林部分は直角に近い急こう配で、足場が悪い。

「なんでそんな構造になったんです？」

「知りませんよ。田中角栄に聞いてください」

関東と北陸を結ぶこの高速道路建設計画を打ち出し実行したのは、新潟を地元とするかつての宰相だ。そんな人物が構造物の責任まで負っているはずはないが、支社長は続ける。

「だいたい、植木屋ならあの急こう配でも立っていられるでしょうけどね。警察ってそんなとび職みたいな訓練、していないでしょう」

確かに、と古谷が難しい顔をした。

「命綱つけてないと危ないと思いますよ。でも、くれぐれも遮音壁にフックを引っ掛けるようなことはしないでくださいね。ひび割れ、破損の原因になりますから」

「それじゃ、どうやって捜索活動をしろと――」

「だから言ったじゃないですか、プロの植木職人を雇うしかないって」

古谷が帰りのハイヤーで憤っていた。関越道捜索の経費捻出のために、本部に連絡を入れて調整していたが、芳しい返事は聞けないらしい。

「捜査範囲をもっと絞って、植木屋を雇うしかないですかね」

奈良は坂戸市の地図を取り出し、示した。

「田んぼの一本道から近い高麗川と交差する浅羽野、粟生田、中里地区です」

高麗川と関越道で仕切られているので、住所も三つに分かれてはいるが、距離的には半径一キロを切っている。

「そんな狭い範囲じゃ捜索したことにならない。犯人は沢木地区に遺留品を遺棄したのかもしれないし、花影地区かもしれない」

どちらも、奈良が捜索範囲から外すと言った場所だ。

「きりがないでしょう。そもそも埼玉県外のどこかに遺棄されている可能性だってあるんですよ。どこかで腹をくくって区切るのが管理官の仕事です」

古谷は「あきらめない」と大きな瞳を宙に据えた。運転手に言う。

「朝霞に車を回せ」

朝霞市には埼玉県警の機動隊の拠点がある。レンジャー部隊を使うつもりのようだ。

「レンジャーは少人数でしょう。いまは冬山登山の遭難者が増えるころで、多忙ですよ」

「部隊からは一人か二人で十分だ」

あくまで捜索するのはお前らだと言って、古谷が奈良の肩に手を置いた。レンジャー部隊員の指導を受けながら、急斜面に挑めと告げる。

地上から十メートルの盛土部分から、枯れ草が落ちてきた。地面に山積みになっている。奈良はスコップを使い、枯れ草を軽トラックの荷台に投げ入れていく。投げ込んでも投げ込んでも終わらず、上から枯れ草が落とされてくる。スコップの先がコンクリの地面にぶつかり、金属音が耳をつんざく。森川の愚痴も聞こえてきた。

「俺ね、奈良さんに話してなかったかもですけど、なんで本部の刑事に希望を出したって、どれだけ多忙でも、こういう危険な作業をやりたくなかったからなんですよ」

森川はヘルメットと命綱をつけた状態で、関越自動車道脇の盛土の斜面にへっぴり腰でへばりついている。軍手をした手に警杖を持ち、盛土の雑木林に落ちた枯葉や枯れ草を下の道路に落としていく。地上の道路にいる奈良はそれをトラックの荷台に片付ける。

この付近は十メートル上を走る関越自動車道に沿って住宅地が広がっている。奈良がいま立っている道路も近隣住民の生活道路だ。時々自転車や車が通り過ぎるので通行止めにできない。落とした枯れ草やごみはすぐさま片付ける。奈良は森川の愚痴を聞き流し、掃除に徹した。

一月十五日から始まった関越道盛土部分の捜索は、今日で一週間目を迎えていた。葵の失踪地点から最も近い、浅羽野地区に面した部分は捜索済みだ。いまはその隣、粟生田地区の急斜面を捜索している。ごみやねずみ、イタチの死骸しか見つかっていない。地上から三メートル以上ある急斜面によくごみを投げ入れると思う。ペットボトルや弁当の容器などはわかるが、古タイヤや自転車まで出てくる。

森川がまた愚痴をこぼしている。

「俺はね、そもそもサイバー課希望だったんですよ。頭脳派なんです。地域課とか機動隊みたいな体力勝負の仕事は無理だからと——」

「森川さん、しゃべりながらやると余計疲れますよ」

共に盛土で作業している奥村がやんわり言った。奥村は急こう配に腰を据えて警杖を動かしている。最初は機動隊のレンジャー部隊員から指導を受けながら、斜面の捜索を行った。あちらも多忙で現場にいてくれたのは一週間だけだ。奥村が一番様になっていて、リーダーのように振る舞っている。

命綱は、関越自動車道の遮音壁の反対側から伸ばされていた。関越自動車道の路側帯に機動隊のクレーン搭載車が停車している。クレーンのフックに接続されたロープが遮音壁の外側に垂れていた。地上にいる奈良の目の前で、ロープが二本、踊っている。奥村たちは命綱と帯革を、カラビナと呼ばれる垂直降下に使用される接合装置と繋げ、作業を続けていた。

「なんだこれ」

森川が何か発見したようだ。それを拾い上げながら、土を払う。

「教科書みたいです」

何年生か奈良は尋ねた。

「待ってください、表紙が真っ黒で……。英語が書いてありますね」

「名前は書いてないか」

無関係の人のものだった。森川がごみだと教科書を地上に投げ捨てる。奈良はそれをごみ袋の中に入れた。

「あれ、警察かい？」

背後から声をかけられた。禿げ頭の老人が、チワワを連れて散歩していた。奈良たちは『埼玉県警』とプリントされた紺色のつなぎを着用している。お騒がせしてます、と軽く頭を下げた。男はしつこく話しかけてくる。

「例の、あの七小の失踪少女の件？」

奈良はあいまいに微笑んだ。チワワが舌を出して、せわしなく呼気を吐いている。

「いやー他人事じゃないよね。俺、昔、七小で先生してたからさ」

　奈良は手を止めた。

「もう遥かかなた遠い昔の話だけどさ。自分が赴任してた小学校の子がってなると、もう学校は蜂の巣を突いたような騒ぎだろうなって。しかも担任がってのがさぁ……ねえ⁉」

　男が興奮したように、奈良に相槌を求めた。

「昔っからさ、あの田んぼの一本道は危ないなぁと思ってたの。冬場なんか、四時半過ぎると真っ暗になっちゃうから。いつか子供が被害に遭うようなことがなきゃいいと思ってたけど、まさか本当にこんな事件が起こるなんてさ」

「ちなみに、先生はいつごろ七小に赴任されていたんですか」

「関越自動車道が開通したころよ。昭和五十年。俺そのとき新任でさ、まだ血の気が多い二十三歳。逮捕されちゃったのも新任で七小に来た奴なんでしょ？」

　浮島がまだ容疑者であるかのような言いぐさだった。浮島は釈放されているし、葵の一件については起訴すらされていない。捜査は進展しても、岡部と中本については報道されていない。

　一般人の認識ではまだ、葵の一件は浮島の仕業なのだ。老人が話し続ける。

「忘れもしないよ。関越は川越から東松山インターが夏休みの真っ最中に開通してね。俺、新任で五年生持っててさ、子供とつるんで開通の前日に上って、まだだーれも通ってないまっさらな道路に侵入して、大の字に寝転がってね」

元教師はしゃべるだけしゃべって、立ち去った。

二月十三日、関越道の捜索を始めて一か月が経とうとしていた。関東地方に雪が降った。

小山が鼻をかみながら、ガラス窓の外を覗く。奈良はせっかくの焼き肉定食が台無しだと思って、小山を睨んだ。奈良班は、関越道近くの焼き肉店で昼食を摂るのが日課となっていた。安いし麺類もある。捜索には体力を使うので、大量の炭水化物を昼に補給しないと、夕方までもたない。店の女主人と仲良くなった。ご飯を山盛りサービスしてくれる。

「積もらなきゃいいけどなぁ」

奥村も窓の外を見て言った。やがてガラスが曇ってなにも見えなくなった。奈良は雪が嫌いだ。音を吸収してしまう。音を感じなくなると、無性に不安になる。何か大切なことを聞き逃してしまう気がするのだ。

「斜面は滑りそうだな。怪我のないように行こう」

奈良は自身に言い聞かせるつもりで皆に話した。森川はこの世の終わりのような顔をしている。いまだに急こう配での作業に慣れていない。悪天候は森川にとって特に危険な要素だろう。午前中は奈良と奥村で盛土の斜面に登った。午後は小山と森川の番だが、奈良は森川と交代することにした。

クレーン車両を担当する機動隊に電話する。あと十分で現場に戻ると伝えた。彼らは遮音壁の内側の高速道路上で作業をしている。昼食は高坂サービスエリアで摂っていた。一度高速道路に入ると、簡単に一般道に降りられない。

奈良は勘定に立った。札と小銭を出していると、「まあ、その手は」と女主人が驚いた。奈良の手はしもやけで赤く膨れ、あかぎれで皮膚が割れてもいた。軍手の下にゴム手袋と薄手の革手袋をしているのだが、丸一日作業をしていたら、こうなってしまう。この一か月で、手の皮が一回り分厚くなった気がする。

去り際、女主人が「ちょっと待っておまわりさん」とバックヤードに走り、戻ってきた。

「これ、うちの洗い場の子たちも冬の時期に重宝しているのよ。たくさんストックあるから、よかったら使って」

奈良は丁重に礼を言い、軽トラに戻った。早速、もらったばかりのクリームを塗る。傷口が強烈にしみて、飛び上がりそうになった。

「なっ、なんじゃこりゃ、いてぇ……！」

奈良はグローブボックスにあったウェットティッシュで、クリームをふき取る。ハンドルを握っていた奥村が信号待ちのとき、クリームの成分表を見た。

「これ、傷に塗っちゃいけない奴ですよ。カプサイシンエキス入りって書いてあります」

カプサイシンはキムチやコチジャンに入っている辛み成分だ。それで皮膚を温める効果があるのだろうが、あまりの痛みに奈良は悪態をつく。

「くっそう、あの焼き肉屋のババアめ！　ああ、痛い！」

現場に到着する。奈良はひりつく両手を気にしながら、手袋を二枚重ねてつけた。クレーン隊に無線連絡を入れる。互いにGPSで現在地を確認した。住所的には鶴ヶ島市脚折町、『鶴ヶ島6』と管理番号が振られたトンネル付近だ。

雪の粒が大きくなってくる。遮音壁の向こうから赤いクレーンが見えてきた。その先からロープが垂れ下がっている。

ヘルメットをかぶった機動隊員が遮音壁の向こうから顔を出した。クレーン車の荷台に脚立を載せ、そのてっぺんに立っているのだ。クレーンの先から垂れ下がるロープを、遮音壁の外に投げた。おもりがロープを伴って、盛土の斜面を転がり落ちてくる。奈良はロープを取り、帯革にカラビナで装着した。クレーン隊員が、軍手をした両手に息を吹きかけて、こすり合わせている。

奈良はロープを強く二度引き、強度を確認する。手に激痛が走るが、奥歯を嚙みしめて堪えた。小山がカラビナを装着し、ほぼ垂直の擁壁に足をかけて登る。地上の生活道路を行く人々が、珍しそうに奈良たちを見上げている。

奈良は半長靴のゴム底で擁壁を蹴り、登る。盛土部分に立った。すでに雪で雑木林が薄化粧をしている。それほど降り積もっていないのでまだ大丈夫だと言い聞かせるが、気分が落ち着かない。遺棄されたタイヤを見つけた。足場を確認しながら、「警杖！」と叫ぶ。下で待機している奥村が、背伸びして警杖を渡す。

「気をつけてくださいね。雪で鉄筋が隠れちゃってるでしょ」

擁壁と盛土の境界部は、土にコンクリートの板が鉄筋で打ち付けられている。土砂崩れ防止のために行われた突貫工事のようだ。コンクリの板を固定する鉄筋は根本からぐにゃりと曲げられているが、容易に足を引っかけてしまいそうだ。奈良は方々から突き出た鉄筋の間を縫い、先へ進む。

「また古タイヤだ」

小山が「落とせよ」と面倒くさそうに言った。

奈良は樹木の根が張る凸凹の斜面に足場を見つけ、しゃがんでタイヤを少しずつ押した。タイヤの真ん中の穴に土が大量にたまっていて、重い。無理をして強く押した。ぐきっと腰が鳴り、足が滑って尻もちをつく。鉄筋が尾てい骨を直撃した。奈良は悶絶する。

小山がけらけら笑っている。奥村が下から「大丈夫ですか」と声をかけてきた。森川は素知らぬふりをしている。

「ああ、畜生……」と口に出すのが精いっぱいで、奈良はもう後先考えずにタイヤを引きずり落とした。

足元に、ドーナツ型の土がむき出しになる。ミミズやムカデなどいろんな虫がいた。大粒の雪が降り注ぐ。腰と尻が痛い。太腿に力を入れ斜面を上がろうとすると、尾てい骨に響く。目に涙が滲む。

奈良は警杖を地面に突き立て、土の下の感触を確かめる。土を切る音で自分を奮い立たせようとするが、降り注ぐ雪に負けてしまいそうだ。帯革から垂れる命綱が足に絡まないようにしながら、不審物がないか、地面を浚っていく。

ふと、さっきのタイヤの下が気になった。真冬だというのに虫の数が多すぎやしないか。

「おい奥村。スコップくれ」

奈良はドーナツ型に残った地面を掘り始めた。雪はひどくなる一方だ。音が聞こえなくなる前に、結果を出さなくてはならない。

奈良は手の痛みが引かず、坂戸駅近くの皮膚科に駆け込んだ。今日の捜索は十五時で中止になった。積雪が五センチを超え、関越自動車道も通行止めになったからだ。クレーン隊もいったん朝霞市に引き上げた。

処置室で、看護師のやわらかくあたたかな手が、奈良の手を包む。

「カプサイシン入りのクリーム塗っちゃったんですか。それは痛いですねぇ」

若い看護師は奈良の両手の下にステンレスの桶を置いて、ぬるま湯に浸したコットンで丁寧にふき取った。湯が落ちる音が心地よい。背後で医者がカルテを書いている。医者は、奈良の両手を一瞬見て、抗生剤と保湿剤を出す、と言っただけだ。看護師は水分をガーゼで取り、傷口に薬を塗った。傷の大きいところは絆創膏を貼って、仕上げに保湿剤を塗ってくれた。

「ついでに湿布とか、ないですよね……」

腰と尻が痛む。看護師は困ったように苦笑いした。

「うちは皮膚科なので、湿布かぶれに塗る薬ならあるんですけどねー」

整形外科にまで行く元気はない。今日の捜索で心身ともに参っていた。二時間、タイヤが遺棄されていた場所を掘り続けた。

捜索中止が言い渡されなかったら、いつまでも穴を掘っていた。二メートル掘った。石と木の根しか出てこなかった。

帰りの軽トラの中で奥村は、気が触れたように穴を掘り続けた奈良を、腫れ物に触るように扱った。署でスコップや警杖を洗っていた小山は「班長、あんた一度病院行った方がいいよ」と言った。奈良は皮膚科に来たが、小山はメンタル面を診てもらえと言いたかったのだろう。

西入間警察署に戻る。ロビーで若い記者が古谷管理官に詰め寄っていた。

「こっちはもう裏取ってるんですよ。あのスマホカバーの絵、デザインしたのは警察官僚なんですよね」

どこかの記者が岡部正克に辿り着くのは時間の問題と思われたが、とうとう来たか。

「官僚の取調べは進んでいるんですか」

「捜査は適切に行っている」

「岡部警部補は何食わぬ顔で、専属パトカーの中でふんぞり返っていますが？」

古谷は「捜査は適切に行っている」という言葉を繰り返した。記者が古谷を煽る。

「あんたら、ちゃんと捜査しているのか。葵ちゃんがいなくなってもう半年だぞ！」

奈良は道場の入り口脇にある更衣室に入った。去年の夏以来、ここの空きロッカーに荷物を置かせてもらっている。扉を開けた。真冬なのに臭った。十日分の洗濯物が溜まっていた。コインランドリーに行く気力が残っていない。奈良は実家に電話をかける。母親に真由子の様子を尋ねた。

「お正月から変わっていないの。今年は長いわね……。なにかまたぶり返しちゃったのかもしれないわ」

着替えの差し入れの件だと母親はわかっていた。真由子に聞いてみると言うので慌てて止めた。

「何も言わなくていい。そっとしておいてやって」

下着や肌着は水場で手洗いしたものが一枚ずつ残っている。ワイシャツとスラックスはアイロンがかかっていない。どうでもいいや、と奈良は報告書を小山に任せ、早めに休むことにした。二十時には道場の布団に入り、すとんと眠ってしまった。

夢を見た。奈良はがらんどうの関越自動車道の真ん中につるはしを振り下ろし、コンクリートを割っていた。音のない世界だ。十九歳の真由子がすぐ脇でうずくまり、泣いている。だが声が聞こえない。奈良はコンクリの下の土をスコップで必死に掻き出す。ミミズやムカデが逃げまどう。それは人間に化けて奈良の足元から逃げていく。東隆文だ。捕まえてみるとそれは浮島だった。慌てて解放する。穴から朝倉グループの少年少女たち、岡部、中本らが逃げていく。真由子は自転車に跨り、奈良の周りをぐるぐる走り始めた。楽しそうな表情はよく見ると、被害に遭うずっと前の顔だ。小五ぐらいか……。奈良はまた穴を掘ることにした。急ブレーキの音ではっとする。自転車を見ると、乗っていたのは葵だった。

揺り起こされて、目が覚めた。

「奈良、起きろ！」

目の前に、古谷管理官の顔があった。「なんスか、もう……」とぼやいて寝返りを打ち、古谷に背を向けた。

「すぐに着替えろ。これから会議だ」

「いま何時だと思ってんすか」

見ると、周囲に寝ている者はいない。

「二二〇三（フタフタマルサン）だよ」

就寝して二時間しか経っていない。奈良は起き上がろうとしたが、ただの寝返りになった。今日は無理だ、体が動かない。

「こんな時間に捜査会議とは何事です。勘弁してください」

「葵のランドセルの一部が見つかった」

奈良は跳ね起きた。捜査本部に下りる。奈良の席に、真由子からの差し入れが届いていた。

雪があまり降らない首都圏では、降雪した翌朝は路面凍結による事故が多くなる。

関越自動車道は閉鎖されたままだ。奈良は六時に西入間警察署を出た。運転席の奥村は安全運転を心がけているようだが、できる限りスピードを出したいらしく、焦れたようにハンドルを握っている。

葵のランドセルが見つかったのは、東松山市内の唐子カントリークラブのコース内にある池だった。

「奈良さん、ゴルフは？」

「いや、全然。お前は」

「俺も全然っすね。いまのところ誘いもなく」

発見したのは、コース管理を担当するグリーンキーパーだった。芝の長さやバンカーの砂の量まで厳格に管理し、コース内の池の保全業務も担う。そこで泥にまみれていたランドセルのフラップ部を発見した。時間割表の入る内側ポケット部分に『いしおかあおい』という名前を見つけ、東松山警察署に届けた。

現物は夜間のうちに西入間警察署に運ばれた。家族が飛んできて、葵のランドセルに間違いないと証言した。平仮名の名前は、葵が小一のときに書いたものだという。

唐子カントリークラブは午前七時半にオープンするが、古谷が昨晩のうちに支配人に連絡して、捜査員が今朝向かうと伝えていた。グリーンキーパーがクラブハウスで待ってくれている。積雪が残る平日、午前の予約は全てキャンセルされているらしい。

なだらかにカーブする道路の先に、木々に囲まれたクラブハウスが見えてきた。レンジャー部隊のように体格のよい男性スタッフが対応に出てくる。

「コース管理責任者の室戸直樹です」

彼が発見者だ。四十代前半くらいだろうか。口調は柔らかだが、俯き加減にしゃべる。あまり目を合わせようとしない。名刺を交換し、早速現場に案内してもらった。

葵のランドセルは、ゴルフ場の北側にある勾玉形の大きな池から見つかった。雪で覆われたグリーンのそばにあり、背後には雑木林が広がっている。カラスが鳴いていた。研ぎ澄まされているような声だ。雪と土が靴底にまとわりついた。奈良の靴下を履いた足をじんわりと湿らせていく。長靴を持ってくるべきだった。

池に近づく。奈良は池のそばに設置された救命浮環に気が付いた。

「救命浮環が必要なほど深いんですか」

「浅いところもありますけど、池の底にゴムシートを敷いてますから、滑るんですよ。一度はまると、なかなか陸に上がれない」

池の深さは浅いところで大人の膝下ぐらいで、最大で二メートルあるという。

「なんのためにそんなに深くするんですか」

慣れた質問なのか、室戸は淀みなく答えた。やはり、俯き加減だ。背は奈良の方が低いが、こちらを上目遣いに見る。

「日本は国土が狭いでしょう。広大なゴルフコースを作るとなったら、山間部になります」

山は保水機能がある。ゴルフ場建設のために切り崩した分、山は保水能力を失うから、その分の水を保持する機能をゴルフ場に担わせるために、池に深さを持たせているのだという。

「なるほど。ちょっとしたダムみたいなもんですか」

「さすがに排水機能はありませんがね。雨天時に下流域の川へ大量の水が流出するのを防いでいるんですよ」

室戸はランドセル発見の経緯を説明し始めた。この池は大きく深さもあるので、一週間かけて掃除するそうだ。三日前に池の底のゴムシートを引き上げ、底にたまったごみを回収した。

「そして昨日、ごみの分別をしているところで、泥まみれのランドセルを見つけたんです。なにせフラップだけだったんで、最初はランドセルだなんて思わなかったですよ」

ゴムシートの一部かと思ったが、破損していない。よく見るとそれには金具部分もある。ロックに差し込む金具だ。水洗いし泥を落としたら、ソーイング部分が見えてきた。星やハートのマーク刺繍、ボタンの反射材……。

「色のカラフルな感じとか、女の子のランドセルだってすぐにわかりましたよ。もう、背筋がぞっとしました」

なぜぞっとしたのか、奥村が尋ねた。

「いやもう即座に、坂戸の少女失踪事件の関係だと思って」

室戸は坂戸市中里に住んでいた。関越自動車道沿いの地区だ。

「年が明けてから、盛土にへばりついて捜索している警察官の姿を何度も見ましたよ。女の子がひとりいなくなると警察はそこまでするんだと、驚きました」

去年の夏はえらい騒ぎだったが、と室戸は続ける。

「正直、いまはあの少女の話をする人はいませんからね。でも、警察はちゃんと捜してるんだなぁって、命綱を引いている姿を見て、忘れないようにしようと思ってたところだったんで」

関越の捜索作業を見ていなかったら、ランドセルを見逃してしまっただろうと室戸は言う。思わぬところで、苦労が報われた。

「ちなみに、この池の水を最後に抜いたのはいつごろでしょう」

「昨年の八月三十日、火曜日です」

昨日のうちに記録を確認したので、間違いないと言う。

去年の八月三十日なら、葵がいなくなってから二か月弱だ。そのときは発見されなかった。つまり、何者かが葵のランドセルの一部を遺棄したのは、その日以降ということになる。

「他の池の清掃記録を見せてください。警察の方で池の捜索をさせていただきたいのですが」

「構わないですよ。早く葵ちゃんを見つけてほしいです。支配人には、私の方から話しておきます」

証拠品に触れた室戸には、指紋や足跡、DNAを提出してもらう必要がある。「作業中はゴム手袋をしていますよ」と室戸は言ったが、鑑識課員が連れていった。遠目に室戸を見る。鑑識課員に対しても同じように、俯き加減で横から見上げるように話している。

奈良は西入間警察署に残っている古谷に一報を入れた。声が弾んでいる。目を見開き、鼻の穴を膨らませて意気込んでいるに違いない。

「第三者の指紋が出てきたぞ。大きさからして、成人のものだ」

奈良は驚いた。室戸の指紋はついていないはずだ。指紋は普通、水に濡れると消えてしまう。まさか指紋が出るとは思ってもみなかった。

「切り取られたフラップの根本部分が、かなり大きな裁ちばさみで切断されている。ギザギザで、力任せに引っ張ったようだ。そのときに裏面の透明ポケットの内部に指が入ったんだろう。そこから葵の指紋と、別の成人の指紋が出ている。部分指紋だがな」

家族や他の関係者とも一致しない、第三者の指紋だった。

コース内の全ての池の水を抜く作業が始まった。雑木林の捜索も開始する。古谷が人をかき集め、二十五人が臨時の捜索に駆り出された。一時的にではあるが、五十人態勢だ。「あったぞ！」「見つかった！」という声が、あちらこちらから聞こえる。唐子カントリークラブでの捜索活動は活気に満ち溢れていた。

悪天候による予約キャンセルという運にも恵まれ、捜査本部は唐子カントリークラブの一斉捜索を一週間で終了させた。

結果、葵のランドセルのパーツの全てが揃った。ランドセルのフラップ、ショルダーなどが本体から分離されており、教科書が入る大マチ部分は四つに破壊されていた。池から出てきたのはフラップと大マチの一部のみで、残りは雑木林で見つかった。全て十番以降のホールにあった。枯葉に埋もれたそれらからは、第三者の指紋がはっきりと検出された。

バラバラにされ、劣化したランドセルを、奈良は脳裏に刻んだ。捜査本部に戻った。捜査会議が行われたが、半数がまだ出払っている。参加者は十人にも満たなかった。

「ホンボシが葵の私物の処理に困ってことに及んだ、ってことでしょう」

奈良は意見した。古谷も頷く。

「衣類やノート、教科書は燃やせる。筆箱などは不燃ごみに出せる。個性的な色のランドセルはごみに出したら足がつくと考えたのかもしれない」

多くの刑事が捜索している間、犯人は息を潜め、秋以降にランドセルを遺棄した。だが丸ごと捨てるには大きすぎると考えたのか、バラバラにした。

「ゴルフ場に捨てたとなると、営業時間外に忍び込んだのか、プレー中か……」

古谷が独り言のように呟いた。奈良はプレー中だろうと断言する。

「人気（ひとけ）のない時間に忍び込んでということであれば、ランドセルをバラバラにする必要はありません」

プレーを装って、池に投棄した。この池を最後に清掃したのは去年の八月三十日、営業時間終了後のことだ。

「八月三十一日以降、唐子カントリークラブでプレーした人物をしらみ潰しにあたるか」

古谷が決断しようとしたが、西入間署の副署長が疑問を呈す。第二方面本部一のゴルフ通だ。

「本当にコースを回っている最中に遺棄したんでしょうか。コースは基本、二人から四人で回るんですよ。普通はひとりじゃ回らない」

奈良は反論した。

「他の三人を置いて先にプレーしてホールへ進み、遺棄すればいいことでは？」

「いやいや、奈良君はゴルフ経験がないからそう思うのだろうけど、プレーが終わってない仲間を置いて先に行くなんて、マナー違反だよ。そんな身勝手なことをすると目立ってしまう」

基本、プレー仲間とはずっと一緒に行動する。朝食、プレー、ランチ、ティータイムなど、休憩時間も一緒だ。最後は揃って風呂にまで入る。

「ブツを遺棄した奴が、誰かと風呂に入ろうと思うか？」

「風呂に入らずに帰ったのかもしれない。あるいは犯人なら何食わぬ顔で入るのでは？」

「そもそも、ホールを回るときは基本、手ぶらだ」

ゴルフ経験者の捜査員数人が、副署長の意見に賛同した。プレー中、ゴルフバッグはカートに載せたままで、飲み物やタオルなどもバッグのポケットに入れておくという。

「女性なら化粧品とかを小さな手提げに入れて持ち歩くというのはあるかもしれないけど、ランドセルの部品なんか入らない。男は基本手ぶらだから、荷物を持っているだけで目立っちゃうよ」

「カートに私物をこっそり載せるスペースとか、ないんですか」

奈良の質問に、ゴルフ経験者たちが揃って首を横に振った。

「それなら、ゴルフバッグの空きスペースにバラバラにしたランドセルを詰め込んでホールを回ったとか？」

議論を重ねた。クラブを入れるスペースには、ドライバーやアイアン、パターなど基本的なクラブ十四本が入っているので、何かをしまい込むスペースはない。だが、いくつもある付属ポケットの中には、シューズや予備のゴルフボールを箱ごと仕舞うことのできるスペースがある。ここにならバラバラに切ったランドセルを詰め込めるのではないか。クラブを減らしてランドセルを入れたのではないかという意見も出た。

奥村は難しい顔をしていた。手を挙げる。

「ゴルフ場に捨てるという特殊性をホンボシが考慮しなかったとは思えませんよ。豪雨の日、目撃者が極端に減る時間帯を選んで証拠ひとつ残さず葵を誘拐しているんです。そこまで計画性がある人物が、プレー記録が残るゴルフ場で証拠品を遺棄するでしょうか」

奈良は「お言葉だが」と奥村を見る。

「ホンボシの警戒が緩んでいる、という筋読みもできる」

失踪直後、東上線車内で見つかった交換日記からは第三者の指紋は一切、出てこなかった。

「今回発見されたランドセルにはホシと思しき人物の指紋がついている」

奥村が渋々といった表情で頷いた。どれだけ不自然だと指摘されても、奈良はホールを回っている最中に遺棄したという説にこだわった。今後の捜査方針に影響が出るからだ。プレー中に遺棄することが不可能ならば、利用者を洗う意味がない。周囲の防犯カメラの映像を分析するだけだ。地元住民の生活道路である県道や国道の、八月三十一日以降のカメラを洗うとなると、対象車両は数百万台に上る。膨大すぎて捜査にならない。

「実験するか」

古谷が市内にあるゴルフ用品店に電話をした。協力を仰ぐ。奈良には三万円を渡した。

「これで格安のランドセルを買ってこい」

奈良は奥村と共にランドセル取扱店をあたったが、苦労した。ランドセルの販売の最盛期は夏場らしく、年明けに購入する者はほとんどいないらしい。三日かかってやっと手に入れた。

出てきた葵のランドセルを参考に、裁ちばさみやのこぎりを使って、新品のランドセルを七つに分けた。最も苦心したのは大マチ部分だ。プラスチックの板が丈夫な皮革の中に差し込まれている。最後にはトンカチやノミまで使った。

奈良と奥村は市内のゴルフ用品店へ向かった。

協力を快諾してくれたゴルフ用品店の店長は、最近の売れ筋というゴルフバッグを五つ用意して、待ってくれていた。七つに分解したランドセルをいくつもあるポケットに詰め込んでいく。

全てのゴルフバッグに、バラバラにしたランドセルを隠し入れることができた。唐子カントリークラブの利用者を洗う作戦にゴーサインが出た。

＊

東池袋にある豊ケ岡女子学園は、有名大学への進学率の高さを誇る都内屈指の私立高校だ。本校舎の講堂には美しい螺旋階段があり、モダンなシャンデリアが垂れる。入学式を終えた親子が写真撮影をしていた。

「沙希、今日は主人公よ。階段に立って」

母親に促されたが、沙希は自分にこういう場所は似合わないと思った。真新しい高校の制服はまだ体になじんでいなくて、肩に制服の重さを感じる。

母は誰よりも沙希の第一志望合格を喜んだ。体調は少しずつ回復しているし、最近は三食きちんと食べられるようになって、顔もふっくらしてきた。受験本番期間には何度となく目白にやってきて、寝食に支障をきたさぬように最善を尽くしてくれた。ただ、中学校の卒業式には出ていない。母は申し訳なさそうに言った。

「靴がないし、新しい靴を買いに行きたくないの」

母親は葵がいなくなったあの日、池袋でフォーマルシューズを購入していた。沙希は父親と相談し、トリーバーチの黒いパンプスを一足買って、母にプレゼントした。母は今日、それを履いて入学式に来てくれた。父親と並んで保護者席の最前列に座る。嬉しかった。

入学式後、東池袋の和食レストランに移動した。父親が予約していた。

年が明けてすぐ、両親は揃って親権を主張する訴えを取り下げた。「結局どっちが親権を持つことになったの?」と尋ねたら、父親がニコニコと「沙希も葵も、パパとママの子だよ」と言った。曖昧に答えたのは、照れ臭かったからだろう。父は「沙希の受験が落ち着いたら、みんなで一緒に暮らせるように持ちかけてみる」と言っていた。

和服姿の女性店員が「ご予約の石岡様、四名様ですね」と確認する。両親が力強く頷いた。座敷の個室へ案内される。「葵の飲み物を選んで」と母親に頼まれた。沙希はコーラを二つ頼んだ。父親はランチ御膳を四つ注文してから、沙希に一品料理のメニューを見せた。

「今日は沙希のお祝いだから。他に食べたいものはある?」

「鯛の尾頭付きとか」と母が笑う。沙希は店員に尋ねる。

「あの、エビフライって作れますか」

店員が答える前に、父親が沙希を諭す。

「今日は自分の食べたいものにしなさい」

「葵の大好物を食べたいの」

店員が確認をしに部屋を出て行った。

「日本料理屋だよ。エビフライは無理じゃないか」

おしぼりで手を拭きながら、父親が言った。母が笑いながら答えた。

「アジフライが一品メニューにあるし、コース料理にエビの天ぷらがあるから、できるわよ」

店員が戻ってきた。特別に作ってくれるらしい。

「まだいらしていないお客様のご膳は、いらっしゃってからお作りした方がよいですか」

「全部一緒に持ってきてください」

父がきっぱりと言った。飲み物が運ばれてくる。瓶ビールを母が父のグラスに注ぐ。母親も「少しだけ」と手酌しようとして、父親が注いだ。沙希は葵の分のコーラも持って、四つのグラスで乾杯した。

ご膳が運ばれてくる。葵の分の飲み物やご膳は三人で分けた。メニューにないエビフライは時間がかかっているらしい。予約の時間もあるので、父親は食後のデザートや飲み物を先に頼んだ。わらび餅が四人分、運ばれてきた。

父親はなぜだか、親指の腹で手の爪をさすり続けている。なにか思い出そうとしているかのようだ。最近、父親はこの仕草をよくする。

「実は、沙希に話しておきたいことがある」

父親がスーツの内ポケットから白い封筒を取り出した。『退職願』と書かれている。

「明日、支店長に出そうと思っていて」

沙希は驚いて、口に運ぼうとしていたわらび餅を落としてしまった。父親が咳払いをする。

「いま、融資部門で統括課長をやっていて、日付が変わる前に家に帰れない日がほとんどだ」

「仕事の後に坂戸に行っているからでしょ？」

「坂戸に行くために、たくさんの仕事を部下や同僚に頼んでいるんだよ。坂戸に行かなくても、忙しさは変わらない。それでやっぱり、社内で不満が出てきていてね」

最近は坂戸に行くのを断念して、平日は残業していたのだという。父親は申し訳なさそうな声で続けた。

「指先とか、爪とか、いまはきれいなもんだ。去年の夏は必死に泥をかき出して草を刈っていた。坂戸に行くのが週末だけになってから、手とか爪がどんどんきれいになっていく。それが耐えがたくもあった」

「でもお父さん、葵は事件に巻き込まれたんだよ。お父さんが仕事を辞めたからって見つかるとは」

「まだまだやるべき捜索はたくさんあると思う。警察は捜査本部を縮小させている。二月に奈良さんと会ったとき、彼の傷だらけの手を見て、このままじゃいけないと、お父さんは強く思った。それで会社の人ともいろいろと相談して、辞める手筈を整えたんだ」

沙希は母親の顔を見た。何も口出しせず、わらび餅を食べている。もう夫婦で話し合っていたようだ。改めて沙希は思った。両親は夫婦に戻っている。父親が力強く宣言する。

「毎日葵を捜す。もちろん生活があるから、週に何度かは働こうと思う。融資先の会社の人が、非常勤の経理職員ということで、雇ってくれることになって」

「給料、かなり減りそうだよ」

沙希が言うと、父親は苦笑いした。

「そうだね、三分の一くらいにはなっちゃうと思う。でも貯金もあるし、節約していけば問題はないと思うし……」

「まさか、タワマンの部屋、売るの？」

父親は律儀に、頭を下げる。

「沙希にはこれまでも、葵の件でいろんな我慢や苦痛を強いてきて、本当に申し訳ないと思っている。それでも沙希は乗り越えて、第一志望に合格した。その祝いの席で、この話をするのは気が引けたが……」

父親は口ごもったあと、辛そうに言った。

「葵がいなくなって、あと三か月で一年経つ。一年、経ってしまうんだ」

襖が開いた。

「お待たせして大変申し訳ありません」

葵の大好物のエビフライが、片付いたテーブルに出された。

四月の終わりに親善スポーツ大会がある。沙希はドッジボールの練習をしていた。内野にはまだ十人残っている。相手チームの外野にボールが渡った。

逃げながら、考える。もう少ししたら目白のマンションを出なくてはならない。たぶん、坂戸に戻らざるをえなくなる。

ボールがお尻のすぐ脇を掠める。飛びのいた。坂戸という町に追いかけられている気がした。

ドッジボールはあまり好きじゃないが、毎日の練習を通して、一気に友達ができた。高校生活は充実している。今日はクラス対抗で練習試合をしている。沙希は一年一組で、対戦相手は三組だ。三組の内野の女子がひとり、ボールを受け止めた。おかっぱ頭のその子はすぐさま沙希を狙った。ボールは足首に当たった。外野行きだ。ラインを越えながら、ボールを当てた女子を見た。彼女は仲間たちとハイタッチしながら、沙希に微笑みかけてきた。

試合終了後、グラウンドの隅で水筒のお茶を飲んでいると、沙希にボールを当てた子が話しかけてきた。六中出身者だった。顔は覚えていたが、名前がわからない。一度も同じクラスにならなかった。教えてとも言えず、もじもじしてしまう。

「さっき、当てちゃってごめん」

「ううん、いいよ。本気の勝負じゃないと、燃えないし」

沙希が六中で最後に起こしてしまったことを思い出す。給食のスープをひっくり返してしまった。彼女も知っているはずだ。高校でバラされたらどうしようと、目の前が真っ暗になる。相手は親密そうに、声のトーンを落として尋ねてきた。

「ねえ、石岡さん。藤岡綾羽のこと、覚えている？」

葵の親友の姉だ。沙希を「雑魚」と呼び、スクールカーストの頂点に立っていた。

「覚えているけど、最近のことはわからないんだ。突然の引っ越しとか受験で、いっぱいいっぱいだったから」

「そうだよね。藤岡さんとこ、一家離散したらしいよ」

家族がバラバラになったということだろうか。沙希は目を丸くした。

「葵ちゃんと、藤岡さんの妹が仲良かったでしょ。あの件で、鶴舞にいられなくなったっていう話だよ」

沙希は返事ができなかった。女子生徒は慌てて、付け加える。

「あ、ごめん。もし思い出したくないことだったら……」

沙希は首を横に振った。

「うちの家族はいまでも葵を必死で捜しているから。葵に関することなら、なんでも教えて」

ほっとしたように、彼女が笑顔を見せた。

「藤岡さんのお母さんは、あの豪雨の日に葵ちゃんを送ってやらなかったことで、鶴舞中から集中砲火だよ。それで引っ越しちゃったの」

今年に入って夫婦仲が険悪になり、離婚したらしい。綾羽は父に引き取られて、絵麻は母と暮らしている。

「絵麻ちゃんは次の小学校にうまくなじめなくて、引きこもりとかいう噂だし」

彼女は少し、得意気な顔をしているように見えた。

「沙希ちゃーん!」

クラスメイトが呼んでいる。新しい友人の元へ、沙希は走り去った。

学校はまだ通常授業が始まっておらず、午前中で終わった。サンシャイン60の前で千尋と待ち合わせをした。お互いに高校の制服姿で会うのは初めてだ。照れ臭い。

アルパのファミリーレストランでランチセットを食べた。話題は尽きなくて、ドリンクバーを何杯もお代わりした。千尋は男女共学の私立高校に通っているので、素敵だという男子の話になる。沙希は女子校だし、中学時代からあまりそういう気持ちになれなくて、千尋が大人に見えてしまう。

「沙希、部活はどうする?」

「来週から部活見学が始まるけど、新聞部がいいかなーって思ってるよ」

千尋は意外そうな顔をした。葵の事件のせいでマスコミには散々嫌な思いをさせられた。千尋にもたくさん愚痴をこぼした。

「だからこそ、なんだよね。自分だったらこう伝えるのに、とか。自分だったらそんなこと聞かないのに、とか……」

いずれ引っ越すことも千尋に話した。せっかく目白に戻ってこられたのに、またお別れだ。

「どこで暮らすの？」

「坂戸だよ。葵を捜索しやすいし」

「そっか。池袋までなら電車一本だから、通学はできるしね。人でごちゃごちゃしてないし。坂戸の空が低い感じ、好きだな」

沙希が坂戸に住んでいたころ、千尋は何度も遊びに来ている。葵と三人で高麗川の土手を歩いた。葵が緑の芝生が生えた土手をゴロゴロと転がってみせたのを、千尋は目を丸くして見ていた。葵は口の中に草が入ってしまい、苦そうな顔をしていた。沙希と千尋で大笑いした。

「また遊びに行くね。楽しみだな」

沙希は大きく頷いた。

「葵ちゃんが見つかると信じてるよ。家族がそこまでがんばってるんだもん」

ファミレスで三時間もしゃべっていた。家に着いたのは午後三時半過ぎだった。電話が鳴っている。沙希は手も洗わず、リビングの固定電話の受話器を取った。

「石岡さんのお宅で、よろしかったでしょうか」

堅苦しい口調で、男性が尋ねる。

「私、渋谷警察署の山崎と申します。えーっと、もしかして沙希ちゃんかな？」

そうだと答える。埼玉県警ではないけれど、同じ警察だから、名前を知っているのか。警察官が「よかった」と嘆息する。「お姉ちゃんが出たよ」と優しい調子で誰かに言い聞かせている。何が起きているのか、わからない。

「実はね、妹の葵ちゃんなんだけども、いま、うちで保護しています」

鼓動が大きく速くなり、立っていられないほど、膝が震え出す。声が上ずった。

「ほっ、本当ですか。いま両親に――」

沙希が言い終わらないうちに、相手は告げる。

「実は葵ちゃんがね、両親には知られたくないって」

どういうことなのか。絶句していると、電話の相手が代わる。

「わかる？」

少女の声だ。まさか――。

「お姉ちゃん！」

葵なのか。泣いている。

「ねぇ、お姉ちゃん！　ねぇ、ねぇ！」

受話器を持つ手が動かない。相手の声が遠くに聞こえる。

「本当に葵なの？　いままでどこにいたの！」

思わず叫んでいた。しばらく、泣き声しか聞こえなかったが、不意に葵が言う。

「連絡できなくてごめん。パパとママにはまだ言わないで」

葵が一年生のとき、父親のマグカップを割ってしまったことを、沙希は思い出した。怒られるのを恐れ、葵は両親に伝えることを頑なに拒んだ。いまのように泣きじゃくっていた。

どうすればいい。葵の泣き声は止まなかった。警察官に代わる。

「もしもし、山崎ですが——」

「あんた、石岡葵の姉か⁉」

別の男の怒号が飛び込んできた。沙希は受話器を落としそうになる。

「あんたの妹がヤクザと振り込め詐欺やって、それでうちの母親から一千万円もむしり取ったんだ。どうしてくれるんだよ！」

沙希が答える間もないまま、再び警察官が電話に出た。

「ごめんなさい。ちょっと混乱してます。端的に言いますと、妹さんは家出して、詐欺組織で受け子をやっていたようなんです。受け子ってわかるかな。騙された被害者から直接お金を受け取る役です」

泣きじゃくる少女の声が聞こえる。男の怒鳴り声も混じった。警察官は淡々と説明する。

「被害女性の息子さんが自力で捕まえたんだけど、もう暴力団にお金を渡しちゃったあとでね。とりあえず、息子さんは彼女を連れて交番に来たわけなんだけども」

「ちょ、ちょっと待ってください。葵は小学生で、詐欺の受け子なんてできるはずないです」

　相手が呆れたような声を出す。

「現行犯なんだよ。私の目の前でこうして犯行を認めて謝っている。君の言いぐさだと、警官の私が嘘ついているってことになりますけど、妹さんの捜索でこれまでどれだけの警察官に苦労をさせてきたと思っているの？」

　沙希は咄嗟に謝った。

「警視庁としても、とりあえず埼玉県警の捜査本部の方に一報を入れる前に、葵ちゃん本人の希望でお姉さんに電話をしているんです」

　警察は詐欺の方は穏便にすまし、葵を家に帰したいらしい。

「お姉さんの方で弁済できる分はしてもらえたら、被害者の方ももういいって言ってるの」

「でも、一千万円も無理です。お父さんに――」

　山崎がまた遮る。

「あのね何度も言ってるでしょう。葵ちゃんはあなたを頼ってるんですよ。お父さんにこんなことバレたら、それこそ葵ちゃん帰れないよ、あっ……」

何があったのか、電話の向こうが騒がしくなる。「取り押さえて！」という山崎の声が聞こえる。

「一旦切るよ。葵ちゃんが逃げ出した」

「待てこらぁ！」という男性の叫び声が聞こえたあと、電話が切れた。ツーツーという音だけが聞こえてくる。沙希は受話器を置き、自室に飛び込んだ。勉強机の引き出しを開けて、ゆうちょの通帳を開く。お年玉はほとんど、この口座に入っている。七十万円しかなかった。

再び電話が鳴った。沙希は部屋を出て廊下の電話に飛びついた。

「パパに絶対叱られる……。怖くて帰れないよ。お姉ちゃん、助けてお願い……」

葵が泣きながら訴えた。警察官が電話を代わる。

「もしもし、何度もすいません。渋谷警察署の山崎です。あの、それでですね——」

「ごめんなさい、なんとかしたいんですけど、私、七十万円ぐらいしか手元になくって」

「七十万円か……ちょっと待ってね」

電話口で警察官と男が話している声がする。葵のすすり泣きも聞こえた。

「もしもし沙希ちゃん？　こちらの男性がね、相手はまだ小学生だし、彼女も被害者と言えなくもないから、七十万でいいって。よかったね」

沙希はほっとした。

「ただ、お父さんたちに気づかれたくないからね、また葵ちゃん逃げようとしちゃうから。お金はすぐに準備してほしいんだ」

沙希は腕時計を見た。午後三時四十分。

「口座はどこの銀行かな」

「ゆうちょです」

「じゃあ、ちょっと大急ぎで。貯金窓口が閉まっちゃうと困るから。ＡＴＭだと五十万円までしか出せないんですよ。一番近い郵便局はどこかな」

被害者の男性と新宿下落合三郵便局で待ち合わせ、現金を渡すように言われる。

「被害届を取り下げてもらってから、改めて埼玉県警の方に葵ちゃんの身柄を渡します。あとのことは、埼玉県警からの連絡を待ってください。お姉さんは急いでくださいね」

沙希は通帳と印鑑を握りしめ、自宅を飛び出した。

＊

奈良は奥村とさいたま市中央区の路地裏を歩いていた。

汗ばむほどの陽気だ。木漏れ日がまぶしい。新緑の季節らしくなってきた。雀のさえずりが聞こえる。うぐいすも鳴いていた。

ランドセル発見から三か月経った。捜査本部は唐子カントリークラブの会員権を持つ人物をまだ洗っていた。会員はおおよそ二千人いる。うち去年の八月三十一日以降にプレーしていない会員を抜いても、六百人が残った。性犯罪の前科がある人物をふるいにかけると、ひとりも残らなかった。

時間がかかる捜査だとわかってはいたが、焦りと苛立ちばかりが募る。沙希が詐欺被害に遭ったと警視庁の目白警察署から一報が入ったときには、誰もが二の句を継げないほどだった。二次被害が出るまでに家族は追い詰められている。詐欺の犯人もまだ捕まっていない。

奥村も不機嫌な顔をしていた。ゴルフ場でプレーしながらランドセルを遺棄するという方法に疑問を呈していたうえ、法人会員の担当を任されたからだ。利用者の中には、法人の会員権を使った人物が百名近くもいる。

埼玉県歯科医師連合会の事務局がある雑居ビルに入った。アポを取っていたのでスムーズに応接室に通される。テーブルにオレンジ色のファイルが準備されていた。表紙に『唐子カントリークラブ予約票』と記されていた。会員であれば、個人名を出さずとも唐子カントリークラブでプレーをすることができる。

早速、ファイルをめくる。平成二十八年度のリストの名前や現住所、日付を確認する。土日には会員の誰かしらがプレーしていた。八月三十一日以降を目で追った。のべ七十人いるが、同じ名前が頻繁に出てくる。実際の人数は三十八人だった。

事務員の了承を取り、一覧表をコピーした。ひとりひとりに会って聴取するが、優先順位をつける必要がある。奈良は照会センターに電話をかけた。前科者を洗い出す。

氏名からどうぞ、と女性が応対した。

「鈴木良明（すずきよしあき）」

漢字を説明する。生年月日を尋ねられた。リストに記載はない。「不明」と答える。現住所は埼玉県さいたま市南区になっていた。

「該当ありません」

「了解。次、安岡（やすおか）……これなんて読むんだ。恵む、という字に中庸の庸」

「なんでしょうね。とりあえず漢字だけで入力して検索します」

住所の確認もしていないのに、該当なしの返事があった。先ほどの鈴木良明は同姓同名の前歴者がいたので、住所確認までしたのだろう。淡々と照会をこなす。該当なしのまま、半分まで終えた。スマホを当てた右耳が痛くなってきた。

「次、広沢義之（ひろさわよしゆき）」

漢字を説明し、東京都世田谷区赤堤の住所も読み上げる。

「該当ありです」

奈良はスマホを左耳に当て、罪状を尋ねた。

「平成十五年九月七日、警視庁北沢署管内において婦女暴行容疑で逮捕、起訴されています。裁判では無罪になっています」

奥村が広沢の氏名住所をメモに書き取り、部屋を出て行った。会員名簿を探れば、生年月日や出身大学などの詳細が出てくる。

奈良はリストの照会を続けたが、頭の中は広沢義之でいっぱいだった。早く顔を拝みたい。

奥村が戻ってきた。奈良は電話を保留にして「なにかわかったか」と尋ねる。

「広沢義之、昭和五十一年生まれの四十一歳。明桜大学歯学部出身です」

明桜大学歯学部のキャンパスは坂戸市内にある。

「土地勘ありだな」

奈良はリストの『広沢義之』に二重丸をつけた。

奈良と奥村はビルを出た。さほど時間は経っていないはずなのに、日差しが妙にぎらついている。

「もう夏だな」

奥村がスマホで世田谷区赤堤までのルートを確かめている。

「とりあえずＪＲで新宿まで出て、そこから小田急線です。最寄りは豪徳寺駅です」

ＪＲ与野駅へ向かいながら、奈良は広沢義之について電話で本部に報告した。古谷の声が上ずっている。広沢の自宅兼仕事場となっている『ひろさわ歯科医院』で様子を確かめてから、管轄の警視庁北沢警察署に行くことにした。ランドセルから出た指紋と、広沢が警視庁に逮捕された際の指紋を照合するのが早い。

「北沢署には俺の方から依頼しておく。ランドセルの件でしょっぴくとなったら、管轄の東松山署に動いてもらわねばだな」

決めたらすぐに動く。決断力のある古谷の下にいると働きやすい。

新宿で小田急線に乗り換えた。奥村によると、豪徳寺という寺は商売繁盛のご利益で有名だという。

「帰りに寄っていきますか。ゲン担ぎに」

「バカ言えよ。警察が商売繁盛したらまずい」

森川にも同じことを今年の初詣で言った。

豪徳寺駅に到着した。駅の西側は東急世田谷線と交差している。路面電車の踏切の音を聞いていると、下町にいるような気分になる。ひろさわ歯科医院は住宅街の一角にある。マップアプリを頼りに向かった。駅前や緑道などは人の姿があったが、一歩住宅街に入れば、静かだ。

ひろさわ歯科医院はその一角にあった。看板は鉄枠が錆びて、赤茶色の筋が入る。出窓の横に診療案内が出ていた。

「院長が広沢義介になってます。父親かな」

出入り口の扉のはめ込み窓は薄汚れていて、中がよく見えない。『診療中』の札が出ていた。出窓はブラインドが中途半端に下りている。読売ジャイアンツのマスコット人形が飾ってあるが、ブラインドに押し潰されている。

広沢義之本人の顔や雰囲気を知っておきたかった。奈良は奥村を待たせ、扉を開ける。昔の喫茶店のようにドアベルが鳴った。受付に中年の男が新聞を広げて座っている。半袖白衣姿だ。来訪者に驚いた顔をしている。

「すいません。急患、受け付けているって」

「初めてですか」

頷く。保険証を出すように言われ、問診票を突き出された。

「医者の指定はできます？　広沢義介先生」

「父はもう引退してます」

「あ、じゃあお宅が広沢義之先生？」

広沢が頷いた。きりっとした眉毛が特徴的で、目元は優し気だ。甘いマスクをしている。髪はぼさぼさで白髪交じりだった。

「よかった。いや、会社の上司がね、ここがいいって勧めてくれたんでね」

「へえ」と広沢は意外そうに笑った。

「すぐ診てもらえる上、早いって」

言いながら、院内に視線を走らせる。待合室の向こうに、診察台が二つ見える。古いが清潔そうだ。患者の姿はない。広沢が苦笑いする。

「流行ってるところは一度に二十分ぐらいしか治療しないからね。何度も来る羽目になる」

うちは一気にやるから。保険証を、と広沢が促した。

「俺じゃなくて、娘なんです。小五の。たったいま学校から連絡があって、体育の授業中に顔面ぶつけて歯を折ったらしくてね」

「折れたのはどこの歯です？」

「上の前歯二本も」

「それなら、うちじゃなくて大学病院の口腔外科に行った方がいいですよ」

小学五年の少女を出したが、広沢の表情に変化はない。生真面目に答える。

「前歯が折れるほどの衝撃を顔に受けたとなると、上唇が腫れてたり、ひどい裂傷を負っている場合がほとんどでしょう」

前歯の治療の際は上唇をめくりあげて治療するが、傷が深いとそれができないらしい。

「うちじゃちょっと対応できないなー」

奈良は礼を言って歯科医院を出た。

北沢警察署は小田急線の隣の梅ヶ丘駅が最寄り駅だ。歩いて行くことにする。

「どうでした、広沢は」

「歯医者としては悪くなさそうだ。地元で逮捕されたというのに、同じ場所で続けているなんてなぁ」

無罪とはいえ、悪い噂がたったはずだ。

北沢警察署に到着するころには、二人揃って汗だくになった。署の一階の受付で事情を話す。刑事組織犯罪対策課のフロアに案内された。課長が対応に出てきた。

「これが平成十五年のひろさわ歯科医院でのわいせつ事案です。十四年前のことで、もううちの署に知っている者がいませんで。指紋についてはデータを埼玉県警本部へ転送しました」

課長はそれだけ言って、立ち去った。奈良と奥村は簿冊に目を通す。

平成十五年、一組の親子が管内の交番を訪れ、娘が歯科医院でわいせつ行為をされたと訴えてきた。被害者は十七歳の女子高校生だ。歯の詰め物が取れ、ひろさわ歯科医院に行った。医院内に他に客はおらず、受付も助手もいない。広沢が制服のミニスカートの下の太ももをチラチラと見るので嫌な予感がした、と女子高生は被害届の中で訴えている。詰め物を詰め直してくれるだけでよかったのに、レントゲンを撮られ、あれこれ治療を勧められた――。

女子高生には興味があっても、小五の少女にはないか。

この女子高生は治療に用いる部分麻酔で昏睡させられ、レイプされたと訴えている。裁判では歯科医院にある部分麻酔で意識を失うかが焦点になったが、結果は無罪だ。

古谷から電話がかかってきた。声のトーンが落ちている。悪い知らせだ。

「奈良、いまどこだ」

「北沢署で、広沢が逮捕された強姦事件の簿冊読んでます」

「すぐ撤収して、次あたれ」

広沢とランドセルの指紋が一致しなかったという。

二〇一七年七月四日、奈良は忸怩たる思いで、朝八時からの定例の捜査会議に出席していた。

古谷がひな壇で熱弁を振るっている。一年経ち、どんどん情報が少なく、また古くなっていく中で、いかにひとりひとりの捜査員が知恵を絞り……。むなしい激励だった。

この一年、奈良が休みを取ったのは元日のみだ。地を這うような捜査をしてきた。葵は見つからない。

唐子カントリークラブの会員や利用者を洗うローラー作戦は終わっていない。だが、奈良の中で広沢の一件が尾を引いていた。垂らした釣り糸にやっと反応があったのだ。満を持して引いたが、全くの別物だった。この失望感を何度味わってきたか。経験を積んだ奈良でさえ、次も外れだという無意識のバイアスがかかる。捜査に気分が乗らない。若い奥村の顔にも顕著に表れていた。

捜査本部の士気を高めようと、古谷が試行錯誤する姿が痛々しい。ハイテンションで笑いを取ろうとしたり、ツァラトゥストラの一節を引用して哲学者めいた話を突然したり、指揮官が迷走している。捜査員はそれを笑えないほど、疲弊していた。

会議後、緩慢な雰囲気が流れる中、刑事たちはローラー作戦の現場に散る。奈良と奥村は一週間前から、群馬県内にいる会員二十人をあたっている。まだ三人としか接触できていなかった。

捜査本部を出ようとして、古谷に呼び止められた。十五時までに坂戸へ戻ってこいという。

「今日群馬ですよ。無理ではないですけど、それではひとりくらいしか回れません」

「構わない。十五時の坂戸駅前のパフォーマンスに出席してほしいんだ。お前ら、家族担当だろ」

今日で失踪からちょうど一年だ。葵の父親が坂戸駅でビラ配りをするのだという。県警からは刑事部長も出るそうだ。

「父親がじかに県警本部に頭を下げに行ったらしい。なにせ、マスコミの関心は薄れている。ある程度の役職者が来ないと、ニュースにされないからな」


奈良と奥村は予定通り、十五時に坂戸駅に戻った。

からりと晴れて、青空が広がっていた。駅周辺は警察官の数が異様に多い。本部の刑事部長の取り巻きたちだろう。

二階の改札口では多田捜査一課長、第二方面本部長らもビラを配る。全員が『捜査』と刺繍された紺色の腕章を腕に巻いている。二階の改札口には、さかろんという坂戸市のゆるキャラ人形が置いてあるが、黒いスーツ姿の男が集い、物々しい雰囲気だ。

父親の征則は淡々とビラ配りをしている。他の家族の姿はない。沙希は詐欺の件で落ち込んでいるそうだ。

母親も来ていない。沙希が入学式を迎えた春ごろは、顔つきもふっくらして元気を取り戻していたように見えたが。

坂戸駅の改札口は人の波にムラがあった。電車がやってくると、十人のビラ配りでは追いつかないほどに乗客が溢れる。改札機がＩＣカードに反応する電子音が、洪水のように奈良の耳に押し寄せる。

葵が最後に確認された十七時が迫ってきている。征則が腕時計を気にしていた。奈良が声をかけると、静かな調子で答えた。

「七月四日の午後五時は、あの田んぼの一本道で迎えようと思っているんです。今日はありがとうございました」

征則は深々と頭を下げ、改札前から立ち去ろうとした。つい、その腕を摑んだ。かける言葉は見つからない。

娘が消えた場所に一年後の同じ時刻、佇む父親――ひとりで大丈夫なのだろうか。征則が穏やかな様子で尋ねる。

「一緒にいらっしゃいますか」

奈良はビラを奥村に押し付け、征則の後に続いた。

征則の車はレクサスから黒のワンボックスカーに変わっている。レクサスはボンネットをマスコミに凹まされた。小回りがきく車にしたのかと奈良は思ったが、征則は苦笑いで言う。

「レクサスを売って、中古車を買いました。これからは節約人生です。仕事を辞めたので」

シートベルトに伸ばした奈良の手が止まる。

「辞めたって、銀行でしたよね」

大手都市銀行の支店で課長を務めていた。簡単に手放せる地位ではないはずだ。征則は軽い調子を装っている。

「退職したいま、人からずいぶん恨みを買っていたんだなと改めて気が付きました。融資の決定権を持っていましたので。実際、私が融資打ち切りの判断をしたことで、倒産した食品会社がいくつかあったんですよね」

沙希が被害に遭った詐欺事件の話に飛んだ。先日、犯人グループの何人かが捕まったらしい。石岡家の情報はネットの闇サイトで購入したという。またダークウェブだ。

「情報を売っていたのが、仕事上付き合いのあった会社の元経営者だったんですよ」

数年前に征則が融資の打ち切りを決定し、倒産してしまった会社だった。

「詐欺とか宗教の勧誘の電話は、ほとんど坂戸の方にかかってきていたんですよね。目白にかかってきたことはない。だから沙希は騙されてしまったんでしょう」

征則への恨みから沙希が事件に巻き込まれた。葵の失踪もその線なのか。考えていると、征則は引っ越しの話を始める。

「目白のマンションも仲介業者が決まって、いま売却先を探しているところです」

家まで売る。征則はなんでもないような表情で、車を発進させた。

「奥さんはどうされていますか」

車は関越自動車道のトンネルを抜けて、花影町に入る。

「春ごろには体重も戻りつつあって、元気になったんですがね。梅雨に入った六月からまた下降線です。頭痛や動悸、倦怠感がひどく、夕方になると過呼吸を繰り返すようになって……」

梅雨どきでも、日が差せば夏の気配を感じる。街路樹や田んぼの緑が段々と濃くなる。娘がいなくなった一年前と、気候や景色が似通ってくる。

「被害者や被害者家族によく起こる心身の症状ですね」

「やはり、そうなんですか。クリニックでもそう言われました」

奈良は断言する。

「犯人が逮捕されても、世間が忘れても、被害者家族は同じ日が巡るたびに恐怖と苦痛を覚えます。それが薄れること、ましてや消えることはないんです」

征則はしばらく考え込んでいた。やがて静かに問う。

「そこに希望はないんですか」

　今度は奈良が押し黙る番だった。

　第七小学校の正門前を通過した。左折する。東門が見えてきた。田んぼの一本道が、緑の絨毯の上をまっすぐ貫く。奈良は時計を確認した。十七時を過ぎたところだ。

　一年前のあの日は豪雨が降った。いま、空は真っ青に晴れ渡っている。入道雲が湧き上がる音すら聞こえてきそうなほど、現場は静まり返っていた。

　征則が車を路肩に停めた。

「少し、歩いてきます」

　奈良は何も言わずに見送った。生死もわからず、娘がいなくなった事実だけが変わらない。父親は途方に暮れたように、田んぼの一本道を行く。農家の前に差し掛かった。軒先の向日葵が今年も咲いていた。


　季節は巡る。

　現場近くの田んぼの稲がまた収穫された。同じころ、唐子カントリークラブの会員や利用者に対するローラー作戦が完了した。身元のわからない者がひとり残った。

　ネットで予約した人物だ。最近増えてきたひとり客で、知らない人同士でプレーする。登録名は真壁巧、四十五歳。住所はさいたま市になっていたが、調べてみると空き地だった。氏名と生年月日でマエや免許証情報を確認したが、該当なし。すべてがデタラメだろう。真壁は二〇一六年の十一月十二日のただ一度だけ唐子カントリークラブを利用していた。

捜査本部はこの男を『M』として追うことになった。


奈良と奥村は越谷レイクタウンに来ていた。日本最大規模のショッピングモールがあり、年間来場者数は東京ディズニーランドよりも多い。大人の鬼ごっこのようなバラエティ番組の撮影も行われる。奥村もたまの休日に家族と訪れるらしい。奈良は初めて来た。奥村の案内で、ゴルフ用品店へ向かう。

営業開始時間の直前、店員がクリスマスツリーを片付けていた。今年ももう、終わってしまうのか。時間が過ぎ行く早さに追いつけていない。女性店員に声をかけた。

「すいません。警察なんですが、店長はいますか」

警察手帳を見せる。女性はぎょっとしたように、奈良と奥村を交互に見る。

「私が店長ですけど」

つけまつげをしている。アルバイトかと思っていたが、女性は派手なネイルをした手で、丁重に名刺を出した。高部菜々という名前の横に店長の肩書がついている。

「お忙しいところをすみません。こういう客が買い物に来たことはないか、確認したいのですが」

奥村が、懐から似顔絵を一枚、出した。Mと一緒に唐子カントリークラブのコースを回ったうちのひとりの証言で作成した似顔絵だ。

捜査本部は二十五人の捜査員全員を県内のゴルフショップに散らせていた。Mがネット予約した際のIPアドレスから身元を突き止められると考えていたが、甘かった。またあのオニオン・ルーティングだ。アクセスはトーアブラウザからのもので、暗号化もされている。IPアドレスを突き止めることができなかった。

トーアブラウザ使用という特殊性から、やはり犯人は『ファルコン・ハイツ・ロード』で葵を見つけ、誘拐したという線が濃い。

高部店長が似顔絵を見つめる。Mは特徴を捉えにくいのっぺりとした顔つきだ。目が細く、瞼に傷跡がある。

「どうでしょう。この店に来たことはあるでしょうか」

「ちょっとわからないです」

高部が申し訳なさそうな顔をして、似顔絵を返した。

「それじゃ、こっちの男はどうです」

奥村がもう一枚、似顔絵を出した。こちらは『Ｍ２』と呼ばれる似顔絵だ。最初に出したのは『Ｍ１』。もう一枚、『Ｍ３』がある。

一年前にＭとホールを回った三人は、記憶が曖昧で証言もバラバラだった。三人の証言を統合した似顔絵ではなく、それぞれの証言ごとに似顔絵を作らせた。古谷のこの判断が吉と出るか、凶と出るか。

三枚出揃った似顔絵は見事なまでに別人だ。誰の証言が一番信憑性があるのか判断できない。結局、捜査員はこの三枚の似顔絵を持って聞き込みしていた。

高部店長は困惑顔だ。「わからないです」と返した。奈良は「もう少し、特に目をよく見てくれませんか」と促す。

「さっきの似顔絵より、目が若干丸くて大きいんです。瞼の傷はありません」

表情を変えぬまま、高部が見返してくる。

奈良はあきらめて、奥村にＭ３の似顔絵を出させた。こちらは、垂れ目で優男（やさおとこ）風だ。やはり瞼に傷はない。瞼の傷を証言したのは、三人のうちひとりだけだった。

三人の証言の共通点は、Ｍの帽子だけだ。オークリーの白いストレッチキャップをかぶっていた。大量生産品で、キャップから絞るのは厳しい。ゴルフウェアも同じだ。高部店長はＭ３の似顔絵をまじまじと見つめている。なにか心当たりがあるのか。奈良が期待したところで、高部店長が苦笑いする。

「全然わかんないです。週末には数百人のお客様の対応をしますから」

奈良と奥村は越谷レイクタウンを後にした。

西入間警察署に戻る。二階の捜査本部では、三枚の似顔絵を貼り出したホワイトボードの前に、幹部がいた。公表すべきだと主張する署長と古谷が対立している。

「公表しても信憑性に欠ける情報が集まって捜査員が疲弊するだけだ」

カントリークラブの防犯カメラの映像は残っていなかった。Mはレストランで朝食や昼食を摂り、カフェではコーヒーを一杯飲んでいるが、指紋は残っていない。一緒にプレーした三人ともMの所有車を見ていないから、幹線道路のNシステムや監視カメラ映像は手を付けていない。対象車両は一万台と聞いて、古谷が捜査員を回す余裕はないと断念したのだ。

Mがコース内に持ち込んだのはゴルフバッグのみだ。メーカーはわからない。ランドセルを遺棄するためなのか、とにかくプレーがせっかちで、ひとりで歩いてさっさと先のホールへ進んでしまったという。この点については三人の記憶が一致していた。

コースを回り終えた後、Mは風呂も入らず、ゴルフウェアのままカントリークラブを出てしまった。三人は特に気にかけなかったという。

Mの出現から一年という時間が、捜査を阻む壁になった。

奈良と奥村は大晦日も、Mの三枚の似顔絵を持ち、首都圏のゴルフショップを回っていた。ゴルフ用品をネットで購入していたら無駄な捜査だが、やらないわけにはいかない。県内のカントリークラブでも、捜査員が聞き込みしている。めぼしい情報は全く上がってこない。

今年も捜査本部で年越しか。奥村と西入間警察署に帰る道すがら、奈良はため息をつく。

「お前、年末年始ぐらい帰れよ。関取のところへ」

「もちろんです。ていうか関取じゃないって言ってるじゃないですか、ほら」

娘の最近の写真を見せてもらった。ハロウィンパーティでお姫様の仮装をしている。細いおさげ髪が可憐だ。今年の年賀状と比べても成長している。葵がいなくなってそれだけの時間が経ったのだ。奈良は年越しそば用のカップ麺を買ってから、西入間警察署に戻った。

受付に座る行政職員に声をかけられた。奈良の着替えの差し入れを受け取っていた。真由子が大晦日に外出できるはずがない。今晩あたりコインランドリーに行こうと思っていたが、母親が届けたのだろうか。尋ねると、「いえ、いつも通り、妹さんが」と行政職員は答えた。

二階にある捜査本部に上がった。『坂戸市石岡葵ちゃん失踪事件』の垂れ幕が、取り外されていた。中では捜査員たちが調書や捜査資料を段ボール箱に詰めていた。庶務係員は捜査本部の専用電話を床下のジャックから抜いている。ホワイトボードもまっさらだった。古谷が作業の指示をしていた。奈良を見て言う。

「奈良、撤収だ」

森川と小山も、調書を段ボール箱に詰めていた。やりきれないという表情だ。捜査本部は解散する。刑事総務課の継続捜査係が捜査を受け継ぐことになる。専従捜査員はいなくなり、継続捜査係がこれまでの資料や情報を一から洗い直す。

とうとうこの日が来た。奥村が古谷に嚙みつく。

「ちょっと待ってください。最後に、これまで浮上した容疑者たちを徹底的に洗い直しましょうよ。浮島とか、朝倉グループ、岡部や中本、広沢だって。そういえば、妙なＮＧＯの早乙女とか、もう一度洗う価値はありますよ」

古谷が奥村の目を覗き込む。

「いま挙げた奴らの中に、Ｍはいるのか」

奥村は諦めきれないようで、奈良を見た。

「奈良さん話してたじゃないですか。沙希が詐欺被害にあった件は、父親が仕事上で恨みを買ったのが原因だったと。葵の件もその線で捜査し直すというのはどうですか！」

古谷が奥村の肩を叩く。

「時間切れだ」

素早く一同に、指示を出す。

「奈良班は先週川口のラブホで起きた強殺事件の捜査本部に入れ。一応、係長に確認取っておけよ。あ、それから──」

一歩行きかけた古谷が、奈良に向き直る。全てのパーツがでかすぎると思った彼の顔は今日、しゅんと小さくなったように見えた。

「お前、家族担当だったよな」

「わかってます。俺から伝えます」

その前に上司に確認して、部下に指示を出さなくてはいけない。奈良はスマホで県警本部にいる係長に電話をかけた。二言三言で電話を切り、森川と小山に言う。

「お前ら、三が日が終わったら川口署の捜査本部に入れ」

「久々に三が日休めるのか。ありがたい」

小山はわざとらしく伸びをした。森川が口を開く。

「奈良さんはどうするんです？」

「俺は諸々所用を済ませたら、そのまま川口に入る」

川口で強殺事件が起きていたなんて全く知らなかった。概要を摑んでおきたい。部下を持つようになれば、率先して気持ちを切り替える必要がある。

「奥村、元気でな。刑事課の電話借りるぞ」

奈良は一年半一緒だった奥村の肩を叩いて、会議室を出た。刑事課に入る前に廊下で自宅に電話をかけた。母親が出る。

「次は川口署だと、真由子に伝えておいて。ていうか、今年は引きこもっていないのか」

母親は、「まあ大丈夫そうよ」と返事を濁した。すぐに話を逸らす。

「坂戸の子、見つかったの」

「お宮入りだ」

電話を切った。刑事課に入る。強行犯係長の呉原は黄ばんだ広報誌の表紙をじっと見つめていた。よさこい祭りで踊る葵がそこにいる。

奈良は受話器を取った。父親のスマホの番号は暗記していた。この番号もいつか忘れてしまわねばならない。忘れられるのか。そこに希望はないのかと問うた、父親の顔を思い出した。

第三章　音

沙希は仕出し弁当をつつきながら、ペットボトルのお茶を飲み干す。緊張でのどがカラカラだった。

毎夕テレビの放送スタジオに来ていた。巨大迷路のような建物の中の、出演者控室にいる。大部屋と呼ばれ、中央のソファは十人くらい座れそうなほど大きい。父親と並んで腰を下ろしている。鏡や照明、椅子が置かれたヘアメイク用のブースもある。

部屋には七人いた。テレビ映りを気にする人はいない。ブースには三人いるが、黙々と弁当を食べている。

二月二日の午後七時過ぎ。『絶対発見！　公開大捜査』という生放送の特別番組が始まっていた。全国の行方不明者を捜す二時間番組で、父親が出演する。控室には大きなモニターが置かれ、司会を務める毎夕テレビのアナウンサー二人が、視聴者に情報提供を呼び掛けている。

ブースの真ん中の男の人は記憶喪失で、山道を徘徊しているところを保護されたらしい。自分は誰なのか、番組に出て情報を求めるという。

モニターには、二十年前、当時小学校四年で失踪した滋賀県の水野毅君を捜す両親の姿が映っている。父親は押し黙り、母親は涙を流しながら情報提供を求めている。

沙希はスマホでネット上の反応を見てみた。母親の涙に感化されたのか、投稿が増えた。テレビ画面を映した動画や画像を拡散する数字が、急増している。テレビとネットが連動すると反応が大きい。

沙希の父親は隣で海苔弁当を口にしていた。出番は次だ。スタッフとの打ち合わせが長引いたこともあるが、このタイミングで食べるなど、沙希には考えられない。

「ねえ、本番前にちゃんと口をゆすいでおいてね」

父親は咀嚼しながら、沙希をきょとんと見返す。

「歯に海苔とかついてたらどうするの。全国放送なんだよ」

「お母さんみたいだな」と言って、父親は笑った。

テレビに出るのは父親だけだ。沙希は未成年だし、詐欺事件に引っ掛かってしまったこともある。詐欺の犯人は捕まったと聞いたけれど、いまも電話に出るときは緊張する。

母親は去年の夏に体調を崩して以来、家から出られなくなった。パートの仕事も辞めた。

一月にはインフルエンザを患った。咳だけが治らないと思ったら肺炎も起こしていた。いまも入院しているから、沙希ががんばらねばならなかった。毎日、詐欺被害を思い出す暇がないほど、勉強や部活、家事で忙しくしている。

水野君の両親が、少し興奮した様子で控室に戻ってきた。

控室には、単身赴任先で忽然と姿を消した男性の妻や、大学生の娘を捜す両親らもいた。父親は積極的に交流を図ろうとしていたが、反応は薄い。夫を捜す女性は、スマホばかり見ていた。記憶喪失の男性は、付き添いの人としか話をしない。

CMが明けた。女性アナウンサーが切り出す。

「では続いて、豪雨の夕方、町一番の美少女になにが起こったのか。まずはVTRをどうぞ」

葵の失踪にドラマじみたコピーがつけられている。仰々しく紹介した方が情報は集まるらしいが、嫌悪感を覚える。埼玉県坂戸市の街並みが映った。葵のよさこいの写真も出てくる。

控室の扉が開く。首からヘッドセットを下げたスタッフが、滑り込むように入ってきた。

「石岡さん、よろしくお願いします。お姉さんもどうぞ、スタジオで見ていいですよ」

父親が口をゆすぎ、おしぼりで顔を拭いた。一緒に控室を出る。

長い廊下の突き当たりに、第六スタジオがあった。オンエア中の赤いランプがついている。

中に入った。自宅に取材に来た若い女性ディレクターを見つける。沙希は隣に立った。

父親がセットの中に吸い込まれていく。司会者の二人はペットボトルを手に、ＶＴＲを見ていた。父親が挨拶をすると、二言三言声をかける。

ＶＴＲでは、葵がいなくなった田んぼの一本道を、説明しながら歩く父親の姿が流れた。二週間ほど前に番組のクルーがやってきて、撮影したものだ。葵の失踪当時のままの部屋が映り、高麗川、用水路など周辺の説明が入る。去年の冬に発見された、バラバラのランドセルも公開された。葵は幼稚園のとき、買ったばかりだったこのランドセルを抱いて寝ていた。切り刻まれてしまったものを見ると、胸が苦しくなる。

番組の男性チーフディレクターが放送内容を父親に説明している。

「アナウンサー二人が主に警察の捜査の流れについて質問をします。もう、感情大爆発でお願いします」

父親は眉を顰め、何かを聞き返そうとした。どこかでアラームが鳴って遮られる。チーフディレクターは「はい、ＶＴＲ終了五秒前！」と叫び、指も使ってカウントダウンを始めた。

ＶＴＲが終わり、父親のアップがモニターに映った。

「スタジオには石岡葵ちゃんのお父さん、石岡征則さんに来ていただいております。どうぞよろしくお願いします」

父親は耳元のイヤホンに何度も触れながら、頭を下げた。男性アナウンサーが続ける。

「えー、今日お父さんがおひとりというのは、実はお母さんが体調を崩してらっしゃるからだと伺っています。入院されているんですね。娘さんのことで、心労が積み重なっているんでしょうか」

「そうだと思います」

女性アナウンサーが、警察の捜査を振り返る。

「失踪から約半年後にゴルフ場でランドセルが見つかっていますね」

男性アナウンサーが「現物があります」と言った。アシスタントが、ショーケースに入れられたバラバラのランドセルを運んでくる。スタジオの空気が張り詰めた。

「家出や事故だとランドセルがこんな風になるはずがないですね。カメラさん、寄れますか。このフラップとランドセル本体を繋ぐところですが、刃物で切ったような、ギザギザした切断痕が見て取れます」

きれいなネイルの指でランドセルをさし、女性アナウンサーが続ける。

「これは明らかに、葵ちゃんが誘拐された証拠かと思うのですが、当初は家出や事故の捜査に時間と労力が割かれていたようですね」

そうですねとしか父親は答えなかった。

「警察の捜査体制についてはどう思われますか」

「これまでの捜査には感謝していますが、捜査本部の解散は残念に思います」

「お父さんがこの場に出てこられたのも、絶対にあきらめないという強い意志からだと思うのですが、埼玉県警に対して何かおっしゃりたいことや、訴えたいことはありますか」

カメラの後ろで、大きく身振り手振りをしている人物がいる。先ほどのチーフディレクターだ。大きな画用紙にペンでなにか記した。それを振りかざす。『怒って！』と書かれていた。

父親は黙り込んでしまった。

「ではここでいったんＣＭです」

男性アナウンサーが強引に締めくくった。緊張の糸が切れたような雰囲気になる。

チーフディレクターは視聴者から寄せられた情報を吟味している。女性ディレクターが、番組に届いたファックスの一部を沙希にも見せてくれた。近所のコンビニの店員と似ている、似た少女がひとりで車の助手席に座っているのを見た――。

父親はＣＭ明けに出番はないようだ。アナウンサーたちが番組進行するセットの隣では、行方不明者の顔を拡大したパネルが五つ、並んでいる。番組の冒頭はこのセットからスタートした。

葵の写真は、よさこいでも遠足でもなく、失踪の三日前に母親がスマホで撮った、自宅での一コマだ。沙希が漢字検定三級の合格証書を持って撮ってもらおうとしたら、葵が「私も写るー！」と抱きついてきた。「私は絶対に漢検の賞状と一緒に写真を撮れることはないから」と変な理由をつけて。沙希は大笑いしてしまった。葵の顔の部分だけを拡大して、番組に提供した。そのパネルの前で、父親は待機している。

ＣＭが終わり、アナウンサーが情報を次々と紹介していった。駅前で葵に似た少女が男にすがるようにして泣いていたという。目撃した女性と電話が繋がった。男性アナウンサーが呼びかける。

「まずは、その泣いている少女を見たという場所を詳しく教えていただけますか」

女性は何度も咳払いしてから、言った。

「はい、あの、御花畑駅前です」

秩父鉄道の駅だ。男性アナウンサーが日時を尋ねる。

「昨日です。だからよく覚えていて。いま、テレビをつけて、あの子が出てきて、鳥肌が立っちゃって」

「同じ埼玉県内です。非常に気になる情報ですね。少女は、どんな恰好でしたか」

「ちょっと言いにくいんですけど、お尻が見えそうなくらい短いキュロットに、肩ひものすごく細い、タンクトップで」

　ホットパンツにキャミソールということだろうか。

「髪の毛は金色でした。男性の方はサングラスで、ちょっと柄が悪そうな感じで。じっと見ていると、ぱっと顔を背けて、女の子を引っ張っていってしまいました」

　電話が終了すると、女性アナウンサーがファックスで届いた情報を紹介する。樹海近くのコテージで葵によく似た少女の自殺の相談に乗った。秩父湖の吊り橋で立ち尽くしていた少女に似ている——これらの情報は全て警察に提供すると男性アナウンサーは言った。

　再び、ＣＭに変わる。チーフディレクターが父親に説明した。

「ＣＭ明けに生電話を一本紹介して、最後はお父さんに訴えてもらいます。アナウンサーが振ったら、カメラがバーンと二番に切り替わって、お父さんのアップになります。今度こそ、感情を大爆発させちゃってください」

「できれば感情的にならず、情報提供を呼び掛けるものにしたいんですが」

　父が意見した。ディレクターは「それじゃ伝わらない」と首を横に振る。

「しかしあまり感情を丸出しにすると、視聴者に正しく伝わらないのではないかと……」

　チーフディレクターが真顔で説得する。

「視聴者に強い印象を残さないと、情報は集まりません。お父さん、ここまで来たんですから、がんばりましょう」

ＣＭが終わった。秩父湖での目撃情報を寄せた男性との生電話の後、父親の顔がアップになった。背後に葵の笑顔がある。父親は淡々と情報提供を訴えた。カメラの後ろで、チーフディレクターは何度も何度も画用紙に書き殴っては、父親に突き出す。『泣いて！』『涙！』『顔を覆うだけでも！』――。

父親の冷静な訴えが終わり、番組は次の失踪者のＶＴＲに変わった。父親は無言でセットから出てきた。アナウンサー二人に頭を下げる。どちらも忙しそうで、父親に見向きもしなかった。チーフディレクターも同じだった。彼が別のスタッフと話している声が聞こえる。

「次は誰だっけ？　あ、人妻ね。なにがなんでも泣かせるぞ」

父親がテレビ出演した翌日、沙希はＳＮＳ上に届いた情報を確かめた。

父親が『葵を探す会』というアカウントを立ち上げていた。フォロワー数は千人もいなかったのが、一気に三万人まで増えていた。メッセージも五百通近く届いている。大概が激励や同情する内容だったが、誹謗中傷やいたずらと思しきものもある。

『葵は三重の売春島に売りました。島にやってくるロリコンに今日も足を開いています』

『葵は俺が殺して、榛名富士が見えるコテージに埋めました』

父親を批判する投稿もあった。

『この父親、怪しい。葵ちゃんが失踪したときは別居中で音信不通だったのに、失踪した途端にいきなりいい父親ぶって表に出てきたらしい』

コメントは拡散されてしまっていた。父は音信不通だったわけではない。葵によく手紙を書いていた。

父親が冷静すぎると批判する人もいた。

そういった誹謗中傷はごく一部なのだが、多くの激励の言葉に目が行かなくなるほど傷ついた。沙希は嫌な気分のまま、ログアウトする。父親がテレビ出演した意味はあったのだろうか。

沙希の住所は目白のままだ。マンションの売却先が決まっていない。母親が肺炎で入院してから、坂戸の家に泊まることが多くなっている。休日は沙希が母の看病をした。

父親は川越市内の小さな食品加工会社の経理部で週三回働いている。仕事のない日は、葵のために動いていた。市内の立て看板の交換や、設置継続の交渉などを、西入間警察署の奥村と一緒に行っている。

捜査本部はなくなったが、情報は西入間警察署で募っている。担当は奥村ひとりだった。

本部捜査一課に所属し、県内で起こる事件を追う奈良とは、会う機会がなくなってしまった。

それが沙希には、残念でならない。どの刑事も熱心に葵を捜してくれたと思っている。ただ、奈良だけは何かが違った。空気のように、石岡家の人間に寄り添う。いまでも坂戸のどこかにいるような気配を感じる。事件の現場から現場へ、流浪しているような刑事らしい。自身の家族を持とうとはせず、まるで世捨て人だと奥村は言った。

父親は今日、銀行員時代の伝手で知り合ったグラフィックデザイナーに会っている。葵は本当ならこの春中学生になる。顔を大人っぽくしたり、髪型を変えたCG画像の作成を依頼するためだ。一緒にテレビに出た水野毅君の両親からアドバイスされたらしい。埼玉県警本部に話すと、予算を理由に断られてしまったという。

父親は帰りに、秩父鉄道御花畑駅でビラを配る。目撃情報をさらに募るためだ。直接テレビ局に電話をしてくれた女性は、なぜか父親との面会を拒んだ。

沙希は高校から鶴舞の自宅に来た。見知らぬ車が石岡家の門扉の前に停まっていたので、物陰に隠れた。ナンバーに「なにわ」と書かれていた。若い男女が数人出てきて、石岡家をバックに写真を撮り始める。Vサインして、自撮りしている者もいた。五分ほどでいなくなった。

沙希は家に入り、冷蔵庫に貼ってあった伝票を摑んだ。母親の自転車で薬師町へ向かう。

百貨店で、葵の中学校の制服をオーダーしてあった。店員に声をかけ、伝票を渡す。葵の成長を見込んで、大きめのサイズでオーダーした。伝票には、学生本人の名前と学校名も書いてある。

受付の女性はバックヤードから取っ手付きの箱を持ってきて、カウンターの上で開いた。

「第六中学校の制服ですね。冬服のジャケット、スカート、ネクタイ、ベスト。長袖ワイシャツが二枚入ってます」

女性は笑顔だ。再度、伝票を見る。

「ちゃんと週末に試着して、直しが必要だったら持ってきてね」

制服を取りに来たのが葵本人だと勘違いしているようだ。葵の失踪事件を知らないはずがないが、伝票の名前と結び付かないらしい。沙希は品物を受け取り、店を出た。父親がテレビ出演した意味は本当にあったのか。

坂戸の家に帰る。沙希は再び、『葵を探す会』のSNSアカウントにログインした。

ごく一部だが、父親を犯人扱いする誹謗中傷は続いている。そのメッセージにいちいち反論し、戦っているアカウントがあった。『あのお父さんは絶対に犯人じゃない』『被害者家族を叩く風潮はおかしい』――沙希の気持ちを代弁してくれている。ミーコというハンドルネームのアカウントだ。プロフィール画像に見覚えがある。豊ケ岡女子学園の同級生のようだ。

ドッジボールで沙希を当てた、六中出身の堀田美琴だった。

＊

川口警察署はＪＲ西川口駅の東側、県道35号沿いに建っている。駅の西側は県内屈指の風俗街だ。奈良は情報収集していた。

死亡した女性の身元がいまだにわかっていない。ベッドサイドのランプシェードで顔面を叩き潰されていた。犯人は逮捕されており、送検済みだ。だが、疎明資料にいつまでもガイシャの名前を「不詳」としているのが辛い。

犯人の自称会社役員の四十代の男によれば、女性とは事件のあった前日深夜に西川口一番街で出会った。かわいかったのでナンパした。二万円で、と売春を持ちかけられた。カタコトの日本語で「私、ビンビンね」と名乗ったらしい。二人はラーメン屋に入る。女性は中国の広東省の出身で、不法就労者だった。パスポートはブローカーに取り上げられ、中国の両親への仕送りをしなければならず、現状に行き詰まっていると話した。仕事は何をしているのと聞くと、マッサージ師と答えたという。

二人は深夜一時に西川口一丁目のホテルにチェックインしている。男は女性を悦ばせようと尽くし、女性は「首を絞めて」とねだってきたという。窒息状態だと快感が倍増する人がいる。そのまま窒息死してしまう例も多い。男は軽く首を絞めながら必死に腰を振り続け、射精した。気が付くと、女性は絶命していた。男は証言した。

「あの目をひん剝いた顔が怖かった。そばにいても、部屋の隅に逃げても、目が合ってしまう。どうにかしなきゃとパニックになって、顔を潰してしまった」

奈良は被害者を故郷に帰してやりたかった。西川口のマッサージ店をしらみ潰しにあたった。ようやく被害者を知る女性に辿り着いた。確かにビンビンという名前だという。実家を調べる時間がほしいと言われて、後日訪ねた。入管の摘発が入り、彼女は強制送還されてしまっていた。このままでは、ビンビンは異国の地で無縁仏になってしまう。

手がかりはビンビンの手帳にあった。中国語なので読み取れないが、電話番号のようなものがいくつも記されている。家族の番号なら、亡くなったことを教えることができる。奈良は手帳を持って、さいたま市浦和区にある埼玉県警本部に来た。

自席のある五階の捜査一課フロアではなく、八階の捜査支援・通訳センターに向かう。

埼玉県庁第二庁舎の五階から九階までが県警本部だが、この建物がまた古い。天井が低く圧迫感があり、廊下は薄暗かった。いかにも昭和の雰囲気が漂う。

通訳センターで、奈良は中国語のできる女性捜査官をひとり捕まえた。

すがね」

「川口の強殺事件やってるんです。ガイシャが中国人で、遺骨を故郷に帰してあげたいんで

女性捜査官は手帳の解析を請け合ってくれた。中をぱらぱらと見て微笑む。

「この程度なら、一時間ほどで全部、訳せますよ。川口署からいらしたんですか」

「ええ。それじゃ、どこかで暇つぶししてまた一時間後に戻ります」

奈良は階段で七階に下りた。刑事部の捜査を包括的に行う刑事総務課が入っている。同じ刑事部でも、捜査一課と三課は五階にあり、捜査二課や四課、刑事総務課が七階にある。方々に課が分散しているのも、本部庁舎を持たない埼玉県警ならではだ。

奈良は刑事総務課内にある継続捜査係に向かった。五人一組の島が五つあり、それぞれ未解決事件を追っている。葵の失踪事件を担当しているのは第五班だ。末端の捜査員の奈良は、引き継ぎの挨拶の場には立っていない。第五班の捜査員を誰も知らなかった。ちょっと覗いてみる。

班長は不在だった。四人の捜査員が資料に目を落としている。奈良はデスクのシマの下座で交換日記のコピーを熱心に読み込んでいる若い捜査員に声をかけた。

「どうも、調子はどう？」

若い刑事は、奈良が葵の件の担当だったことを知っているようだ。ページの端っこに

「済」の赤いハンコを押しながら、「奈良さんですね」と頭を下げる。

「この『済』はなんなの。裏取り済、ということ？」

「このページに捜査漏れはなかった、という意味です」

　捜査漏れがない根拠は何なのか。奈良の問いに、若い刑事はきょとんとする。

「現場まで足使ってなにか確かめたとか、そういうこと？」

「いやいや、それやってると、永久に終わりませんよ。なにせ捜査本部から引き継いだ捜査資料は段ボール五百箱分ですよ。一か月でひと箱がやっとです」

　捜査漏れがなかったかどうかは、もう一度足を使うのではなく、書類だけで判断するようだ。

「それって校正と同じだよな。誤字脱字でも探しているの。君、本でも作ってるつもりか」

「奈良君？」

　背後から女性の声で呼びかけられた。低いハスキーボイスに聞き覚えがある。誰だか思い出す前に、全身で防御の姿勢を取りそうになった。振り返る。

「大前（おおまえ）、なんでお前ここにいるの」

　大前緋沙子（ひさこ）は警察学校時代の同期だ。奈良のころは男女別クラスだったので同教場でもないのだが、元レスリング選手の彼女は有名だった。

「なんでって、私の班だから」

緋沙子が書類を上座のデスクに置く。なんか文句でもある、と言いたげに奈良を見下ろした。

警察学校の厳格な寮生活で奈良はたびたび羽目を外し、ペナルティを食らっていた。最も屈辱的だったのが、逮捕術で緋沙子と対戦させられたことだ。緋沙子は六八キロ級のアマチュア女子レスリングの全国大会に出場経験がある。身長は一七七センチで筋肉の塊だった。背は奈良より十センチも高い。二の腕は奈良の太腿ほどの太さがあった。彼女に投げ飛ばされた恐怖と屈辱が蘇る。

踵(きびす)を返したいのを堪え、奈良は精いっぱい虚勢を張って尋ねる。

「坂戸の件、ちゃんとやってるか」

緋沙子は椅子に座り、ペットボトルの水を飲んだ。奈良を眺めている。やがて立ち上がった。

「来て。ご飯、お昼まででしょ」

県警本部を出た。駅へと続く裏門通りにある、オーガニック料理の店に入った。客は女性ばかりだ。事件の話をするつもりか、緋沙子は他のテーブルとは壁で隔てられた場所に座る。店員が水を持ってきた。緋沙子は「いつもの」と言った。奈良もそれに倣う。緋沙子は水を一口飲み、肩をすくめる。

「まさか奈良君の尻ぬぐいを現場に出てからもやらされるとはね」

奈良は睨んだ。緋沙子は低い声でゆっくりしゃべる。

「奈良君のペナルティに付き合わされる形で、自由時間なのに道場に来なきゃいけなかった私の気持ち、考えたことある？　彼氏と電話する時間を惜しまず、奈良君を投げ飛ばしてやったんだからね」

ノロノロした、だが迫力のある緋沙子のしゃべり方に、奈良はいつもペースを乱されていた。

「継続捜査係は尻ぬぐい部署だろ。恨み言はなしだ。で、まさか段ボール箱の中身を調べることしかしていないとは言わせねぇぞ」

緋沙子はじろじろと奈良を見る。

「噂に聞いた通りね。相変わらず未婚の実家暮らしで事件のことしか頭にない」

それの何が悪い、と鼻白んだ。緋沙子はまた水に口をつける。

「ちゃんとやってるわよ。おかしいと思ったところや手抜かりがあると感じたところは現場に飛んで確認している」

「そうは見えなかった。あんたの部下四人は椅子に座って読書クラブ状態だった」

「それは適当に仕事をやってるからじゃない。完璧だからよ、奈良君が上げた調書が」

「ほめ殺しにでもするつもりか」

本当のことを言っているだけよと緋沙子は真面目な顔で続けた。

「最前線にいたからこそ、奈良君は見えていなかった。坂戸の失踪事件は埼玉県警史上最も難しい事件よ」

「たったひとりの少女がいなくなっただけで、世間の関心は低い」

「一般的にはね。猟奇連続殺人とか一家惨殺事件とかの方が難しいと思われる。でも違う。これは、継続捜査係の人間として、捜査の発端から結末までの全体像を見ているからわかることよ。失踪事件が一番、難しいの」

奈良は居心地が悪くなってきた。お冷やのグラスを傾ける。中身は空っぽだった。

「死体が出ていない。失踪した場所が特定できなかった。この二点が、なにより捜査を難航させているわ」

「失踪事件だぞ。生きているかもしれないのに、死体の話をするな」

「死体は証拠と情報の宝庫でしょ。それがないと難しいと言いたいの」

確かにそうだ。ビンビンは死体が発見され、体に付着していた男性の唾液で犯人を特定できた。死亡推定時刻がある程度絞られれば、事件発生日時もわかる。

「葵のケースは失踪時刻だって特定できなかったでしょ」

最後の目撃が十七時過ぎ。母親が娘の不在に気づいたのが十九時半。いつどこでいなくなったのか、はっきりしていない。

「傘が落ちていた田んぼの一本道が有力だけど、風で飛ばされただけかも。失踪地点は土手道かもしれない、鶴舞ニュータウン内かもしれない、浅羽野の方の住宅地かもしれない。もしかしたら、学校内かもしれない」

緋沙子が背もたれに身を預ける。

「かもしれないのオンパレードでしょ。これにプラスして、複雑な家庭環境から家出の線もある。当時の悪天候から事故の可能性もある。無限にある、かもしれないを出発点にした捜査だった。比留間管理官はよく混乱しなかったと思うわよ」

料理はまだ来ない。奈良は緋沙子の肩の向こうの厨房を見た。

「坂戸の件は捜査の選択肢が無数にありすぎたの。普通の強行犯事案はこんなに多くないわ」

やっと料理が来た。和食のおかずが十品目ついた雑穀米のランチプレートだった。揚げ物も肉もない。奈良はがっかりする。

「他に、見落としていることがあったのかな……」

「長年この班で未解決事件を見てきた私の主観でよければ、意見するけど」

奈良は促した。

「これ以上の選択肢はない。奈良君はやるべきことはきっちりしてきた」

つまり、と言って少し黙り込んでから、思いきった様子で続ける。

「捜査本部がこれまで接してきた関係者の中に犯人がいる」

奈良はため息をつく。

「俺らはそれを見逃したということか」

緋沙子が焼き鯖の皮を箸で器用に取り除きながら、首を横に振る。

「いい？　アリバイなどは簡単に偽装できる。でもこれが犯人だという決定打がなければ裏を取らないでしょ。限られた人員、予算、時間の中で、有力容疑者でもない関係者のアリバイ崩しなんかできない」

緋沙子は自嘲気味に肩をすくめた。

「人手不足の埼玉県警では無理な話よ」

「裏取りが足りない輩の中に、犯人がいると？」

「例えば、事件当日はネパールだかインドだかにいたＮＧＯの代表がいたでしょ」

直あたりした人間はすべて記憶している。早乙女誠一だ。あのとき部屋で流れていた音楽が蘇る。鈴の音がシャンシャンシャン鳴っていた。

「奈良君は、渡航記録を確認した？　パスポートを見たところで、その入管のハンコは偽造かもしれない。現地に飛んで越境記録をあたる捜査などできないでしょ」

ランドセルの指紋と一致しなかったという理由で、容疑者から外した歯科医の広沢義之も同じだ。そもそも、ランドセルから出た第三者の指紋が葵を誘拐した人間のものだとは限らない。

緋沙子はもうランチプレートを食べ終わっていた。男以上に早食いだ。奈良は提案する。

「俺のやってきた捜査が完璧だというなら、書類の見直しはほどほどにして、目撃者捜しにもう少し人員を割かないか」

緋沙子が難しい顔をする。

「生存していたら、それなりに目撃情報があるはず。あれだけの美少女よ。町を歩いているだけで目立つ。その割に目撃情報はガセネタばっかりなのよ」

だからなんだ、と奈良は凄んだ。緋沙子には全く効かない。

「生きているとしたら、どこかに監禁されているということ？」

「その可能性が高い。認めたな。それなら管内に、誰かを監禁できるような施設がないか、そこをしらみ潰しにあたるとか」

「突飛なことを言わないで。そんな大海原に飛び込むような捜査はできない」

「突飛じゃない。死んでいる根拠はないし、生きている彼女を見ている人はいない。ならばどこかに監禁されている」

「理屈を重ねればそうなるでしょうけど」

「いいか。犯人は二度、葵の持ち物を遺棄している。一度目は東武東上線で目立つところに。これは捜査かく乱が目的だろう、指紋がつかないように気を付けている」

二度目は唐子カントリークラブのランドセルだ。

「これはランドセルの扱いに困った末のことだろうが、指紋を残している。警察に対する警戒が弱くなっている証拠だ。いまはもっとだぞ」

奈良は前のめりになり、緋沙子に迫った。ランドセルが発見されたのに警察は自分に辿り着かなかったと、犯人はふんぞり返っているに違いない。

「あと三か月で事件から二年が経つ。どうだ。いまなら、手なずけた葵を連れて平気で町を歩いているかもしれない。民事不介入を理由に取り合わなかった通報事案に、葵が関係していた可能性だってある。そういう線からの捜査も、頼むからやってくれ」

緋沙子が拒否した。

「予算も人も足りない。ここは埼玉県警なの」

「そんなことを理由にするな！　あんた、ガイシャの家族に会ったことがあるのか。え！」

店員の視線を感じ、奈良は口を閉ざす。熱くなりすぎた。緋沙子に動揺はない。奈良の激昂など屁でもない。水を一口飲み、緋沙子が唐突に尋ねる。

「奈良君。妹さんは元気？」

「普通だよ」

奈良は金を置いて、ひとりで店を出た。妹のことをいきなり持ち出されたことに腹が立つ。青臭かった警察学校時代を思い出した。ペナルティで緋沙子と対戦させられ、畳の上で伸びていたときだ。緋沙子が缶コーヒーを買ってきてくれた。夕日が差す道場で二人、あぐらをかいて語り合った。警察学校の厳格なルールになじめず教官に反抗ばかりしていた奈良に、緋沙子は「警察官にむいていない」と言った。奈良はそれでも警察官になるのだと返した。真由子の事件を打ち明けていた。女性である緋沙子に、兄としてどう妹と接するべきか助言を求めたい気持ちもあった。緋沙子は「簡単じゃない」と答えただけだった。

県庁舎に戻った。ロビーのごみ箱を蹴飛ばす。すぐ元に戻した。ベンチに座り、自宅に電話をかけた。「もしもし」と出た女の声に、奈良は言葉を失った。

真由子だった。返事ができずにいると、真由子がもう一度言う。

「もしもし？　奈良ですが」

予想外にしっかりとした声に、奈良は戸惑った。男の自分がここで声を発して大丈夫なのか。咳払いし、かしこまって言った。

「兄ちゃんだけど」

ああ、と真由子は笑った。

「電話、できるようになったのか」

「練習だよ」

クリーニング屋で働くには、電話にも出なくてはならない。

「大丈夫か。気持ち悪くなんないか」

「お兄ちゃんの声は、もうずっと前から大丈夫だよ」

無理するなと言って、奈良は電話を切った。年末年始、真由子は引きこもらなかった。無理がたたり、二月中旬に電車の中で突然血圧が下がり、倒れた。奈良は母親の携帯電話にメールをした。真由子と電話をした、体調を崩すかもしれないからよく見ておけと打つ。八階の通訳センターへ再び向かった。通訳捜査官が、待ち構えていたように手を上げる。

「実家と思しき電話番号もあったので、いま、電話をかけてみたところなんですけど――」

困ったように、吐息を漏らした。

「遺骨をどうしますと尋ねたら、ＥＭＳで送ってくれと」

ＥＭＳとは、国際宅配便のことだ。

「骨は送れない、と答えたら、日本に引き取りに行く金がないから、無理ならそちらで処分してくれと。どうします？」

実家の母親からメールが届いた。『大袈裟な』という返信だった。

＊

坂戸バイパスの路面から、陽炎が立ち昇っていた。車が何台通っても、消えない。沙希は余計に暑さを感じた。二〇一八年の夏は異常気象で観測史に残ると言われている。

今日は七月四日。葵が姿を消して丸二年だ。

あの日の夕方、ゲリラ豪雨が降った。去年はからりと晴れていた。今年は六月の終わりには梅雨が明け、熱中症患者が続出するほどの猛暑日が続いていた。今日も気温は四十度近い。

沙希は定期テストを午前中に終え、午後から坂戸駅周辺でティッシュを配った。午後三時になり、休憩場所に向かうため、自転車に跨って信号待ちをしていた。隣で堀田美琴が怒っている。

「ほんと、許せない。あいつなんなの。本当にありえない」

「ありがとう、ミーコ。私は大丈夫だから」

「偉いよ、沙希は。どうしてそんなに冷静でいられるの。いつもいつも、何かあると私の方が爆発しちゃうのに。ＳＮＳとかさ」

確かに怒りたくなるようなことばかりだ。二月にテレビ出演して以来、父親に対する誹謗中傷は一部で続いている。マスコミは父親犯人説など取り上げないが、それを楽しむネット民は少ないがいる。最近はユーチューバーと称する人まで自宅にやってくるようになった。探偵気取りで自宅や庭を撮影し、あることないこと口にする。詐欺まがいの電話もかかってくる。金を払えば葵を帰すとか、身代金を要求してきたものもあるが、父親が全て対応した。

坂戸の駅前では、のぼり旗を立ててティッシュを配っていた。ビラは受け取ってもらえないことが多く、父親の発案で変えた。駅前では宗教の勧誘をする女性が、パンフレット片手に道行く人に微笑みかけていた。やがて沙希に声をかけてきた。あまりにしつこいので最後は無視した。

「ご家族がそんなんだから葵ちゃんは見つからないのよ」

美琴が突っかかろうとすると、女性は逃げていった。

洟をかんだ美琴が、沙希を見る。

「ていうか、さっきから、なんで笑ってんの」

「だって、嬉しいんだもん」

「信じられない。今日そんなこと言うなんて不謹慎だよ」

美琴はあきれたように沙希を見た。

「嬉しいの。自分の代わりに怒ってくれる人がいて」

定期テスト明けで、高校のクラスメイトたちはカラオケや買い物などを楽しんでいる。美琴だけは活動に付き合ってくれた。ドッジボールの練習で再会したときはいやな印象しかなかったから、学校で声をかけられても避けていた。

だが、美琴は沙希の知らないネット上で、沙希の言葉を代弁してくれていた。今度は沙希から声をかけた。そして池袋のマクドナルドで六時間もしゃべり通した。大学受験や将来のことなど語り合い、連絡先も交換した。二年で同じクラスになると抱き合って喜んだ。やがて美琴は葵の捜索を手伝うようになった。

そもそも美琴が沙希に近づいてきたのは、葵の捜索に協力したいと思ったからだという。話しかけるきっかけがわからず、藤岡家の話を持ち出してしまった。

世間の人の八割は無関心だと思っていたが、被害者家族とどう接すればよいか悩む人もいる。気づくのに、沙希は二年もかかった。坂戸に対する嫌悪感がどんどん薄れていった。

六月、坂戸に引っ越した。いまは両親と三人で鶴舞に暮らしている。美琴は引っ越しも手伝ってくれた。沙希が立ち上げた『葵を探す会　高校生支部』の副部長まで務めてくれている。

会の全体を仕切っているのは父親で、母親はＰＴＡ支部の部長に納まった。地域の小中学校のＰＴＡと連携したり、情報や意見の交換をしたりしている。母親はこの二年、体調を崩してばかりいたが、自分のすべきことが明確になると、強くなった。いまはよく食べ、よく寝て、率先してあちこちを飛び回っている。

目白のマンションは小さな娘がいる若い家族が買ってくれた。高く買ってもらえたので、しばらくは生活の心配がない。父親は葵の捜索に集中し、目撃証言が出た場所で重点的にビラを配り、手がかりを求めている。

信号がなかなか青にならない。陽炎の向こうには西入間警察署が見える。玄関前に警杖を持った刑事が立っていた。奥村だ。手を大きく振ると、あちらも返してきた。

青になった。沙希は美琴に「先に行ってて」と言って、西入間警察署の前で停まった。奥村が「日陰にどうぞ」と手招きしてくる。自転車を押して、庇の下に入った。

「奥村さん、お久しぶりです。めっちゃ焼けましたね」

二年前に初めて会ったときよりも精悍になった。

「やんなっちゃうよ。裸になったときに滑稽でさ」

シャツの袖をめくりあげる。肩の肌は白い。

「海に行って全部焼いてこないと」

埼玉県は海がないからなぁと笑い、奥村は改めて言う。

「今日、七月四日だったね」

奥村も午後から、七小付近でビラ配りをするという。

「奈良さんは？」

「あの人も必ず来るよ」

沙希は挨拶をして、再び自転車に跨った。西入間警察署の先にあるベーカリーに急いだ。イートインスペースは広い。

自転車を駐車場に停めた。汗を拭きながら店内に入る。店はほとんど貸し切り状態で、高校生たちが集まっている。『葵を探す会　高校生支部』の会員で、大半が第六中学校の卒業生だ。美琴も席に着いたところだった。

「お、来た！　石岡、ここ座んな」

ひとりの男子が中央のテーブルに案内してくれた。

「えー、端っこでいいよ」

「なに言ってんだよ、支部長だろ」

遠くのテーブル席にいた少女が声をかけてきた。

「沙希！　若葉駅でティッシュ配りしてた人が、目撃情報聞いたって」

「まじで、どんなの！」

沙希は奥のテーブルへ駆け寄った。

会員の中には中学時代、腫れものを扱うように沙希と接していた男子や、避けていた女子もいる。沙希がスープを引っ掛けてしまった子もいる。二年が経ち、沙希が坂戸に対して嫌悪感を抱かなくなったように、彼らも心境の変化があったのだろう。テレビ出演する父親を見て、協力を申し出る人もたくさんいた。

六中以外にも、近隣中学校の卒業生もいた。坂戸市の広報誌の『葵を探す会　高校生支部』の特集記事を見て、応募してきてくれた。

坂戸市役所の広報課も、積極的に動いてくれている。ティッシュ配りにかかる資金も、子供の福祉に回す予算の一部から助成金としてあててくれた。

警察はあきらめた。世間も忘れた。でも、坂戸のみんなは忘れないし、あきらめていない――葵に伝えたかった。

活動終了時刻の午後八時になった。

坂戸駅でティッシュ配りをしていた沙希は、高校生会員たちに一か所に集まってもらい、改めて礼を言って解散した。他にも、利用客の多い池袋や和光市、朝霞台、川越など八か所で、ティッシュ配りをしてもらっている。

沙希はそれぞれの駅で会員たちにお礼を言って回り、情報を集約する必要があった。みんなに動いてもらうのは大変なことだが、成果もあった。池袋駅でティッシュを受け取った四十代の男性からの情報だ。目元が葵とよく似たマスク姿の少女が池袋駅西口のキヨスク前にいたという。当時は少し似ているぐらいにしか思わなかったが、ティッシュの写真を見て、葵本人に思えてきたらしい。目撃は二週間前のことだった。

川越駅では六十代の女性から目撃情報があった。十日前に駅前ロータリーで葵に似た少女を見たという。やはりマスクをしていた。ティッシュを受け取り、似ていると感じたらしい。その少女は男性と一緒にいて、車に乗って走り去ったようだ。

池袋、川越の目撃者とも、警察に連絡するほどの確信を持っていなかった。通報のハードルは高い。だからこそ、この活動は必要だ。ティッシュを配る高校生には、確信がなくても雑談レベルで打ち明けることができる。

沙希がすべての活動を終え坂戸に帰ったのは、午後十時を過ぎたころだ。母親が一本松駅まで車で迎えに来てくれた。二件の目撃証言を伝える。

「注目すべきだと思わない？　男がそばにいたって言ってる人もいて。すぐお父さんに知らせなきゃ」

沙希はメッセージを入力しながら、「お父さん来れなかったね」と母親に言った。

「例のロケが長引いているらしくて……」

母親がため息をついた。毎夕テレビの捜索番組の反響なのか、今度は日東テレビが父親に接触してきた。海外の有名霊能者が未解決事件を追うという企画だった。

霊能者はエヴリン・ガテーニョというフランス人女性だ。事件解決に尽力した功績をパリ警視庁からも認められているらしい。彼女が来日し、未解決事件を追うという特番だった。

先日、来日した彼女は交霊術みたいなことをしながら日本地図を指した。三重県の渡鹿野島近くに指を置いていた。かつて売春島と呼ばれていた島らしい。いまはクリーン化されている。葵がいるとは思えない。それでも父親はエヴリンや番組スタッフとともに島に向かった。

鶴舞の自宅に到着した。大宮ナンバーの車が停車している。奈良だ。沙希は車を降りた。奈良も出てきた。

「奈良さん、お久しぶりです」

「なんだ沙希ちゃん、背、伸びた？」

奈良はスラックスのポケットに手を突っ込みながら、ニコニコと言った。

「全然、中二のころから変わってないですよ」

「あれ、そう。大人っぽくなったなと思って」

「奈良さんは、全然変わってない」

「俺は中一から身長が変わってねぇや。とうとう向日葵にも抜かされた」

奈良は田んぼの一本道にある農家の軒先の向日葵の話をした。葵が最後に目撃された地点に、今年も足を運んでくれたのだ。

車庫入れした母が、家の中に入るよう促してくる。沙希は奈良の後ろに続いた。その背中を見て、奥村の言葉を思い出した。奈良は現場を流浪している。たぶん、十年後でも奈良は変わらない気がした。

沙希は遅めの夕食を摂った。ご飯をかきこみながら訴える。

「奈良さん、実はいくつか、目撃情報が上がっているんです」

アイスコーヒーを飲んでいた奈良が、前のめりになる。二年前から変わらない。沙希はマップアプリを開きながら、詳細を話した。奈良は男の姿も目撃された川越の情報に興味を持ったようだ。

「目撃されたのは、駅前のアトレの一階にあるロータリーです」

アトレは川越駅前にあるショッピングセンターだ。東口のロータリーに面している。ロータリーは二重構造になっていて、一階はバスやタクシーの発着所だ。二階が歩行者専用デッキになっている。

「マスク姿の少女がロータリーに停まった車から出てきたんですけど、目撃者がじっと見ていたら、運転席から男が降りてきて、少女を車の助手席に乗せ、走り去ったと」

「車のナンバーとか、車種とかわかるかな」

「ちょっとそこまでは。でも、証言をしてくれた人から名刺をもらったみたいで」

沙希は会員から預かった名刺を、奈良に渡した。

「ありがとう。すぐに継続捜査係に伝える」

母親のスマホが鳴る。父親からだった。相槌を打つ母親の表情が曇る。「あまり期待できなそうね」と言いつつ父親の体調を気遣っている。電話を切った。奈良が聞く。

「いま、売春島でしたよね」

父親から知らされていたのだろう。父親は奈良と頻繁に連絡を取り合っている。二人は不思議な絆で結ばれていると沙希は思っていた。

「そうなんです。でも霊能者の方が売春島に上陸した途端、ここじゃないって言い出して」

沙希は茶碗を投げたくなった。母は続ける。

「売春島にいたのは去年までだって。いまはおそらく山にいて、次に地図で指したのは東北の山間。今日は三重県内のホテルに一泊して、明日朝一番で東北に向かうみたいです」

父親は振り回されている。奈良は霊能者の件については何も言わずに立ち上がった。

「奈良さん、いま何の捜査してるんですか？」

「内緒だよ」と奈良は茶化すように言って、家を出ていった。

＊

川口の事件後、奈良は隣の蕨市内で起こった強盗事件の捜査を手伝った。こちらもすぐに犯人を検挙し、送検した。

七月に入り、久々に本部待機となった。珍しく埼玉県内で凶悪事件が起こらない。森川は「奇跡だ！」と喜んだ。彼が奈良班に入ってから初めてのことだ。

奈良は本部に詰めることが多くなったため、毎日のように継続捜査係の大前班に足を運んだ。奈良の申し出を突っぱねたように見えた緋沙子だが、やることはやっている。沙希が集めてきた『マスクの少女』の目撃情報を重視して聞き込みをしたようだ。確かに少女を目撃した人物が数人いて、何人かは葵と雰囲気が似ていると証言したという。いまは防犯カメラの映像をかき集めている最中だった。

捜査の行方も気になるところだが、奈良は父親の征則が心配でならなかった。生放送の番組に出たり、妙な霊能者に振り回されたりしている。何としても娘を見つけたいのだろう。それでもひとりで背負いすぎている。

彼は地方にいることが多くなった。テレビ番組で知り合った、滋賀県の水野毅君を捜す両親と連携を図っている。テレビ出演時に集まった目撃情報をひとつひとつあたってもいた。現地に足を運び、ビラを配ってもいる。一昨日は東北に向かうと言っていた。電話をかけるたびに違う場所にいる。

正午過ぎ、浦和駅近くのラーメン屋で、奈良は食券を買う列に並んだ。征則のスマホに電話をかける。留守電になった。注文したラーメンが出されたところで、征則から折り返しがあった。一旦外に行き、電話に出た。

「奈良さん？ すいません、お電話いただいて」

「いや、これといった用事はなかったんですけど」

征則が笑った。なぜ奈良が電話をかけたのか、察しているようだ。

「今日は榛名山ですよ」

群馬県の山中にいるらしい。

「榛名湖畔のコテージですけど、一人でも八人でも一泊三万円取られるんですよ。妻は来てくれないし、沙希は学校だし。奈良さん、いまから来ません？」

「また無茶を言う」

「冗談ですよ。私は元気です」

電話が切れた。ガセネタに乗せられて、無茶な捜索をしていないか心配になる。店内に戻り麺をすすりながら、ネットで榛名山までの行程を検索した。さいたま市から車で二時間ちょっとだ。

午後になっても、特に事件の一報が入ることはなかった。

ネットニュースを覗いてみる。霊能者のエヴリン・ガテーニョがフランスに戻るという記事が出ていた。成田空港に信奉者が大集結しているらしい。記事には画像がついていたが、大した人数が集まっているようには見えない。サイトには『エヴリン・ガテーニョの奇跡』なるまとめページのリンクが貼ってあった。クリックしてみる。十年前にパリで連続猟奇殺人事件が起きているが、最後まで発見できなかった女性の遺体を見つけ、名を馳せた。以降はそういった活躍もなく、著書や新聞の人生相談などで名声を保っている。エヴリンの名言録も読む。『奇跡とは、何かが起こることではなく、状況が整うことである』という一文が目に留まった。

十七時過ぎ、奈良は榛名湖畔のコテージ『はるな』に到着した。

受付で征則の部屋を尋ねる。女主人が「六番コテージですよ」と、敷地内の地図をくれた。

奈良は地図に従って、六番コテージを目指した。曲がりくねり、階段もある森林の散策路を進む。眼前に広大な榛名湖が現れた。背後には榛名富士が見える。稜線が富士山と似ていて美しい。自然を楽しむ習慣などない奈良でさえ、見入ってしまった。

ウッドデッキのついた二階建てのコテージが見えてきた。ザッ、ザッと土を切る音がする。建物の裏手に回る。征則が無心に穴を掘っていた。タオルを頭に巻き、首からも下げている。蒸し暑くはないが、気温は二十五度を超えている。

征則は日に焼け、汗でシャツが体に張り付いていた。胸筋や上腕二頭筋が透けて見える。二年前に初めて会ったときは色白で神経質そうだったが、その面影はない。

奈良に気が付いて、征則が手を止めた。にっこり微笑み、「いらっしゃい」と冗談めかして言った。

「エヴリンがここを掘れと？」

「いいえ。SNSのアカウントに匿名情報が寄せられていました。葵を榛名富士が見えるコテージの裏に埋めたと」

奈良は見渡した。周辺は湖岸のギリギリまで、コテージが点在している。十五軒はあるか。全てのコテージから、榛名富士が見えるはずだ。

「まだまだありますよ。全部に宿泊して穴を掘るつもりですか」

征則は苦笑いしただけで、答えなかった。スコップを壁に立てかけて、軍手を外す。ウッドデッキで待つように奈良に言い、コテージに入った。広々としたウッドデッキには、炭のバーベキューコンロが置いてある。火がまだ少しくすぶっていた。時々、思い出したように木炭が弾ける音がする。

しばらくして、お盆と薬缶を持ち、征則が出てきた。コンロに炭を足して、薬缶を直火にあてる。底の方についていた水滴がジュッと音を立てて蒸発した。

「昼に、ひとりバーベキューでもしたんですか」

征則が笑って、お盆に載せたコーヒー豆の袋を出した。小さなハンドルがついたコーヒーミルも持ってきている。

「昼に探す会の大学支部の子たちが来てくれてたんです。沙希が声をかけてくれたようなんですけど、平日の昼間ですからね。学校さぼりたくて来てるようで」

征則がミルの中に目分量でコーヒー豆を入れ、ゆっくりとハンドルを回した。豆が潰れる音と同時にコーヒーの香りが漂う。周囲の樹木の匂いとよくマッチし、奈良は思わず深呼吸した。

「泊まりたがってましたけど、明日も学校休ませちゃうことになるでしょ。お昼食べたら、すぐに帰らせました」

探す会の大学生は遊び半分で活動しているように見えるが、征則は感謝していた。彼らが活動を楽しんでくれれば、それでいいという。

「葵のことを覚えてくれていて、日常生活の中で注意を払ってくれる人がひとりでも増えてくれることが大事なんです。所詮は捜索の素人集団であっても、百人が住む町があり、百人が葵を捜そうと意識していたら、何かしら糸口が見えてくるはずです。それは十人の警察官が捜索するよりずっと力がある」

薬缶が湯気を吐き始めた。征則がドリッパーに紙をセットする。挽き立ての豆を、ドリッパーに優しく入れた。

「コーヒー、こだわりますね」

「昔から自分で挽くのが好きだったんですよ。香りが違うでしょ」

征則がミルを持ち上げた。

「娘たちが幼いころは、このミルはおもちゃですよ。私がコーヒーを淹れるとわかると、どっちがミルを回すのかで、取り合いになる。葵は沙希のようにうまくできなくて、しかめっ面でハンドルを回していました」

湯が沸いた。征則が静かに注ぐ。香りがまろやかに漂った。

「奈良さん、よくこんなところまで来られましたね」

「誘っておいてよく言いますよ」

征則が静かに笑った。湯を注ぐのをやめる。蒸らしているらしい。

「いや、エヴリンの哲学に背を押されて、早退しちゃいましたよ」

征則が感嘆と呆れをないまぜにしたような複雑な表情になる。

「結局、エヴリンの捜索はどうなったんです。売春島に上陸して終わりですか」

「翌日、十和田湖の方へ行ったんですが、結局なにも見つからず、番組はお蔵入りだそうです」

征則が再び、ゆっくりと湯を注いだ。湯の音と挽き立ての豆がじわじわと膨らむ音に、癒される。征則のスマホが鳴った。奈良は湯を注ぐ作業を代わった。ドリッパー内の湯量が減っていくたびに、少しずつ湯を足していく。征則は電話で「お世話かけました」などと言っていたが、声のトーンがどんどん下がっていく。

「残念です。いや、ご尽力いただいたことは忘れません。また何かの折に。失礼します」

征則が電話を切った。奈良は尋ねない。征則もしばらく何も言わず、眉を寄せて、ドリッパーを見つめていた。やがて、スフレのように膨らんでいたコーヒーの粉がしぼみ切る直前、征則がドリッパーを外した。最後まで落とし切ると、不純物が混ざるのだという。

「タイミングを計っていただけですか。考えごとをしていたのかと」

「いや、日本はまだまだだな、と——」

電話の件のようだ。征則がサーバーから二つのカップにコーヒーを分け、奈良の前に出した。スティックシュガーやミルクが山盛りになった籠とスプーンを渡される。奈良はブラックが好きなので、そのまま口にした。インスタントコーヒーとの違いは、いまいちよくわからない。

「プロの捜査では葵は見つからなかった。それを受け止めたうえで、被害者家族にできることはなんだろうと、考えていたんです」

コーヒーに口をつけ、征則が語る。

「ひとつは、自力で捜し続けること、もうひとつは、同じ思いをする家族をこれ以上増やさないための啓発活動だと思うんです」

子供を二度とこんな目に遭わせない。そのための防犯ネットワークの構築は、母親の秋奈がPTAと連携してやっている。父親の征則は警察や行政への働きかけをする。折衝や交渉ごとに慣れている自分の役目だろうと征則は話した。

「私を榛名湖畔のカフェに招待することとか？」

奈良は冗談半分で言った。征則は小さく笑っただけだ。

「私は奈良さんを警察組織のひとりだと、思っていないようなところもあって」

何を言いたいのかはわかっていた。だが、口にはしなかった。

「海外には、行方不明の子供を捜す警察と連携した機関や非営利団体があるんです」

アメリカや韓国には全米行方不明児センターがある。センターに登録された子供の情報は、警察が撤退した後でも定期的に地域に提供される。世間が、いなくなった子供を忘れないためのシステムが、できあがっている。

「日本にはない。司法がダメなら次は行政が動く。そういうシステムが必要だと思っているんです」

征則は奈良に確認するように尋ねる。

「奈良さんがいる刑事部捜査一課の捜査手法というものを少し調べたんです。ナシ割、地取り、鑑取りという奴ですね」

その三つを柱とした捜査手法は、死体が見つかり事件現場が判明している事案に即している。

「それは、子供の行方不明事案には合っていないと思うんです」

征則は断言した。継続捜査係の緋沙子の話と重なる。そもそも選択肢が多すぎて、埼玉県警の規模では対応しきれなかった事案だ。大きく広げれば、刑事部の捜査手法で解決できる事件ではないということだ。征則は犯罪捜査手法まで調べ、娘の事件を客観的に分析しようとしている。

「アメリカでは、子供が行方不明になったというだけで、即座に地域の一般道に検問が敷かれるシステムが整っています。そこから得た情報を警察に提供するのが、行方不明児センターの役割です」

埼玉県警本部にもこれと似た機関がある。生活安全部の人身安全対策課だ。征則はこの課が事案に即応していることも知っていた。だが、この組織は葵の失踪直後、機能しなかった。事故か家出の可能性があったからだ。この指揮本部は県警本部長をトップに据え、副本部長、幕僚と幾人もの幹部が名を連ねる。二十四時間態勢で千人規模の捜査員の動員が可能だ。特捜本部設置でもここまで大規模にはならない。だからこそ、事案に喫緊性の欠如——事故か家出の線が見えたら、設置されない。

人身安全対策指揮本部が機能していれば、二年後に父親がひとりで穴を掘り続けねばならぬような事態には至らなかっただろう。

「事故だろうが家出だろうが子供がいなくなったら即動く。この体制を日本でも作らないと、いずれ私たちと同じように嘆き苦しむ家族がまた現れます。滋賀の水野さんや他の行方不明の子を持つ親たちと連携して、行政に働きかけたいと思っているんです」

「それが、さきほどの電話ですか」

「いえ。さっきのは埼玉の牛乳屋ですよ、東武牛乳から」

　埼玉県民なら、なじみのある牛乳メーカーだ。銀行員時代の伝手で社長を紹介してもらったという。

「牛乳のパッケージに葵の顔写真を入れられないかと社長に検討してもらっていたんです。ダメでしたけどね。これ、アメリカではよく行われているんですよ」

　牛乳など、人が日々手に取る食料品のパッケージに行方不明の子供の顔写真を載せて、情報を広げているという。

「ネットやテレビは一過性のものです。葵という子がいなくなって、家族が必死に捜しているという事実を、人々の日常に溶け込ませたいんです。さっきの話じゃないですけど——」

「百人いる町で全員で捜せば、ということですね」

　征則が頷く。

「でも行方不明の子の顔写真がパッケージに、となると敬遠してしまう消費者もいるはずで、社内で反対意見が多かったようです。成分表示の横にほんの小さくでいいと言ったんですが」

ＱＲコードも作り、情報を吸い上げる環境まで整えていたらしい。

「最近じゃ、葵の顔写真入りのティッシュを敬遠する人もいます。それが、日本人の感覚なんでしょうね。ハレとケガレの民俗学じゃないですけど、事件に巻き込まれた子供の写真は、ケガレというわけです」

「似顔絵なら……」

奈良は半分独り言で呟いた。写真ほどケガレは感じないと思ったのだが、その分、信憑性の低い情報が集まりやすくなる。葵が署名の際にいつも添えていたカウボーイ犬のイラストを思い出した。ブルドッグがカウボーイハットをかぶり、銃を持っている絵だ。あれを使えないかと奈良が考えているうちに、征則が再びスマホを出した。東武牛乳の社長に連絡をするようだ。奈良は止めた。

「やっぱりやめた方が。似顔絵だと、今度は目撃証言の正確性が下がる」

「話をするだけしてみますよ」

今度の電話は長くなった。征則は通話を続けながらコテージに入っていく。辺りが薄暗くなってきたころ、征則がウッドデッキに戻ってきた。結局、断られたらしい。だが、その目に失望の色はなかった。奈良は感心して尋ねる。

「粘り強さは、銀行員時代に培われたものですか」

父親だからできることなのか。奈良は子供がいないからわからない。

「奥さんはよく泣いていらっしゃいましたが、あなたの涙は見たことがありません」

征則が苦笑いする。

「そういえばテレビ番組のチーフディレクターは泣けとうるさかったなぁ。大人の男が、というのはありますけど。本当は声を上げて泣きたいですよ、毎日」

征則がロッキングチェアにもたれ、空を見た。都会では考えられない数の星が瞬き始めている。

「奈良さん、これまでで一番泣いたことって、なんですか」

征則が穏やかな調子で、尋ねてきた。冷え切ったコーヒーもおいしそうに飲む。

「小三かな。遠足で東武動物公園に行くとき、ひとりで逆方向の電車に乗っちゃって」

怖かったでしょう、と征則が気遣った。

「担任が若い女性教師で、からかってたんですよ。反対方面のホームに入ってきた電車にわざと乗って、俺は都会に出ちゃうぜ、先生どうする、とね。そうしたら降りそびれて、もうパニックですよ。結局、終点の北千住駅で大号泣しているところを、駅員に保護されたんです」

征則は腹を抱えていた。こんな風に笑う男なのか。奈良は穏やかな気持ちになる。

「奈良さんのエピソードに比べたら、私のは大したことないなぁ」

「教えてくださいよ。俺、言いましたよ」

「高校サッカーのインターハイで、千葉地区大会の決勝で敗退したときはもう、ピッチで大号泣でしたね」

征則が遠い目をして、続ける。

「あとは沙希が生まれたときですかね。立ち会ったんです。妻も初産だったので、難儀したんですよ。これほど苦しむのかとたじろいでいるときに、ようやく生まれてきた。こんなに小さな沙希を見たとき、もう号泣です」

征則は両手で赤子を抱く真似をしながら、懐かしそうに話した。自分に耳の形がそっくりで、鼻の感じは妻と、似ているところを発見するだけで、こみ上げるものがあったという。

「もう、かわいいの価値観が総崩れしていくのを感じましたよ。これはやばい、このかわいさは本当にやばい、って」

だんだん口調が砕けてきた。

「ハンディカム構えたまま号泣しちゃって、助産師さんはクスクス笑うし、妻はドン引きです。ビデオを見るたびに、パパの泣き声がうるさいって沙希に言われちゃうし……」

征則が視線を落とした。

「だから、葵が生まれるときは、泣かないと決めた。決めちゃったんですよね」

葵の出生時は、幼い沙希の世話や仕事の調整で頭がいっぱいだった。沙希が生まれたときの衝撃と感動を覚えていて、慣れもあったらしい。

「葵が生まれたときも本当にすっごくかわいかったんですけどね。とりあえず無事生まれて、ほっとして、泣かなかった。そうしたら数年後、葵本人からブーイングですよ」

「どうして私のときは泣かなかったのか、と？」

「顔を真っ赤にして、頬を膨らませて、私の膝の上で怒るんです。胸を小さな拳で叩いて。その仕草や表情のかわいさと言ったらもう――」

ふいに征則が口をつぐむ。奈良から目を逸らした。奈良も押し黙る。征則ははっと息を吐いた。嗚咽をこらえるようにして低い声で続けた。

「葵がいなくなったあの日、高麗川で葵の名前を叫びながら、そんなことを思い出していました。だから、いまは泣かないと決めた。見つかったら、葵を抱きしめて大号泣してやるんだと決めてね。生まれたとき、我慢した分も含めて……」

奈良のスマホが鳴った。係長からだ。全てを台無しにする電話だったが、出ないわけにはいかない。征則に手を上げ、ウッドデッキを下りて電話に出た。

「お前いま、榛名山だっけか。泊まるのか」

「いや、日帰りの予定ですが」

「ならよかった。秩父署管内の民家でホトケが二体あがった。すぐ秩父署へ行ってくれ」

奈良は電話を切り、ウッドデッキに戻ってコーヒーの礼を言った。さっき思いついたが、言わなかったことを話す。

「カウボーイ犬、覚えてます？　ブルドッグで、拳銃ぶっ放している」

「葵が描いていたブルドッグのキャラですね」

「牛乳のパッケージにいいかもしれませんよ」

秩父署の事件は一か月で解決した。

民家で見つかった二体のホトケは老夫婦で、金銭トラブルのあった四十代の孫の男が行方不明になっていた。男は車を使っていて、Nシステムで居場所はすぐにわかった。

奈良が男を逮捕したのは八月だ。新潟港で男は車ごと小樽行きのフェリーに乗り込み、本州から逃れる寸前だった。男の逃走経路の裏取りに多くの時間が費やされた。九月、奈良が新潟県警本部を訪れ、監視カメラの映像の提供を求めていたとき、係長から電話がかかってきた。

「お前いま、新潟だったっけか。泊まるのか」

　知っているはずなのにわざわざ聞く。挨拶のようなものだ。

「日帰りに決まってるじゃないですか。宿泊費出るんすか」

　係長は一笑に付す。

「そっちの裏取りはもう所轄に任せて、春日部署に行ってくれ。たったいま、管内の民家で女性の死体が見つかった」

　春日部と聞いて、奈良は頭が真っ白になった。現場住所の読み上げで我に返り、慌ててメモを取る。春日部市南中曽根。生まれ育った家から二百メートルも離れていない。頼んだぞと係長が電話を切ろうとした。慌てて抵抗する。

「ちょっとこれ、他の班に振れないんすか」

　係長は一拍置いたのち、不思議そうに尋ねた。

「なんか不都合があるのか」

　奈良はわざと笑ってみせた。

「いやいや……。たまには休みをと思ったんですけど、まあ、冗談です」

　電話を切る。喫煙所に入り、煙草を吸った。

　真由子は八月に駅前のクリーニング屋で働き始めたが、うまくいかなかった。しょっぱなから週に四回もシフトを入れて、二週間で体調を崩し三日間入院した。二十年経っても立ち直れない自分を責めて病室で泣き、翌日には魂が抜けたように無反応になった。また自殺しようとするかもしれない。奈良は生きた心地がしなかった。

二週間の休養を経て真由子は自らクリーニング屋に電話をしたが、解雇されていた。いまは求人チラシやハローワークの求人票とにらめっこしている。真由子には二十年の空白がある。理由を尋ねられても、真由子は真実も嘘も言えない。

いま彼女に春日部に来いと言っていいのか。

すぐ隣で、新潟県警の男が二人、妙なイントネーションで話し込んでいた。新潟弁だろうか。

奈良は真由子に電話をかけた。就職祝いにスマホを買ってやったのだ。真由子が出た。奈良は厳しく言った。

「次は春日部だ」

真由子は「あら、そう」と答えた。

「秩父署に着替えが置きっぱなしなんだ。署に言づけておくから、取りに行ってくれないか」

洗濯して、アイロンをかけたものを追加して春日部署に持ってくるよう、一方的に言いつけた。

「秩父署からって、一日仕事じゃない」

面倒くさそうな声は、わざとらしかった。

「真由子が行ってくれるだけで、兄ちゃんは一件でも多くの目撃証言を取りに行くことができるんだ。犯人逮捕が早くなる」

「わかったー」

呑気な言い方とは裏腹に、声音は力強かった。挑もうとしているのがわかる。お兄ちゃん帰ろう、と小さな体で自転車を起こしたあの日の妹を思い出す。

奈良は新潟県警本部の担当者と話をつけて、埼玉県に帰ることにした。上越新幹線に乗り込む。車窓から見た新潟の景色は茶色だった。市街地を抜けると田んぼだらけだ。稲刈りがもう始まっている。大宮駅で下車し、東武野田線に乗って春日部に向かった。豊春駅で降り、タクシーに乗る。密集した住宅地を過ぎると、のどかな田園地帯が見えてきた。田んぼの二、三区画ごとに、屋敷林に囲まれた民家が点在する。秋晴れの青い空と、田んぼを貫く一本道、そして景観を損なう高圧電線の鉄塔が見える。自分の生まれ故郷と坂戸はよく似ていた。

田んぼ農家のひとつが、事件現場だった。タクシーを降りる。民家手前の田んぼの真ん中に、稲刈り機が出しっぱなしになっている。突然作業を投げ出したようだ。自宅周辺に規制線が張られ、田んぼ道にずらっと捜査車両が並んでいる。平日の昼間、野次馬はいない。

門扉の前で、麦わら帽子を抱いて茫然と立ちつくす老人がいた。長靴の足は泥まみれだ。もう乾いていて、土の塊が落ちそうだ。すぐ脇で、森川と小山が聴取している。奈良に気が付き、森川が声をかけてくる。

「あ、お帰りなさい」

殺人現場で、お帰りなさいはない。まあ、そういう人生だが。中の様子を尋ねる。

「もうあと三十分ほどかかるそうです」

鑑識作業が終わらないと、刑事は現場に入れない。

ガイシャの情報を聞く。五十二歳の無職女性。老人のひとり娘で、二人暮らしだった。早朝から父親は稲刈りに追われていて、異変に気が付かなかった。自宅の玄関を慌てて出ていく見知らぬ男が目に留まり、駆け付けた。そこで娘の死体を見つけた。

三十分ほど待つ。鑑識作業が終わり、家の中に入った。

民家は平屋建てで、廊下の先に和室があった。ウィンドファンが取り付けられていた。カタカタと音を立て冷風を出す。ガイシャはその部屋で頭をかち割られ、死んでいた。凶器と思しき草刈り鎌が頭上に転がっている。うつ伏せだが、尻を突き出すようにして膝を立てていた。ちょっと触れたら倒れてしまいそうだ。むき出しの陰部に透明の液体がどろりと垂れている。精液は時間が経つと無色透明になる。もうハエが開口部にたかっていた。強姦されているのは間違いなさそうだった。

「なにか、かけてやってくれ」

すれ違った鑑識課員に声をかけた。被害者の顔を覗き込んだ。血で張り付いた髪でよくわからないが、別段若く見えるわけでも、美人でもない。外見的には目立たない中年女性だっただろう。

室内を見て回る。荒らされた形跡がない。台所では上部の小窓が開いていて、別の農家の稲刈り機の音が聞こえてきた。物盗りついでの強姦殺人ではなさそうだ。怨恨か。ダイニングテーブルの上に、牛乳パックと飲みかけのグラスが置かれている。東武牛乳で、パックの成分表示表の下に見慣れたブルドッグがいた。

葵が描いたカウボーイ犬のイラストだった。

＊

網戸にしたリビングの窓から、暖かい風が吹き込んできた。

父が新聞を広げて読んでいる。風で新聞の端が揺れた。母はキッチンで洗い物をしている。

沙希は父親の斜め向かいで、世界史Bの宿題をしていた。

「春日部の事件、犯人捕まったみたいだね」

父親が新聞の埼玉版を指さした。奈良が追っていた事件らしい。記事と一緒に、パトカーで移送される犯人の写真も載っていた。うなだれて座る男の右隣に、奈良が見切れて写っていた。沙希は新聞部の部員として、この写真のカットが気に入らなかった。

「春日部って、去年の秋の事件だっけ」

「目撃者はほとんどいない。被害者がトラブルを抱えていたということもなくて、かなり難儀していたみたいだからね」

沙希は無意識にカレンダーを見た。二〇一九年四月、沙希は高校三年生になった。この七月で葵がいなくなって三年だ。父が記事を要約する。

「犯人はネットでやり取りしただけの男だって。父親が作った米をネット販売していて、その常連客だったと」

「被害者って五十代のおばさんでしょ?」

沙希の言葉に、父親が眉を寄せる。

「加害者は七十五歳の老人だよ。七十五歳にとったら五十代は若いんだ」

男性はいきなり自宅に押し入って強姦し、殺した。こんな事件は防ぎようがない、と父親は呟いた。母親は洗い物を終えて言った。

「高齢化社会らしい事件よね。ネットで知り合っていきなり殺人。若い人がやりそうなことを年取った人がやる……。こういうの、これから増えそうね」

鋭い意見だね、と感心したように父親が言った。

「探す会のPTA支部長やっていると、防犯関連の会に呼ばれることが多くて、犯罪の話ばかり聞いているの。そのうち犯罪学者になっちゃいそう」

母親が肩をすくめた。それでも、葵を待って泣くだけの毎日よりましなはずだ。きっと今年の夏も母親は辛い思いをするだろうが、多忙にしていれば、やり過ごすこともできるだろう。

沙希のスマホが鳴る。グループLINEのメッセージを受信した。探す会のメンバーから、目撃情報だった。

『厚川中のOGの宮園夏未さんから、カウボーイ犬の目撃情報あり。本人のメアド載せておくね。メールはいつでもOKとのこと』

カウボーイ犬のイラストは、去年の秋から、東武牛乳のパッケージに掲載されている。ビラやティッシュの葵の写真も、半分はカウボーイ犬に変えた。もらってくれる人は増えたが、目撃証言は減ってしまっている。

沙希は早速、記載されたメールアドレス宛にメールを送った。

『葵を探す会　高校生支部長の石岡沙希です。情報をいただいて本当にありがとうございます。詳しく話を聞きたいのですが、電話か直接会うことは可能でしょうか？』

夜になっても返信が来なかった。よくあることだが、少しがっかりする。


翌日の放課後、宮園夏未から返信があった。

『今日、会えませんか。バイト先に来てくれたら嬉しいんですが』

沙希は新聞部の活動の真っ最中だった。新年度を迎えたいまは臨時特大号を発行するため、記事量が多い。多忙を極めていた。

特大号では、新たに担任になる教師を紹介したり、新入生向けに地元の池袋の情報を発信する予定だ。沙希は池袋に点在する銅像の特集を担当している。待ち合わせ場所にしやすく、どこにどんな銅像があるのか知っておくと役立つ。豊島区役所の担当者に取材のアポを入れていた。

夏未が目撃したのは、カウボーイ犬のイラストだ。葵とは結びつかないだろうという気持ちが強く、沙希は迷った末、美琴を頼ることにした。美琴は登山部に在籍している。長期休暇中に登山するだけだ。沙希は美琴を捕まえた。

「厚川中のＯＧからカウボーイ犬の目撃証言が出てるの。代わりに話を聞いてもらえない？」

「珍しいね。葵ちゃん本人じゃなくてカウボーイ犬の方だなんて」

「よくわからないんだけど、連絡先、グループＬＩＮＥに流れてる。宮園さんという人だから」

美琴が快諾してくれた。沙希はすぐに区役所へ向かった。

午後五時、取材を終えて学校に戻った。部室でインタビューの音源を記事に起こしていると、美琴からＬＩＮＥで一報が入った。『なんか微妙な情報』と切り出される。しばらくして続きのメッセージが届いた。

『宮園さんは一本松駅近くの郵便局でバイトしてて、今年の初めごろ書き損じ年賀状の交換の受付をしたとき、カウボーイ犬にそっくりな絵柄を見たんだって。今年は亥年なのに、なんで犬の絵なんだろうって、記憶に残ってたらしい。牛乳パック見て、思い出したとか』

気が付いたのが、今年の二月ごろだという。なんとなく胸にしまったまま、昨日たまたま会った探す会の会員に雑談程度に話したらしい。バイト先の郵便局で会いたがったのも、現物を見せるためだった。しかし、もう廃棄されてしまっていて、美琴は確認できなかった。

直接の目撃証言でもないし、絵の現物もない。無駄かと思いつつ、沙希は父親に電話した。

父親は出ず、メールで返信がきた。

今日は、坂戸市議会と有識者の防犯意識向上促進委員会の会議があると言っていた。父親は議員でも有識者でもないが、子供の安全を守るため、通学路上の防犯カメラ整備を進める法案を市議会で出してほしいと、働きかけに行ったのだ。メールで軽く内容に触れた。すぐに父親から返信が来た。

『いま会議中だよ』

『奈良さんに伝えてみて』

奈良の携帯電話番号が記されていた。刑事に連絡するのは気が引けたが、奈良が懐かしくもあり、電話をかけてみた。

「あっ、あの、お忙しいところすいません。坂戸の石岡沙希です」

「沙希ちゃんか。びっくりした。どうした?」

「父から番号を聞いて」

奈良は笑ったのか、ザーッという雑音が広がる。

「何か、葵ちゃんのことか?」

「いま、牛乳パックに葵が描いた犬の絵を載せているんですけど」

「知ってる。俺は最近、東武牛乳飲みまくってるよ」

それなのに全然背が伸びないと奈良が冗談を言うので、沙希は笑ってしまった。用件を促されて、やっと事情を話した。ただの犬の絵の目撃証言だ。継続捜査係に連絡しておくと言われると思っていたが、奈良が黙った。しばらくしてから尋ねてくる。

「どこの郵便局？」

「一本松駅近くにあるらしいんですけど。でも、一月か二月ごろのことなんです。いま現物はないようで」

「そうか。いや、いま手が空いているから、行くよ」

奈良本人がわざわざ動いてくれるのか。

「郵便局の名前を確認して、ショートメールをくれるかな？」

電話を切り、沙希はすぐに美琴に電話をかけた。

＊

郵便局は十七時に窓口が閉まる。

奈良は春日部市から、約四十キロの道のりを車で走り、坂戸まで来た。農家の強姦殺人事件は犯人を逮捕したばかりだ。全ての雑務を森川と小山に押し付けてきた。十七時半、日の入りにはまだ早く、空は明るい。

下新田郵便局に到着する。県道74号を挟んだ向かいは鶴舞ニュータウンだが、ここの住所は鶴ヶ島市だ。入り口を施錠し、ロールスクリーンを下ろしている職員と目があった。警察手帳を示す。職員はすぐに中へ招き入れてくれた。

窓口が二つしかない小さな郵便局だった。いまは待合スペースの電気が消えている。カウンターの向こうに女性がいて、書類をまとめていた。奈良を招き入れた男が局長だった。どこかで見覚えがある。奈良は事情を説明した。

「宮園は三時であがっちゃいましたけど、近所ですから、すぐ呼び戻しますよ」

局長はカウンターの中に入り、電話をして戻ってきた。

「近くのドラッグストアにいるようです。すぐに来ます」

カウンター前のソファで待つように言われた。局長は電気をつけてくれた。

「ここの郵便局、住所は鶴ヶ島市なんですね」

「はい。でも扱う郵便のほとんどは鶴舞ニュータウンや浅羽野地区、つまりは坂戸市民ものですね。立地上、そうなります」

葵の絵が描かれたハガキが、この郵便局で書き損じとして扱われていた可能性がある。葵はこの界隈にいるのか。天井をぐるっと見回し、防犯カメラの位置を確認する。掲示板には、葵の目撃情報の提供を呼び掛けるポスターが張り出されていた。

「私も最初のころは消防団長として、捜索に加わったんですよ」

葵のポスターを見ながら、局長が言う。見覚えがあったわけだ。

「ここで微力ながら、ビラとかティッシュを置いたりして協力しているんですが……」

よく肥えた女性が入ってきた。

「ああ、なんか、どうしよう」

彼女は戸惑ったように奈良を一瞥した。宮園夏未らしい。

「私、まさか刑事さんが来るとは思ってなくて……。すいません、大げさになっちゃって。いや本当にどうしよう」

ペコペコと頭を下げる。

「偶然、中学時代の友人に道端で会って、なんかその子が葵ちゃんを探す会の会員だっていう話になって、そういえば牛乳にあった絵柄を見たと軽く話しちゃったんです」

奈良は気を使わせないように穏やかに尋ねる。

「確認したいんですが、そのカウボーイ犬が描かれていた書き損じハガキ、交換を受け付けたのはいつごろですか」

「今年の年賀状だったという記憶があるので一月か、二月か」

局長が助け船を出す。

「年賀状で交換したのなら、一月十一日までしか交換できないよ」

書き損じの年賀状を交換できるのは、年賀状を販売している期間のみだという。通常のハガキはいつでも交換できるが、消印が押されない年賀ハガキには期限がある。

「それじゃ、交換は一月十一日までの間だったとして、交換にやってきたのは男か女か、覚えてます？」

「すいません、全然わからないです。ただ、犬の絵がすごくかわいかったんです。それしか……」

「カウボーイ犬の他に、ハガキにはどんなことが書かれていました？」

「個人情報はなるべく見ないようにしています。絵以外のことは、ほんと、すいません」

夏未が頭を下げた。

「書き損じハガキを交換する際に、手数料がいるんですよね。その際、何か申請書に記入したりするんですか？」

「一枚につき五円頂戴していますので、レシートは出しますが、お客様が書くものはないです」

現物がないなら、指紋の採取は無理だ。

「局内の防犯カメラですが、一月のものというのは」

局長が残念そうに首を横に振る。

「うちは二か月で上書き消去してしまうんです」

それなら、県道74号沿いの防犯カメラ映像を追うしかない。この道路を使用せず、鶴舞から県道を横断する恰好で郵便局を往復していたら、カメラには映らない。目の前の横断歩道にカメラはなかった。一本松駅近くの交差点まで行かないと、設置されていない。

「ちなみに、現物はすべてシュレッダーかなにかで破棄するんですか？」

奈良の問いに局長が答えた。

「再生紙になって新たなハガキに生まれ変わりますので、毎月決められた日に提携している配送センターに送るんです。小包で」

局長はカウンターの奥に入り、スケジュール表を確認した。一月の必着日は七日。二月は十日だという。

「年賀状の交換が十一日までにされたとすると、遅くとも二月十日には配送センターに到着していることになりますね」

二か月前なら、すでに断裁されているのではないか。奈良はため息をついた。局長が慰めるように言う。

「配送センターでは、ある程度の枚数がたまってから、再生紙工場に送ります。運がよければ、まだどちらかに保管されているかもしれません」

「その再生紙工場と、配送センターの名前はわかります？」

ちょっと待ってください、と局長は連絡先一覧名簿をめくった。

さいたま市岩槻区の配送センター『吉野物流』と、熊谷市にある『ベア紙業』という再生紙工場だった。礼を言って外に出る。防災無線のサイレンが聞こえてきた。三年前、毎日のように聞いていた。

奈良は下新田郵便局を出た足で、県警本部に向かった。継続捜査係の大前緋沙子と話をするつもりだ。男なら飲みに連れ出して酒を奢ればいいが、女の緋沙子をどう説得し、巻き込むか。

十八時半、緋沙子は退勤していた。部下から彼女の携帯電話番号を聞いた。彼女のデスクに座り、電話をかけた。

「やだ。奈良君だったの」

電話口から、やかましい音楽が聞こえる。ヒップホップミュージックのようだ。

「大至急話したいことがある。どこにいる？　クラブで踊ってんのか」

そんなわけないでしょ、と緋沙子はさいたま市中央区にあるスポーツクラブの名を告げた。奈良はすぐさま向かった。緋沙子はガラス張りのスタジオの脇にいた。ハイチェアに座り、ダンスレッスンを見ている。九歳になる息子のお稽古ごとに付き添っているらしい。

奈良も隣の椅子に座ったが、床に足が届かなかった。緋沙子とはいつ会っても調子が狂う。緋沙子がスタジオの方に顎を振った。

「最前列のど真ん中がうちの子。保育園時代から柔道、レスリングの英才教育を施してきたのに、今年に入っていきなり全部投げ出してヒップホップダンスよ」

「子供は親の期待通りには育たないだろ」

「わかっているわよ。で、用件はなに」

奈良はハイチェアから飛び降りて、自動販売機へ行った。缶コーヒーを二つ買う。緋沙子の隣に戻り、彼女の前にひとつ置いた。緋沙子が礼を言い、プルトップを開ける。一口飲み、懐かしいね、と言った。

奈良は書き損じハガキの話をした。配送センターや再生紙工場の名前すら出していないうちから、緋沙子が「無理」と首を横に振った。

「最後まで話を聞け。缶コーヒー奢ったろ」

緋沙子が財布を出す。百三十円を奈良の前に並べながら言う。

「だいたい、奈良君は捜査一課だから私たちと捜査手法が違いすぎる。大規模捜査本部で、百人態勢とかなら、そういうローラー作戦もできる。うちはたったの五人よ」

五人では無理、と緋沙子が断言する。

「ローラー作戦みたいな捜査方法を、そんな不確かな情報をもとに実行できるわけがない。そもそも、もう再生紙になってる可能性だってある。配送センターに送ったのは二か月も前なんでしょ」

「葵が描いたかもしれないんだぞ」

奈良は缶コーヒーを強く握り、言葉に力を込める。

「年賀状なら、カウボーイ犬の絵が入った牛乳が流通し始めてから描かれたものだ。葵が牛乳の絵に気が付いて、レスポンスをしたのかもしれない。生きている、助けてくれと」

「だったら年賀状にそう書けばいいじゃない。ここにいる、助けて、と」

「書けないから、カウボーイ犬だけだった。監禁されている彼女が唯一出せるSOSだったのだとしたら？」

「牛乳パックを見て、誰かが真似して描いただけかもよ」

「葵以外がそんなことをしても意味がないだろ。姉がかき集めてきた目撃情報はどうなってる。池袋や川越にいた、マスクをした少女って奴だ」

緋沙子は首を横に振る。防犯カメラの確認はしたようだが、上書き消去されていた。唯一残っていたものの中に、マスクをした少女の姿は確認できなかったという。

「完全に手詰まりじゃないか。こっちの線に乗らなくてどうする！」

レッスンが終了した。緋沙子が笑顔で息子に手を振っている。奈良の隣から立ち去ろうとはしなかった。

「妹さんは元気」

「だから、普通だ」

息子がスタジオから出てきた。汗まみれで、顔が真っ赤だった。奈良は緋沙子が置いた百三十円を握って自動販売機に行く。息子にジュースを買ってやり、勝手にアドバイスする。

「ダンスうまかったけど、君はレスリングの方がむいてるよ」

息子が変な顔で、母親に視線を送る。

「ジュース、もらってあげなさい」

続けて緋沙子は奈良に言った。

「三人よ。三人だけなら人員を出す」

翌朝、奈良は春日部署の捜査本部に戻った。管理官は古谷栄介警視、葵の事件の捜査本部を率いた二代目だ。被疑者の身柄は検察に送った。返ってくるのは明日以降で、タイミングがいい。奈良は古谷に事情を説明した。古谷がぎょろ目を見開く。

「カウボーイ犬か……。お前、ひとりで行くのか」

「もちろんです。現在担当する捜査本部をないがしろにはできませんので。ホシの身柄が戻ってきたらすぐに――」

「いや、いいよ。班員も連れて行っていいぞ。森川と小山、二人だけで申し訳ないが」

あっさり了承されて、拍子抜けする。奈良は西入間警察署の奥村に電話をかけた。

「よう、関取は元気か」

奥村が抗議する。

「七帆（ななほ）は幼稚園の相撲ごっこで、横綱ってあだ名ついちゃったんすから」

「俺には関係ないだろ、それ」

葵がいなくなったときに一歳だった娘が、もう幼稚園か。奈良は配送センターの話をする。

「どうして担当の俺を差し置いて、そこまで話が進んでいるんですか！　そういうのは専用ダイヤルに電話してくれなくっちゃ。ちょっと待っててください」

強行犯係長の呉原と電話を代わった。

「場所を教えてください。うちの係、全員連れて行きます！」

電話を切った。奈良は森川と小山を呼び、事情を話した。

直後、懐かしい人物から電話がかかってきた。葵の事件の初動捜査を率いた、比留間賢作管理官だ。

「奈良、聞いたぞ。葵が描いたかもしれないカウボーイ犬が見つかったと。何人必要だ。うちの捜査本部からも何人かヘルプを出させる」

「比留間さんいまどこの捜本です」

「飯能署の強盗致傷の捜査本部だよ。大丈夫、三人くらいなら出せる」

ふと、あのインチキ霊能者、エヴリン・ガテーニョの言葉を思い出した。奇跡とは、何かが起こることではなく、状況が整うことだ。

集まった捜査員は、五十人にも上った。ほとんどが、葵の事件の初動捜査に関わった捜査員だ。

古谷や比留間の指示が噂で流れて、同調する動きがあったらしい。捜査本部がないのに、捜査員が五十人集まる。異例のことだった。

奈良は五十人を二つの班に分けた。三十人を熊谷市の再生紙工場、ベア紙業へ向かわせた。すでに再生紙工場には連絡を入れ、ハガキの断裁作業を一旦ストップしてもらっている。だが何日も作業を中断させるわけにもいかないから、再生紙工場へ送る人員を多くした。残り二十人はさいたま市岩槻区の配送センターで、廃棄ハガキを探す。

奈良が再生紙工場に向かっている最中に、征則から電話がかかってきた。事情を話す。征則は声を弾ませた。

「それなら、うちからも人を出します。会員に情報を回し、手が空いていれば――」

猫の手も借りたいところだが、警察の捜査だ。一般人を加えることはできない。泣く泣く断った。

ベア紙業は住宅や工場が点在する県道341号沿いにあった。熊谷バイパスとの交差点のすぐそばだ。奥村がすでに駐車場で待ち構えていた。一年半ぶりの再会だ。坂戸で靴底をすり減らし続けた日々が蘇る。

「よう、子供相撲で優勝した七帆は今日もしこ踏んでんのか」

「なんか話が飛躍してませんか」

「呉原係長は?」

「先に入って、社長と話してます」

広大な倉庫内は廃棄ハガキ以外に、近隣から回収した古紙や段ボール箱の山があちこちにあった。奥にプレハブ小屋のような事務所がある。その中で、ベア紙業の社長は刑事たちに囲まれていた。熊の刺繍が入った会社のジャンパーを羽織っている。古紙回収後の工程を説明しているところだった。

「弊社では配送センターから送られてきた古紙をベルトコンベアに載せ、まずは不純物を取り除く作業をします」

一同は社長の案内で倉庫内の中央にあるベルトコンベアに移動した。職員三人が古紙を仕分けている。ベルトコンベアはビニールのカーテンの向こうまで続いている。

「例えば濡れていたり、シールやガムテープが残っているようなものをまず取り除いてですね、それから断裁して、プレスして固めます」

プレス古紙は製紙工場に出荷するのだという。

「お問い合わせの廃棄ハガキについては、あちらにまとめておきましたよ」

呉原が「どこです！」と前のめりに尋ねる。捜査本部最後の日、彼は葵が写る坂戸市の広報誌の表紙をじっと見ていた。

「青いパケットに入っています。こちらへ」

社長はベルトコンベア前を突っ切る。作業場の隅に壁で仕切られた六畳ほどのスペースがあり、その一角に廃棄ハガキの山が保管してあるという。

パケットと聞いて、大した量はなさそうだと奈良は思った。作業場に入り、ぎょっとする。

パケットが天井に届くほど積み上げられていて、足の踏み場もない。百箱ぐらいはありそうだ。ひとつひとつのパケットは青色をしていて、両手で抱えるほどの大きさだった。

「ちなみに、このパケットひとつで、何枚くらいのハガキが入っているんです?」

「そうですね、だいたい五千枚ですかね」

ここだけで五十万枚もある。奥村が天井を仰いだ。

奈良は岩槻の配送センターを仕切る小山に電話を入れた。小言を浴びる。

「班長、途方もねぇ作業になりそうだ。一千万枚だぞ」

関東全域の郵便局から書き損じハガキが集まっていて、ごちゃ混ぜになっているらしい。

「こちらは五十万枚だ。健闘を祈る」

奈良は電話を切ろうとした。

「待て。こっちは班長のとこの二十倍だぞ。それなのに人数少ないのはどういうことだ!」

「作業の優先順位は納得済みだろ、こっちは目の前でハガキが断裁されていくんだぞ。喫緊の作業で人員が必要なのはこっちだ」

「ここにだって、トラックがやってきて再生紙工場に運ばれてしまう緊急性があるんだ」

「それをまた、うちが確認する……。いや、お前らがもうチェック済のパケットはうちで見る必要はないな。作業の重複がないように、作業済のパケット番号をあらかじめ教えてくれ」

「つまり、そちらの作業数がより減るということだよな？　人を寄こせ」

奈良は歯ぎしりして、人員の半分を配送センターに回した。

十五人になってしまった人員の中に、奥村と呉原がいた。奈良は軍手をして、パケットの中身を作業台にぶちまけた。


一週間が経った。成果はまだない。

作業効率は落ちた。捜査員の数が半減したからだ。どの捜査員も正式な配置ではない。専属の捜査本部に戻っていく。単調な作業に嫌気がさした者もいただろう。

今日は奈良と奥村、呉原の三人だけだ。配送センターの方は小山と森川ら五名だ。パケットの数はなかなか減らない。世の中には書き損じハガキを交換する人が意外にも多い。

作業中、緋沙子から電話がかかってきた。

「カウボーイ犬のハガキを交換したかもしれない人物が車を利用していたと仮定して、今年一月に県道74号を通った車のナンバーを解析したの。なかなか興味深い二名が浮上したわよ」

「誰だ」

「担任教師と目撃証言をした中学生。どちらも『元』という冠がつくけどね」

「――浮島と笠原か」

大正解、と緋沙子は言ったが、無感動な調子なので褒められた気がしない。

浮島航大は小児性愛者で、葵の担任教師だった。笠原智樹は葵を最後に見かけた、第六中学校の生徒だった。

「笠原はもう運転できる年齢か？」

「バイクよ。十六歳になってすぐ免許を取得して、あちこち乗り回しているわよ」

奈良は唸る。

「難しいところだな。県道74号は生活道路だ。通過していても不思議じゃない」

そもそも、いまどきの高校生が年賀状を書くだろうか。緋沙子が言う。

「笠原は高校に行ってないの。中卒で、越生にある建設会社で働いている。社会人なら、仕事上付き合いのある人物に年賀状くらい書くんじゃない」

「わかった。で、つつくのか？」

これからね、と緋沙子は短く答える。

「浮島は慎重に頼む。警察を恨んでいるはずだ」

電話が切れた。緋沙子はとことんやり尽くす性格だ。開け放した窓から、生ぬるい風が通り抜ける。あの日から三年目の夏の足音が、近づいてきていた。

ハガキの捜索に進展がないまま一か月半が経とうとしていた。

改元の十連休を機に人員は減り、刑事は奈良と奥村だけになった。連休中に本庄署管内で車上荒らしに伴う強殺事件が起き、配送センターの小山と森川を出した。呉原は、管轄の毛呂山町で発生したひったくり事件の捜査本部に入ってしまった。奥村を残していってくれたことに感謝した。

百箱あったパケットのうちもう九十箱近くが確認済みだ。それらは断裁され、プレスされて製紙工場に旅立った。配送センターから新たなパケットが届いたが、パケットの蓋の全てに小山のシャチハタ印が押された紙が貼り付いていた。確認済みということだ。

五月三十日、パケットも残すところあとひと箱、五千枚を確認するのみとなった。この中にカウボーイ犬はいるのか。見つからなかったときのことを想像して、奈良は胃が痛くなった。

緋沙子ら継続捜査係は、浮島と笠原を絞ったが、そもそも二人とも年賀状を書いていなかった。笠原は若いから年賀状のやり取りをしない。浮島の方は人間関係が消滅していた。浮島は実家の農家を継いで、ひっそりと暮らしている。

元号が令和に変わったことも、奈良を焦らせた。狭いブースで作業に没頭していると、自分が平成に取り残されたような気にもなる。奈良はひとり、下新田郵便局へ戻った。

十三時、アルバイトの宮園夏未が郵便窓口で切手を販売していた。奈良を見て、ぎょっとした顔をする。カウンターの奥で局長が立ち上がるが、奈良は黙礼だけして、夏未に迫った。

「頼む。もう一度、書き損じハガキの交換を受け付けた日のことを、思い出してほしい」

夏未が困った顔をする。

「あれはお正月のころのことですよ。もう五月ですし――」

「一月のことだった。外は明るかったか？」

夏未が眉を寄せた。重ねて尋ねる。

「君がカウボーイ犬のイラストを見たとき、外は明るかった？」

一月の日没は十六時半ごろと早い。時間を絞り込めないか。若い女性の記憶にかけた。夏未がじっと考え込んでいる。奈良は待った。しばらくして夏未が答える。

「明るかったですね。夕方や日没後ではなかったです」

奈良の後ろに客が並んだ。申し訳なく思ったが、記憶が蘇りつつある。質問を続けた。

「昼過ぎだったかな。それとも午前中？」

夏未が首を傾げ、宙を睨んだ。局長が奈良の後ろの行列を見かねて、隣の貯金窓口を開ける。夏未が泣きそうな顔で、わからないと訴えた。問題ないと伝えたくて、大きく頷いてみせる。

「受付をしたのはここか。それとも隣の貯金窓口？」

夏未が即答した。

「それは、この郵便窓口で間違いないです」

「ハガキを出した人物は、他に用件はなかったのかな。ついでに切手を買ったとか。ＡＴＭの方へ金を下ろしに行ったとか」

夏未は唇に指を当てて眉を顰める。眉間の皺が深くなっていった。奈良は再び助け船を出す。

「音はどうだろう」

夏未が顔を上げる。

「カウボーイ犬を見たとき、なにか聞こえた音はあるかな」

奈良の問いに、夏未はすんなりと答える。

「確か、交換した新しい年賀状に早速住所を書いていた気がします。ボールペンを持っていて。カチ、カチ、カチって」

奈良は眉を顰めた。

「連続三回鳴らした、ということ？」

「ええ。リズミカルな感じで」

奈良の記憶が蘇る。ボールペンを連続三回ノックする、メトロノームのようなリズム。前のめりになってもう一度、確認する。

「確かに、ボールペンを三回連続で鳴らしていた、いや、ノックしていたんだね？」

「あれは癖じゃないかと思います。ちょこちょこと書いては、カチカチカチ、って鳴らしながら考えて、また書くというのを何回か繰り返していたような」

夏未が自分の胸ポケットからノック式のボールペンを出し、真似してみせた。奈良の耳に蘇ってきた旋律があった。

英雄ポロネーズ――。

一度聴取した相手は忘れない。不動産収入で優雅に暮らす男だ。


二〇一九年五月三十一日。

奈良が鶴舞四丁目の田中晃教の家の張り込みを始めて二日目だった。表玄関からは中の様子はわからない。人の出入りはない。ガレージには車がある。青いセレナだった。

本当はすぐに田中を引きずり出し、葵の居場所を吐かせたかった。だが根拠が薄い。葵が監禁されていたら、下手に警察が動くと危害を加えられてしまう可能性もある。

捜査本部を率いていた比留間、古谷管理官にはすぐさま報告を上げた。奈良は田中宅に張り付き、状況が整うのを待ち続けた。

ベア紙業に置いてきた奥村から一報が入ったのは、奈良が張り込みを始めて三時間後のことだった。

「カウボーイ犬が見つかりました。田中です！」

カウボーイ犬が描かれた年賀ハガキの分析は済んでいる。差出人欄には田中晃教の住所が印字されていた。印刷がズレたのか、郵便番号が枠外へはみ出していた。裏面にはイノシシの絵柄がプリントされていた。田中が書いた文字はない。初日の出の下でイノシシは勇ましく駆けている。カウボーイ犬はイノシシに拳銃を向けていた。ボールペンによる殴り書きでも、絵心があった。

この絵ハガキから、宮園夏未の指紋を除くと、二つの指紋が出た。

ひとつは遺棄されたランドセルから出た指紋と完全一致した。

もうひとつは石岡葵の指紋だ。

葵は生きている。

西入間警察署には事件発生時と同じ百人態勢の捜査本部が敷かれた。管理官には比留間が指名されている。現場には続々と捜査員が集まって来ていた。奥村は昨日からいる。森川と小山も昼前には到着した。

明日、六月一日は葵の十四回目の誕生日だ。それまでに絶対に葵を見つける。

田中家の裏手は空き家になっており、県警本部のSTSが拠点を置くことになった。STSは誘拐・立てこもり事件を専門としているから、田中家の室内の状況を探る技術を持っている。室内の音を壁に反響した振動で音声化するコンクリートマイクや、室内の人の動きを窓から探知できる赤外線カメラを常備していた。

田中家の敷地は百坪あり、鶴舞ニュータウンで群を抜いた広さだ。平屋の母屋と離れがある。

母屋はL字形だ。玄関の右手に奈良と奥村が通された客間があり、正面にまっすぐ延びる廊下があった。先に生活空間があるようだが、航空写真ではわからない。建物の外、L字に囲まれた場所は庭だ。雑草が伸びて手入れされていないように見える。

離れは母屋の裏手に位置している。この離れで田中がピアノを教えていた。現在は『つるまいピアノ教室』の看板が取り外されていた。

STSが拠点とした裏の空き家からは、離れが邪魔で母屋の様子がわからない。母屋を目視できそうなのは右隣の家の二階のみだ。

その家のインターホンを奈良は押した。初老の女性が出てきた。奈良は事情を説明し、中へ通してもらう。女性は小塚典子と名乗った。

「えっ、あの葵ちゃんがいるかもしれないんですか!?」

典子が呻く。同年代の孫がおり、ずっと胸を痛めていたという。奈良は尋ねる。

「このご自宅から、隣の家の母屋の様子が見えると思うんですが」

納戸を貸してもらえないか交渉しながら、二階に上がる。快諾された。

「家を出た息子や亡くなった夫のものが山積みで……。いま、どかしますね」

「これまで、少女の声や悲鳴が聞こえたとか、隣の家で揉め事が起こった様子は?」

典子が首を傾げる。

「なかったと思います。息子さんのひとり暮らしで、ピアノの音が聞こえてくるくらいで……」

庭先でゴルフの素振りをしている姿をたまに見かける程度で、女の子の気配はゼロだったという。

「ピアノ教室はいつ閉めたんでしょう?」

「二、三年前だったか。あんまり流行ってませんでしたしねぇ」

「隣の家に入ったことはありますか」

「あちらのお母さんのお葬式のときが最後ですけど」

「わかる範囲で構わないので、間取りを描いてもらえますか」

奈良は紙と鉛筆を用意するよう森川に無線連絡し、納戸に入った。

小さな窓がひとつあるだけの薄暗い部屋だった。監視するにはちょうどいい。四畳半ほどの広さで、壁に沿って簞笥やスチール棚が並んでいる。刑事が何人も常駐する広さはなさそうだ。奈良は積みあがった段ボール箱の隙間を縫い、窓辺に立った。すりガラスを数センチ開けて、外を見下ろす。

ブロック塀と金木犀(きんもくせい)に囲まれた田中家の庭が見えた。隅に池があるようだが、雑草や枯れ草に覆われている。一角だけ芝生が手入れされている場所があった。片隅に、ホールの穴が黒い点になって見える。パットの練習をするスペースだろう。

奈良は双眼鏡で母屋の様子を探った。庭沿いに長い廊下がある。カーテンは開け放たれて、洒落たタッセルでまとめられていた。廊下の向こうは障子が見える。廊下の突き当たりには扉が二つあり、赤と黒の男女のシルエットの札がそれぞれについている。トイレだろう。

庭の片隅に物干し竿が見えた。古いハンガーがひとつぶら下がっているだけだ。奈良は無線で、空き家から離れを監視しているSTSに状況を尋ねた。

「赤外線を見ていますが、離れに人の気配はないですね。コンクリートマイクによる内部傍受については、現在、その経路と箇所を検討中です」

コンクリートマイクは、壁に直接取り付けないと中の音声を取れない。設置するとなると、敷地内に入る必要がある。慎重に検討を重ねてからの判断になるだろう。奈良は外玄関を双眼鏡で見た。近くの運動公園で待機している奥村に一報を入れる。

「隣家を拠点にできそうだ。まずは一度、ホシを外出させたい。三年前に聴取を行ったとき、田中と仕事のアポを取っていた不動産屋、覚えているか。山本という女性だった」

「署に戻って三年前の手帳を見れば、電話番号がわかります」

「彼女に協力を仰げ。緊急事態だと理由をつけて、田中を外出させてほしい。葵の前で田中を取り押さえることはしたくない」

暴走した田中が何をするかわからない。奈良は本部の比留間にも連絡を入れた。令状はいつ出るか。

「いま、さいたま地検川越支部にひとり待機させている。現場のタイミングで突入していい」

奈良は時計を見た。十五時半。奥村に再び電話をした。

「奥村です。あと五分ほどで署に着きます」

「不動産屋には十六時にアポを取るように言ってくれ。田中はすぐ家を出るはずだ」

ノック音が聞こえた。典子が、茶と菓子をお盆に載せてやってきた。電話を切る。

「奥さん、お気遣いなく」

「いいえ、させてください。葵ちゃんがこんな近くにいたのに、気づかなかったなんて――」

典子がA4の用紙を出した。

「田中さんのお宅の間取りです。平屋建てなので、これ以上部屋はないと思いますけど」

奈良はスマホで間取り図の画像を撮り、本部の比留間とSTSの指揮官に送る。田中が外出次第突入だと話をつけた。典子に向き直り、軽く切り出す。

「お孫さんはおいくつですか」

「葵ちゃんと同じ小五で……。ああ、そうだ、葵ちゃんはもう中学生?」

「明日で十四歳です。事件前の葵ちゃんをご存じでしたか」

「いいえ。二丁目の方のことまでは存じませんので。ただ、田中さんは確か、消防団に所属していましたよね」

「彼は失踪当時、高麗川の捜索作業に参加しています」

歯ぎしりしたくなる。奈良と奥村は目の前で、犯人を取りこぼしていた。あのとき、葵は家の中にいたのだろうか。たとえ葵を生きて保護できたとしても、これは奈良の刑事人生で最大の悔恨になることは間違いない。

「まさかそんな、女の子を監禁するような男にはとても――」

動悸がするのか、典子が胸を押さえ、続ける。

「ただ、お隣の奥さんは早くに交通事故でご主人を亡くして……。女手ひとつで晃教君を育て、必要以上に厳しいところがありました。晃教君が幼稚園のときから、指がボロボロになるくらいピアノを練習させていましたし」

幼少期の田中は腱鞘炎を繰り返し、全ての指に湿布と包帯を巻いていたという。

「学校ではミイラと言われていじめられて。かわいいマルチーズを飼っていたんですけどね、晃教君がコンクールに落選したとき、犬の鳴き声で音感が狂うと、お母さんが保健所に連れていってしまったんです」

その母親は病気で三年前の六月に亡くなったという。葵の事件が起こる直前だ。

「田中は成人したあともずっとあの家に？」

「高校生のときに一度問題を起こして、おばあちゃんのところへ引っ越したらしいです」

母親に暴力を振るっていたようだ。未成年だったから、事件化されなかったのか。

「そのころはずっと音信不通だったんじゃないかと思います。奥さんも、便りのないのがよい便りなんて苦笑いしていたんですけど」

「いつ戻ってきたんですか」

「奥さんが難病で倒れられて。介護のために、帰ってきたんです」

母親はALSという難病だったという。筋萎縮性側索硬化症——体の筋力が徐々になくなり、声帯の筋肉も落ちて、しゃべることもできなくなる。やがて自発呼吸もできなくなって死に至るが、最後まで目の筋肉と脳の機能だけは衰えないのが特徴だという。

「晃教君はよく介護をしていましたよ。一時期は車椅子にお母さんを乗せて、高麗川の方へ散歩に出かけていました。私には、過去いろいろあったのを乗り越えた、絆の強い親子に見えましたけどね」

近所中がそう思っていたのかもしれない。介護に専心し、母親を看取った青年に対する世間のまなざしは、温かい。誰が少女を攫い、監禁する男だと思うだろう。

「なにより、私たちは晃教君が鶴舞に戻ってきてくれたのが嬉しかったんです。若い人はみんな都会に出ちゃいましたから」

自治会では誰もが田中を頼りにしていたという。

「議事録ひとつでも、晃教君がパソコンであっという間に文書化してみんなに配ってくれる。自治会のホームページを作ってくれたこともありました。ここは老人ばかりですから、なにかと晃教君を頼っていました」

ＩＴに詳しいなら、『ファルコン・ハイツ・ロード』を難なく閲覧できただろう。

奈良は三年前の聴取を思い出した。田中は穏やかで自信に満ち溢れ、冷静だった。目つき、仕草、しゃべり方――どれひとつとっても、奈良が見てきた犯罪者と違う。

母親に支配され、しかし特殊な病に臥した母親を介護という形で支配できるようになったとき、田中に何かしらのカタルシスがあったのか。やがてそれを失ったとき、男の中に残ったのは、別の弱者を支配するという醜い監禁願望だったのではないか。欲望を満たせそうな相手を『ファルコン・ハイツ・ロード』で慎重に探しているうち、田中は近所に住む葵を見つけてしまった。いや、もしかしたら田中は、ダークウェブに晒された近所の少女を、自分が守っているつもりだったのかもしれない。自分を正当化していたからこそ、刑事の前で堂々としていられたのか。

彼の弾いていた曲は、英雄ポロネーズだった。

十五時四十五分、警察が仕掛けた通り、田中が外出の準備を始めた。ガレージへ出てきて車のエンジンをかけ、家の中にまた戻る。

不動産屋には、田中が保有している物件でボヤがあったことにしてもらった。田中は急いで部屋の状況を確認したいはずだ。

奈良は双眼鏡で田中の顔を見た。唐子カントリークラブで出た三枚の似顔絵とはすぐには結び付かない。M2に近い印象だ。瞼に傷はないが、眉毛の上に数センチの傷跡があった。

小塚家の納戸に奥村が入ってきた。小山と森川も駆けつける。奈良の無線に次々と一報が入った。離れを監視しているSTSからは、特異動向なしの報告がある。玄関先をマークする捜査員もマルA――田中以外に人の気配がないと言う。奈良のいる隣家の納戸からも、人の動く気配を確認できなかった。

奈良の脳裏に、一抹の不安がよぎる。葵は本当にいるのか。

殺されているかもしれない――絶対に考えないようにしているのに、やたらと頭に浮かぶ。

突入の準備を整える指示が無線で方々に飛ぶ。葵は年賀状を書くころは生きていたが、いまはもう

車両を追跡する。バイク五台、覆面パトカー八台の陣容だ。路肩で待機している覆面パトカーは田中の車警ら隊のパトカー十台が待機し、追尾を支援する。管内の幹線道路に地域課や自動

田中が台所の勝手口から出てきた。車に乗る。葵を保護次第、田中を逮捕する。

南京錠がぶら下がっているが、鍵をかける様子はなかったという。STSから無線が入った。勝手口の外扉に

奈良は不吉な予感をまた覚える。葵を見つけられず、庭を絶望的な気持ちで掘り返す――。

田中が車を発進させた。ガレージを出て角を曲がり、車が見えなくなる。

台所の勝手口から出たのは、玄関を内側から開けられないように細工したからなのか。だとしたら、葵はまだ生きている。だが、勝手口の南京錠を使用しないのは、脱出を警戒していないからとも言える。つまり、葵はもういない。

「一五四九（ヒトゴーヨンキュウ）、マルＡ外出、マルＡ外出。現在、鶴舞四丁目九番地の路地を南に向かって走行中――」

無線で各方面からの伝令、復唱が飛び交う。いよいよだ。部下を引き連れ、納戸を出る。

奈良は田中家の門扉の前に立った。

ＳＴＳの指揮官が突入のゴーサインを出し、本部の比留間管理官が了承した。奈良は合図する。奥村がインターホンを押した。応答はない。

奈良は門扉を開けた。装備を固めたＳＴＳの捜査員たちを先に通す。玄関扉を吹き飛ばす木槌を、五人がかりで持っている。

ふと奈良は足を止めた。待て、と玄関へ向かおうとするＳＴＳ捜査員を止める。

「いま、なにか聞こえなかったか」

捜査員たちは互いに目を合わせ、首を横に振る。背後にいた奥村もだ。

「いや、いま確かに――」

奈良は木槌を持つ捜査員たちをかき分けて、前に出る。そのとき、家の中から大きな破壊音が聞こえた。捜査員たちが騒ぎ出す。

「静かに！」

奈良は一喝し、耳をそばだてた。玄関扉の向こうで、何かが落ちたのか、コンクリートを打つ音がした。金属同士がぶつかる音も聞こえる。扉がほんの少し開いた。扉のチェーンが左右に揺れる。異様な短さだった。中から脱出しにくくするために、田中が細工したのだろう。

扉はすぐに大きく開け放たれた。おかっぱ頭の女が出てくる。背が高く、痩せていた。ミッキーマウスのTシャツに、カラフルな柄のハーフパンツを穿いている。足は痩せ細り、手足も、顔も、青磁器のように真っ白だった。

壊れた南京錠が落ちていた。女はそれに足を取られる。転びそうになった。足の指先から流血している。体勢を整え、前を見据える。顎や首に血が飛び散っていた。表情は乏しいが、目に異様なぎらつきがある。玄関の前に集う男たちの誰のことも捉えていない。

これまで写真で見たどの葵でもない。

奈良はもう、この女を客観的に見ることができなくなっていた。葵なのか、判断がつかない。

女が「ギャー！」と喉を絞り切るように叫んだ。よろめきながら、飛び出してくる。視点が定まっていない。右腕を振り上げている。手には何かが握りしめられていた。

女はなりふり構わずそれを振り下ろす。最前線にいた奈良の右目に直撃した。

＊

明日は葵の十四回目の誕生日だ。沙希は、自宅一階の雨戸を閉めていた。

サイレンの音が耳に入る。救急車のようだ。パトカーのサイレンも聞こえた。雨戸を閉める。音が小さくなった。

キッチンから、揚げ物の香ばしい匂いがする。沙希のお腹が鳴った。

「うわーっ。今日のエビフライはまた特大だこと」

母がエビフライを鍋からあげ、油を落としている。

「ちょっと高かったんだけど、奮発しちゃったの。沙希、ご飯盛っちゃって」

カウボーイ犬のハガキが見つかったという報告は入っていた。その後どうなったのか、警察からまだ知らせはない。鑑識が調べているのだろう。よい知らせがあると信じて、母親は特大エビを揚げている。葵に早く大好物を食べさせてあげたい。

沙希は四つの茶碗にご飯を盛った。廊下に出て、二階に呼びかける。

「お父さん、ごはんだよ！」

父親はよく葵の部屋で作業をしている。市議会に出す資料を作ったり、ＳＮＳで寄せられた情報の下調べをしたりしている。葵が描いたと思しきハガキは出てきたが、進展があるかはわからない。ずっとそうだった。必要以上に失望しないためにも、父親は次の一手を考えている。明日から、東松山のピオニウォークというショッピングモールで出てきた目撃情報をあたるという。

父親が「交通事故かな」と言いながら、階段を下りてきた。

「すごいサイレンの音だったね」

ダイニングテーブルに、三人が着席する。

「こりゃまた、今日はえらくでかいな」

父親が苦笑いしながら、エビフライを箸でつまみ、高々と掲げた。

「葵の誕生日、明日だよ。今日揚げちゃってよかったの？」

沙希は尋ねた。母親がちょっと肩をすくめる。

「また明日も揚げるのよ。ごめん、パパ。食費、オーバーしちゃいそう」

森のくまさんのメロディが鳴った。家の電話だ。席が一番近い沙希が受話器を取った。

「もしもし、石岡です」

相手は奈良だった。嗚咽をこらえるようなしゃべり方だ。何を言われているのかは理解できる。だが受け止めきれず、言葉が飛び散っていくようだった。

電話を切った。両親を見る。「誰だった？」と母が聞いてくる。父親も顔を上げた。

「沙希、どうした」

はっと我に返った。奈良の話を実感できぬまま、言われたことをただ伝える。

「葵が見つかったって。生きてるって。少し怪我をしているけど、元気だって。いま、救急車で南坂戸病院に運ばれて——自分の足で、しっかり歩いているって」

父親の箸から、エビフライが落ちた。母親が飛び跳ねるように立ち上がり、次々と吊り戸棚を開ける。

「葵、葵のお弁当箱……。どこに仕舞ったっけ」

沙希は場所を教えた。母親が葵の弁当箱を出し、軽く水洗いしてから布巾で丁寧に拭いた。その手は震えていたが、ご飯やおかずをなんとか弁当箱に詰める。エビフライは、お弁当箱からはみ出るほど大きい。

父親が母親をぼんやりと眺めていた。沙希は肩を揺すって、「車出して」と強く言った。父親は立ち上がるが、尻餅をついてしまう。派手な音を立てて、椅子がひっくり返った。

「お父さん、しっかりして」

どうにか父親を助け起こした。父親がキーボックスから車の鍵を取り、玄関を出る。沙希は弁当箱を抱く母親の手を引いて、車に乗った。

車が発進する。田んぼの一本道が、見えてきた。

エピローグ

石岡葵は救急車の窓の外を見ていた。赤色灯が回転し、日の落ちた住宅街を赤く照らす。葵の左足の状態を見た救急隊員が、息を呑んでいる。

「これは痛かったね……」

左足の親指は爪が剝がれた状態だった。むき出しのピンク色の肉に、血が溢れている。隊員が応急処置をしてくれた。

救急車には他に、女性の刑事が乗車していた。肩のあたりが分厚くて、頼りがいのある雰囲気の人だ。

三年ぶりにひとりで外に出た。放心状態だった。玄関の外にいる刑事たちが全員、葵を監禁していた男に見えた。男が細菌のように増殖したと思ったのだ。前に一度、男の罠にはまったことがある。男が「急用だ」と言って鍵もかけず出ていったので、チャンスだと逃げ出したら、玄関の外に男が立っていた。捕まって足の指の爪を全部、ペンチで剝がされた。それから逃走はあきらめた。一年経つと拘束されなくなった。二年経つと、南京錠もかけなくなった。

殴ってしまった相手が刑事だと信じられるまでにも、時間がかかった。男の仲間かと思ったのだ。刑事に「君をずっと捜していたんだ」と言われた。刑事は泣いていた。その涙を見つめるうちに、葵は現実を受け入れることができた。

刑事は袖口に向かってしきりになにか話していた。マイクがついていたみたいだ。

「女刑事をかき集めてくれ。くそっ、こんな基本的なことに思い及ばないなんて！ ガイシャの担当は女刑事じゃなきゃだめだ」

救急隊員が生年月日や住所を聞いてくる。葵は声が出なかった。女性の刑事が名刺を見せた。

「埼玉県警の大前緋沙子です。葵ちゃんの事件を担当していました」

葵は名刺を手に取る。突然、喉から言葉が溢れ出てきた。

「第七小学校五年二組二番、石岡葵です」

緋沙子がほっとしたように微笑んだ。怖そうに見えたけど、笑うと優しい感じがした。

「ずっと、あの、あの、練習していたんです。この日のために」

緋沙子は「焦らなくていいのよ、ゆっくりしゃべって」と気遣ってくれた。だが勝手に唇や喉が動き出してしまう。

「よ、洋服のサイズが合わなくなってきたので、おじさんと時々、買い物に。隙を狙って逃げ出したんですけど、捕まってしまって、爪を、爪を剝がされて」

緋沙子の視線が、葵の足をちらりと捉える。

「でも、東松山のピオニウォークで買い物していたとき、なんだか、私を見ているおばさんがいて。マ、マスクと眼鏡で変装してたけど、もしかしたら気づいてもらえて、た、た、た、助けてもらえるかもしれないと思って」

酸欠になりそうだった。しゃべり方を忘れている。どこで息継ぎをするのかわからない。恥ずかしい。緋沙子のイヤホンから、無線の音が漏れた。「警護班、大前了解」と緋沙子が流れ作業のように答えた。改めて葵に伝える。

「たったいま、田中晃教を逮捕したからね」

誰のことかわからず、葵は首を傾げた。

「葵ちゃんを拉致して監禁していた男よ」

葵は男の名前も、閉じ込められていた家が鶴舞にあったことも知らなかった。ゲリラ豪雨の日、トランクに放り込まれてから、もっと長い距離を走っていた気がした。わざと遠回りしていたのだろうか。鼻にあのときの匂いが蘇った。

何も聞かれていないのに、次々と当時の記憶が溢れ出てくる。

東門で浮島に見送られ、途中でびしょ濡れの六中の男子生徒に抜かされた。しばらくして、青い車が土手道の方から来た。通り過ぎると思ったら脇に停車して、男が焦った調子で言った。

「石岡葵ちゃんだね？　すぐに乗って！　お父さんが交通事故に遭ったって」

いつもなら知らない人に話しかけられたら逃げるのに、頭が真っ白になってしまった。手紙の返事を書いていなかった。葵に会いたいよと何度も書いてくれたパパに。

瞬間、男に抱きかかえられて、トランクに投げ込まれた。悲鳴を上げる暇もなかった。オレンジ色の傘が、風で田んぼの方に飛んでいった。あの日の雨の匂い、田んぼの香り、トランクに充満していたガソリンの匂いが一気に蘇る。脳がパンパンに膨らんで爆発しそうだ。

頭が痛くなった。男からの暴力、ピアノ教室の床下収納の中の永遠の暗闇、圧迫感、ときどき聞こえるピアノの音、ピアノのペダルを踏むギコギコという音で頭がいっぱいになる。自分が垂れ流した排泄物の臭いも思い出して、今度は吐き気に襲われた。

大丈夫、と緋沙子が気遣う。トートバッグから、ジュースやお菓子を出してくれた。葵は一口、オレンジジュースを飲んだ。緊張で喉がカラカラに渇いていたと、初めて気が付いた。

もう止まらない。あっという間に飲み干して、次はペットボトルの炭酸飲料を飲んだ。唇の両端からこぼれても拭く余裕がない。ひたすらに喉の奥に流し込んだ。

突然、足の指が強烈に痛み出す。しかめっ面をしてしまった。「あと何分くらいで着く？」と緋沙子が救急隊員に聞いた。

「痛むわよね。大丈夫、病院に着いたらすぐブロック注射を……いえ、注射は嫌いよね」

「注射くらい、全然平気です。つ、爪を、剝がしたくらいですから」

緋沙子が目を見開いた。その視線が、葵の顎に飛ぶ。そこに血が飛んだことは、知っている。

「これは犯人に剝がされたのよね？　そうやって脅して男は仕事に出かけた」

葵はきっぱり否定した。

「自分で、剝がしたんです。男がしたみたいに全部は無理だったけど……ペンチで」

やっと葵は、つかえずにしゃべれるようになってきた。緋沙子は絶句している。

東武牛乳のパッケージにカウボーイ犬を見つけてから、一歩外に出れば、誰か助けてくれると思えるようになった。勇気がわいてきた。男は仕事で週に二、三回、外出する。そのたびに逃げようと、玄関の上がり框に立つのだが、どうしても足が動かなかった。

「足を動かそうとすると、玄関から下りようとすると、何もされてないのに、足の指がちぎれそうなほどに痛くなるんです」

バレたら男に爪を剝がされる——考えるだけで足が痛くなり、体も動かなくなる。

「だから、自分で剝がしたんです。最初から痛ければ、動けるはずだと思って」

救急車が停車したのがわかった。

バックドアが開いた。車椅子を準備した看護師や医師が、待ち構えていた。葵は救急隊員に両肩を支えられた。その肩越しに、緋沙子に尋ねる。どうしても伝えたかった。

「夕方になって、パトカーの音を聞いて、大丈夫って。いま飛び出せば、絶対助けてもらえる。そう思ったから……。でも目の前にたくさん男の人がいて、パニクっちゃって、受け止めようとしてくれた刑事さんを殴っちゃった。ごめんなさい」

緋沙子はなぜかそこで少し笑った。葵の肩を支える。力を抜いてとか、立たなくていいとか、あちこちから声が飛んできた。

「自分の足で、歩けます」

両脇を抱えられながらも、サンダルを履いた足でステップを下りた。たくさんの大人たちが救急車を取り囲んでいた。白衣の病院関係者、スーツ姿の人たちは刑事だろうか。制服姿の警察官もいた。

右目を腫らした男性がいた。葵が殴ってしまった刑事だ。葵は人をかき分けて彼のところへ向かった。刑事は驚いた様子で、一歩、二歩と後ろへ下がってしまう。葵はその手を取った。両手で握る。この人に見つけてもらったのだ。だが、お礼の言葉が出ない。つかえたり、ぺらぺらしゃべれたり、今日の自分はとてもおかしかった。ただ強く、刑事の手を握った。

刑事は葵が触れた途端に肩をびくりと震わせた。なにかを怖がっているようにも見えた。葵を見て、細かく頷き返すだけだ。葵よりも刑事の方が震えていた。緋沙子が葵を救急搬送口へ促す。刑事と手が離れた。名前を聞けなかった。廊下を歩きながら、緋沙子に尋ねた。

「埼玉県警なのに奈良っていうのよ」

前を見る。パパとママとお姉ちゃんが診察室の前で、待っていた。

＊

六月二日、奈良は西入間警察署で田中の取調べや疎明資料作成に追われていた。瞼の腫れは引いた。邪魔だったのでガーゼもすぐ取ってしまった。昼食の後、栄養ドリンクを飲みながらパソコンに向かっていると、スマホが鳴った。係長からだ。

「奈良、お前、いま西入間署だっけか」

「一昨日、三年越しの失踪事件の犯人を逮捕したところですが」

「いましがた、杉戸町の公園内で会社役員の男性が刺殺された。白昼堂々だ。大規模な捜査本部になる。そっちは部下に任せて、お前ひとりまずは現場に入ってくれ」

奈良は森川と小山に事情を話し、田中の聴取と送検作業を任せることにした。森川は冷めた顔だ。

「本当に行くんですか、奈良さん。午後から葵の聴取だったんですよね。元気な姿を見るのを楽しみにしていたじゃないですか。父親とつもる話もあるでしょう」

奈良は借りていたロッカーからスポーツバッグを出した。私物を全て詰め込む。葵と会うことはもうないだろう。一昨日、握られた手のことを思い出した。握り返してやれなかった。

呉原係長や刑事課長、そして署長にも挨拶をし、西入間警察署の表玄関を出た。奥村が立ち番で、警杖を持って立っていた。

「あれ、もう次の捜査本部ですか」

「ああ、じゃあな」

軽く手を振って行こうとしたら、奥村が拳を突き出してきた。若いのはこうやって別れの挨拶をするらしい。奈良は照れ臭く思いながら、拳を突き返した。捜査車両に乗り、助手席にスポーツバッグを放り投げる。ひとつ大きなため息をつき、真由子に電話をかけた。

「あ、お兄ちゃん。私からかけようと思ってたとこ」

「なんだ。どうした」

真由子は「そっちから」となかなか用件を言わない。

「次は杉戸町だ。署の場所はわかるか？」

真由子から返事がない。調子が悪いのだろうか。春日部署のときは特に足しげく通ってくれた。歯を食いしばっているときもあったが、やり切った。自信になったはずだ。「真由子」と彼女の名を改めて呼んだ。

「聞いてる。大丈夫。ごめん、差し入れはできない」

「なんでだ。体調悪いのか」

「違うの。お兄ちゃん、もうどこの署で何があろうが、差し入れはできない」

「仕事、見つかったのか」

「うん、箱根で。住み込みなの」

奈良は激しくかぶりを振る。

「無理だ。引っ越すのか。いきなりそんな埼玉から離れた場所に――」

「無理なのは、私じゃなくてお兄ちゃんでしょ」

「差し入れのことを言っているんじゃない」

「私だって差し入れの話をしているんじゃない」

なぜか、葵に握られた感触が手に蘇った。熱く、力強かった。三年間も男に暴力で支配されていた少女が、異性に触れられると思わなかった。壊してしまう気がして、奈良は最後まで彼女の手を握り返すことができなかった。本当は、とても嬉しかったのに。小さいけれど力強かった手を両手でしっかり握り返し、よく頑張った、よく耐えた、よく生き延びてくれたと言ってやりたかったのに——。

奈良ひとりが、二十年以上前の事件の夜に立ち止まったままだった。緋沙子がしつこく妹のことを尋ねてきた理由がわかった気がした。「そこに希望はないのか」と問うた征則の言葉も思い出す。奈良は無意識に希望を持たず、妹ではなく自分を守ってきたのだ。

「いつ引っ越すんだ」

真由子はなかなか返事をしない。被害者以上に事件から立ち直ることができていない兄に話すと、阻止される。言わずにおこうと思ったのか。

「まさか、もう箱根なのか？」

「えーっと。これから」

「もうすぐ出発なのか」

「いま荷物積んだトラック、見送ったとこ」

奈良は車を発進させた。

一時間弱で大宮区の自宅に到着した。玄関の扉が開けっ放しになっている。真由子が玄関の上がり框にちょこんと座っていた。お兄ちゃん、と言って立ち上がる。奈良の瞼の痣についていて、なにも尋ねてこなかった。小さなボストンバッグを肩から下げている。

「駅まで送る」

真由子のバッグを担いだ。軽かった。奈良は捜査車両の後部座席にバッグを投げ入れようとして、やめた。妹が乗っていた自転車が目に入った。前籠にバッグを押し込む。ガレージから自転車を出し、跨った。後ろに乗れよと真由子に言う。

「歩こうよ。たったの十分だよ。つもる話もあるでしょ」

「つもる話はないし、時間もない。乗れって」

「警官が自転車の二人乗りしていいの。歩こうよ」

「忙しいんだ。すぐ杉戸署に行かなきゃならんし、私用で捜査車両は使えない」

「ここまでそれで来たくせに」

真由子が苦笑いしながら、跨った。後ろのタイヤが沈んだのを感じる。両親が見送りに出てきた。じゃあねと手を振る真由子に、母親が気遣いの言葉をかける。父親は口を真一文字にして黙っていたが、目頭をごしごしと腕でこすった。

ペダルをこぎ出した。大人になった真由子は重たかった。ふくらはぎに力を籠める。スピードが出てくる。ちらりと後ろを見た。彼女はサドルの下の金具に指を絡めていた。風を受ける顔は気持ちよさそうで、小さなおさげ髪を垂らしていた幼少期を思い出す。

県道沿いの歩道に出た。更にスピードを上げる。真由子は笑いながら小さな悲鳴を上げた。地面はコンクリートで覆われ、凸凹もないし、石ころひとつ落ちていない。向かいの通りから、警察官が自転車でやってくるのが見えた。奈良は急ハンドルを切り、路地裏に入った。真由子は振り落とされそうになった。咄嗟に、奈良の腰にしがみついた。

「摑まってろ、飛ばすから」

「別に急いでないよ」

「箱根で引っ越しトラックの運ちゃん待たせたらかわいそうだろ」

お兄ちゃんのせいだと、真由子は笑った。奈良の腰に回した手に力を籠めた。

「お兄ちゃん、ありがとう」

奈良は答えなかった。

「私の悲鳴を、聞いてくれた」

「違う。聞こえなかったんだ」

「その悲鳴じゃない。後の悲鳴。お兄ちゃんだけが、二十年以上聞き続けてくれた」

奈良は、奥歯を嚙みしめた。前が見えなくなりそうだった。

「お兄ちゃん、転んだ日のこと、覚えてる？　お兄ちゃんの自転車でこうやって二人乗りしてさ。怪我をしたのは私なのに、お兄ちゃんの方がわんわん泣いたでしょ」

奈良はスピードを落とした。右手をハンドルから放した。腹の前で組まれた妹の両手を、奈良は右手でしっかり覆ってから、強く握る。

「忘れた」

駅が見えてきた。

解説

宇田川拓也

五月二十五日が、国際行方不明児童の日（International Missing Children's Day）とされていることをご存知だろうか。

一九七九年同日、ニューヨーク市マンハッタンで六歳の少年イータン・パッツが学校に向かったまま消息を絶ち、誘拐失踪事件として全米を騒然とさせた。そして解決されぬまま迎えた四年後の一九八三年、当時の大統領ロナルド・レーガンにより、この日が全米行方不明児童の日（National Missing Children's Day）と定められ、二〇〇一年に前述の国際記念日とされるに至った。それだけこの問題が、世界的に見ても深刻なものである証といえよう。

「私を忘れないで」の花言葉を持つワスレナグサがシンボルとなっており、追悼や一刻も早い発見の祈念、注意喚起や再発防止など、警鐘を鳴らす様々な活動も各地で行なわれているようだ（ちなみに、この記念日のきっかけとなった前述の事件については、二〇一二年に事件当時マンハッタンの食料品店で働いていた男が地下室でイータンを絞殺したことを供述し、逮捕されている。しかし依然として遺体は発見されておらず、男の作り話を指摘する声も上がっている）。

もちろん日本でも、行方不明児童の問題は他人事ではない。警察庁の統計によれば、全国で行方不明者として届け出された全体の数は、令和に入ってから公表されているだけでも年間八万件前後。九歳以下に絞っても千件を超えていることが確認できる。そのほとんどは短い期間で所在確認等が為されているが、なかには平成まで遡ると、女児監禁事件として世間を震撼させたものや、当時大きく報じられるも残念ながらいまだその行方がわからないままのケースもある。

吉川英梨『雨に消えた向日葵』は、そうした児童の行方不明事件を扱った長編作品だ。

物語の舞台は、埼玉県坂戸市。小学五年生の石岡葵がゲリラ豪雨の夕方、学校を出たまま失踪してしまう。田んぼの一本道をひとり歩く姿を男子中学生が最後に目撃しており、葵の傘だけがそこに残されていた。

ただちに地元の消防と警察が動き始めるが、両親が別居して離婚調停中という不安定な家庭環境に加え、葵が以前に不審な車につきまとわれ、同じ田んぼの一本道で腕を摑まれて写真を撮られていたことから、家出や事故に加え、誘拐事件も視野に入れて捜査が進められることに。

こうして駆り出されることになるのが、埼玉県警本部の刑事部捜査一課に所属する警部補——奈良健市。警官ひとりあたりの人口カバー率が全国トップという指折りの忙しさの埼玉県警でも、捜査一課はとくに多忙な部署であり、一年の九割はどこかの所轄の道場の布団で眠るほどの、いわば捜査のエキスパートだ。

著者は、『アゲハ 女性秘匿捜査官・原麻希』(二〇一一年)から始まる〈ハラマキ〉シリーズを皮切りに、東京オリンピックを控えて新設された警察署の刑事たちが活躍する〈新東京水上警察〉シリーズ(二〇一六年〜)、女性が主人公の公安警察小説から課報サスペンスへとシフトする〈十三階〉シリーズ(二〇一七年〜)、元警視庁刑事の教官が主人公の〈警視庁53教場〉シリーズ(二〇一七年〜)、さらに近年は、加害者家族が背負う過酷な運命に迫る『ブラッド・ロンダリング 警視庁捜査一課 殺人犯捜査二係』(二〇二〇年)、新宿を舞台に性的マイノリティをテーマにした『新宿特別区警察署 Lの捜査官』(二〇二〇年)、ゾンビ映画さながらのパンデミックサスペンスを融合した『感染捜査』(二〇二一年)など、多様な警察小説の幅をよりいっそう拡げるような意欲作を精力的に発表し続けている。そのなかにあって本作は、得意とする縦横無尽なエンタテインメント性を抑え、よりリアルで地道な捜査過程を描くことに重きを置いた作品になっている。

周辺人物への聞き取りをはじめ、葵につきまとっていた不審な車の人物が持っていたというスマホのカバーに描かれていたイラスト、電車内の網棚で見つかった交換日記帳といった手掛かりを頼りに事件の解決を急ぐが、なかなか果たせないまま時間ばかりが無情に過ぎていく。次第に捜査規模は縮小され、奈良も新たな事件への対応でこの件にのみ取り組むことが難しくなっていく焦り。しかし、それでも奈良はあきらめない。少女の生存を信じ、被害者家族に寄り添い、誰よりも根気強く続ける執念の捜査から目が離せなくなる。

だが、こうした警察小説としての読みどころは、本作の魅力を大きく分けたうちの半分に過ぎない。ではもう半分はなにかというと、犯罪により生じる波紋の拡がりと巻き込まれた被害者家族たちを具に描いた物語だということだ。

失踪事件を起点につぎつぎと顕わになっていく人間の本性と変化する関係性。なかには犯罪に手を染めたわけでもないのに、事件が起こる以前の日常には戻れないような状況にまで追い詰められてしまうひともいる。

被害者家族に至っては、さらに残酷な風が吹きつける。とくに公開捜査に踏み切り、葵の顔やひととなりが世間に報じられてからの、嫌がらせ、誹謗中傷、弱みに付け込んだ詐欺など、ひとつひとつ挙げられていくその酷薄さには怒りを覚えずにはいられない。

こうした逆風のなか、葵の姉である沙希の目に映る石岡家のひとびとの姿は、捜査パート以上に忘れがたく目を釘付けにする。別居中の父親が一度は処分した葵が好きなコミックや少女マンガ雑誌をまた買い直して揃えているのを見て、いまは違う雑誌を読んでいると教える場面。母親が葵の帰宅を信じて作り置きした夕食とテーブルに残されたメモ書きを見た沙希が、ごみ箱に入っているたくさんの丸めたメモ用紙をひとつひとつ読み、お土産のケーキをふたつしか買ってこなかったことを悔いる場面等々、親が子を想う愛情やそれぞれの心情を繊細に描いていて、こうした丁寧な人物描写力も著者の作品やシリーズが広く支持される大きな理由のひとつであろう。

また、犯罪に巻き込まれた被害者家族たちの物語という側面は、刑事である奈良とも無関係ではない。なぜ彼がこれほど音に敏感なのか、なぜ犯罪捜査にこれほどの粘り強さを見せるのか。その点も見逃せない読みどころになっている。

タイトル『雨に消えた向日葵』の〝向日葵〟とは、葵が最後に目撃された田んぼの一本道にある農家の軒先に咲き誇っているそれに、家族の記憶に残る葵の元気な姿と愛情を重ねたものだ。と同時に、不幸にも犯罪に巻き込まれてしまったひとびとの無事や再生を切に願う象徴にもなっている。

物語の後半、奈良が沙希に「とうとう向日葵にも抜かされた」と、この農家の軒先の向日葵の話をするが、それからの展開で奈良は、人間の耐え忍ぶ力と一歩を踏み出す強い意志を目の当たりにすることになる。それはまさに、奈良の意識や想像を超えたものであり、エピローグでは目頭が熱くなってしまった。

最後に、現時点での本作に関連する嬉しいニュースを、ふたつご紹介しておこう。

ひとつはＷＯＷＯＷでの連続ドラマ化が決定している。まだ具体的な放送時期などは不明だが、奈良刑事をムロツヨシが演じるとのことで、確かな芝居に裏打ちされた観応えある映像化に期待したい。

そしてふたつ目は、著者が自身のツイッターアカウントにて続編に着手していることを明らかにしている。どのような形で奈良の活躍がふたたび描かれるのか、刮目（かつもく）して待ちたい。

――ときわ書房本店　書店員

参考文献

『消された一家　北九州・連続監禁殺人事件』（豊田正義／新潮社／二〇〇九）

『〈公開捜査〉消えた子供たちを捜して！　続発した行方不明事件の謎』（近藤昭二／二見書房／二〇〇〇）

『殺人犯はそこにいる　隠蔽された北関東連続幼女誘拐殺人事件』（清水潔／新潮社／二〇一六）

『捜査一課の犯罪日誌　埼玉県警刑事の事件メモより』（杉田高光／東京法経学院出版／一九八九）

『闇ウェブ』（セキュリティ集団スプラウト／文藝春秋／二〇一六）

『闇ネットの住人たち　デジタル裏社会の内幕』（ジェイミー・バートレット　星水裕訳／CCCメディアハウス／二〇一五）

『売春島　「最後の桃源郷」渡鹿野島ルポ』（高木瑞穂／彩図社／二〇一九）

本作はあくまでフィクションであり、実在する個人、団体とは一切関係ありません。

企画協力　アップルシード・エージェンシー

この作品は二〇一九年九月小社より刊行されたものです。

幻冬舎文庫

●好評既刊
聡乃学習
小林聡美

今、やりたいことは、やっておかなくては――。無理せずに、興味のあることに飛び込んで、学びを得ながら軽やかに丁寧に送る日々を綴る、くすっと笑えて背筋が伸びるエッセイ集。

●好評既刊
愛と追憶の泥濘(ぬかるみ)
坂井希久子

婚活真っ最中の柿谷莉歩にできた彼氏、宮田博之は大手企業のイケメン敏腕営業マン。そのどこまでも優しい人柄に莉歩はベタ惚れ。だが博之には、「勃起障害」という深刻な悩みがあった……。

●好評既刊
気になる占い師、ぜんぶ占ってもらいました。
さくら真理子

霊視、催眠療法、前世療法、手相、タロット、護符、覚醒系ヒーリングまで。人生の迷路を彷徨う痛女が総額一〇〇〇万円以上を注ぎ込んで、ついに辿り着いた当たる占い師の見分け方とは⁉

●好評既刊
ろくでなしとひとでなし
新堂冬樹

コロナ禍、会社の業績が傾いて左遷されそうな佐伯華は、売り上げが落ちた食堂を営む父に金を無心されていた。マッチングアプリで財閥の御曹司に狙いを定めて、上級国民入りを目指すが……。

●好評既刊
意地でも旅するフィンランド
芹澤　桂

ヘルシンキ在住旅好き夫婦。暗黒の冬のフィンランドから逃れ、日差しを求めて世界各国飛び回る。つわり、子連れ、宿なしトイレなし関係なし！　馬鹿馬鹿しいほど本気で本音の珍道中旅エッセイ！

雨に消えた向日葵

吉川英梨

令和4年3月10日　初版発行
令和5年7月20日　6版発行

発行人――石原正康
編集人――高部真人
発行所――株式会社幻冬舎
〒151-0051東京都渋谷区千駄ヶ谷4-9-7
電話　03(5411)6222(営業)
　　　03(5411)6211(編集)
公式HP　https://www.gentosha.co.jp/
印刷・製本―図書印刷株式会社
装丁者――高橋雅之

幻冬舎文庫

ISBN978-4-344-43175-1　C0193　よ-26-2

この本に関するご意見・ご感想は、下記アンケートフォームからお寄せください。
https://www.gentosha.co.jp/e/